続 島は浜風

波戸岡 旭

ZOKU・Shima wa Hamakaze

Hatooka Akira

ふらんす堂

目次

続・島は浜風

尾道・高校時代

一

話は少し遡るが、入学後、ひと月ほど経って、高校生活が軌道に乗りかかった頃のことである。

その日は、五月八日月曜日であった。午後の二時間目の授業中、教室に事務の人が急ぎ足で私を呼びに来た。緊急の電話だと言う。「どなたか病気なの？」と聞かれた。事務室に入って受話器を受け取ると、田舎の長兄からであった。神戸の幸子姉が危篤だと言う。事務の人が、「私が早退することを担任の先生に告げておくから」、と言ってくれたので、教室にもどって鞄を手にすると、すぐ下宿に帰り、尾道駅で島から兄が来るのをじりじりして待って、上りの急行列車に乗った。

幸子姉は半月ほど前の四月十六日に無事に女の子を産んだばかりであった。だが、前に記したように、姉は以前、すなわちこの子をお腹に宿してから三月《みつき》後頃に、ちょっとした風邪から悪性（伝染性）の腫瘍が鼻のあたりにできた。その時、医者はすぐに胎児を堕ろして手術を急ぐように勧めた。けれども姉はそれを拒み、手術は出産後にすると言いはって聞かなかった。それは、その一年半前に男の子を初産した直後に産婆の手違いから窒息死させてしまっていたからで、姉はそのことがあるから、今度はどうしても産みたいと言うのであった。出産を待っていては、腫瘍の悪化が速くて、手術が手遅れになる危険性が極めて高いと医者は言ったが、姉の意思は固く、医者はやむなく対処療法で見守るしかなかったのであった。かくして、無事に元気な女の子を授かったのであったが、姉の腫瘍は伝染性のものであり、しかも悪化の一途をたどっていたのであったから、新生児はすぐに別室に移されてしまい、結局、姉は一度も我が手に子を抱くことすらできないまま、危篤状態に陥ってしまった。

　夕方に尾道から乗った列車はすでに満員で、私たちは神戸三ノ宮駅までずっと立ちっぱなしであった。三ノ宮駅には次兄が迎えに来ていて、すぐにタクシーで入院先の市民中央病院に駆けつけた。病室の前に着くと、中から母が出てきた。「姉ちゃんの顔はひどくなっているけど、泣かないで、『ちょっと見舞に来ただけなんよ、早く元気になってね』とだけ言いんさいね」と念を押された。私は、頷いて、気持ちを強くして病室に入った。ベッドの周囲は白いカーテンが掛かっている。姉は意識はしっかりしているらしく、「だあれ？　そこに来たのはだあれ？」とかぼそい声がした。弱々しいがたしかに姉の声である。母が「旭ちゃんが見舞に来たんよ」と言った。「そう……」と言った姉の口調はさほど驚いた様子でもなかった。私は、すこし開いているカーテンの間から、おそるおそるベッドに仰臥している姉の方を垣間見《かいまみ》た。

そこには、かつての白くやさしい姉の顔は無く、顔の右半分以上が腫《ふく》れあがり爛《ただ》れていて、見るからに全身痩せ細っているらしく、姉はまったく変わり果ててしまっていた。症状は末期的で、すでに手の施しようもなくなっていたのである。十六歳の私の目から見ても絶望と思えた。病に冒され続けた体に残るわずかな力をふりしぼって出産した姉には、もはや気力も体力も尽き果ててしまっていたのである。

姉は、まだ二十五歳なのだった。なんともじつに惨《むご》い人生としか言いようがない。小さい時からしっかり者で辛抱強く、誰にも優しくて、明朗で孝行娘だった姉なのである。中学を出てから苦労し続けた人生であった。このあまりにも惨《みじ》めでむごたらしい生涯はなんとしたことなのか、理不尽窮まりないことで、到底、理解し難いことであった。殊に私を可愛がってくれた姉であっただけに、今も、思い出すたびに胸が締め付けられる思いでやりきれない。

私は、姉の顔を見ると、すぐ俯《うつむ》いてしまった。その私に、姉は「どうしたの？　学校は？」と聞いた。私は「うん、大丈夫。ちょっと姉さんを見舞にきただけだよ」と答えた。「そう、学校は上手くいっているの？」「うん、楽しいよ。……姉さん、早く良くなってね」と、私は母から告げられたとおりの、通りいっぺんのことばしか出なかった。「そう、良かったね」と、姉は安堵したらしい口調で言った後、しばらく黙った。話の続きを考えているらしく思われた。それは分かるのだが、私の方でもなにを言っていいのか、まったく思い浮かばなくて黙っているしかなかった。いや黙っているどころか、だんだん情けなくなってきて、「泣いてはいけんよ」と言われていたのに、涙がじわじわにじんできてしまった。私はたまらず病室の外に出た。忍び声で嗚咽《おえつ》を抑えたつもりだったが、すこしドアが開いていたようで、病人特有の勘が鋭くなっている姉が聞き耳をたてたらしく「どうしたの？　泣いてるのは旭君なの？　どうして泣いてるの？」と言う声が聞こえてきた。「なんでもないのよ」と母が姉の気遣いを宥《なだ》めているらしかった。私は次兄に腕を摑まれて、廊下の端の方に連れて行かれた。「だめじゃあないか」という兄の声も涙声で、叱るふうでもなかった。私は姉の変わりようのショックと、もう助からないだろうという悲しみが込み上げてくるのを抑えきれずにいた。が、しばらくして、側にずっといてくれた次兄が「あまり時間が経つと、姉さんが不審に思うだろうから、もう一度姉さんの所に行って、『もう今日は帰るから』と言って来いよ」と忠告してくれた。私は、涙顔を見せないようにして、「明日また来るから」と短く別れを告げて、次兄と一緒に病室を出た。母と長兄はずっと病室の隅に交代で寝起きして姉を看取っているのであった。

その夜は、次兄の家に泊った。翌朝、次兄と一緒に電車で病院に行くと、病院の入口横に霊柩車があるのでどきりとしたが、むろん違っていた。姉は昨晩と同じであったが、憔悴しきっていて話をするのもきつそうであった。廊下に出て、母から姉の症状を聞いていたら、無性に悲しくなって涙が出て、声を立てて泣いた。兄たちに「泣き声をあげるな」と叱られて、私はぐっと堪《こら》えたが、余計に悲しかった。病室に入って、母が姉に「学校があるから、もう帰らすね」と言うと、姉はすぐ了解したようであった。帰り際、私はなにか姉を元気づけるようなことを言ったつもりだったが、その声に力が無くて、きまりが悪かった。姉は「学校、がんばりなさいね」と言い、こっくり頷いてずうっと私を見つめていた。

次兄は、傷心の私の気持ちをすこしでも軽くしようと、そごうデパートの中のレストランに連れて行ってくれたのだったが、私はただもう体がだるく、気分が悪かった。その時何を食べたのかも忘れていたが、当時の日記を見ると「寿司を食べたが、何の味もしなかった」とある。二時過ぎの汽車に乗り、夕刻、尾道の下宿先に着いた。この間、私はほとんど何も覚えていない。

母は、ひと目、最期の姉に私を合わせ、別れをさせたかったのであろう。

それから四日後の五月十三日の土曜日。朝七時に起床して、布団を畳んでいると、階下で「デンポーです」と男の人の声が響いた。私は階段を駆け降りると、下宿の小母さんが受け取ったばかりの紙を手渡してくれた。開くと「サチコシス　アスカエル　ミナヒロ」とあった。「ヒロ」は長兄の弘行《ひろゆき》のことである。覚悟はしていたつもりだったが、悲しみが込み上げてくる。我慢しきれず声をあげて泣いた。そのまま自分の部屋に戻ろうと階段を上がりかけたが、四、五段登るともう膝があがらず、そのままうなだれて動けなかった。同じ下宿の人たちも同情してくれているらしく、活気あるべき朝のひと時が、しゅんと空気が沈んでしまって、みんな静かに食事を済ませ、てんでに登校・出勤して行ったらしい。私も遅刻しないように登校した。足が重たくて、三十分足らずの通学路がやけに長く思えた。四時間の授業を終えると、急いで下宿に寄って、すぐ尾道港まで駈け下り、巡航船に乗って島の生家に帰った。

翌日、昼過ぎ、姉の遺骨を抱いた母と長兄たちが家に着いた。白い布にくるまれた箱がそっと畳の上に置かれた。家族はそれを囲むようにして座り、母から最期の姉のようすを聞いた。母の話によると、姉は夢を見つづけているらしく、「花が……花が……きれい……」とうわ言を言っていたという。そして。醜く腫れあがって爛れていた姉の顔は、息が絶えると同時に、すうーっと腫れが退《ひ》いて爛れたところも色薄くなり、もとの色白の顔に戻ったという。母も兄たちも「美しい死顔だった」と言った。短い姉の生涯が、苦労続きのその生涯が、気の毒でならなかった。

姉の遺骨は夫の実家の墓に埋葬された。それは二つ隣町の「荻町」のお寺の墓山であった。

夕焼や身ぬちに残る波の揺れ　旭

二

入学早々、姉の早世に遭って、脆《もろ》くも心が折れそうになったが、若さゆえか「姉さんは自分の心のなかにいるんだ」と自分で自分に言い聞かせてみたら、笑顔の姉さんを思い浮かべることができて、それから自分でも驚くほどはやく立ち直れたように思う。

それから、二ヵ月余り、一学期はまたたくうちに過ぎた。この間、私は日本育英会の特別奨学生に合格して給付金を受け、小学生の家庭教師のアルバイトをして、次兄からの送金を減らしてもらうように努めた。当時の特別奨学金は三千円で、大いに助かったのであった。

八月に入ってまもなく、神戸から次兄が帰ってきた。五月に会って以来である。毎年、盆・正月は、せいぜい三、四日間しか兄は帰省できなかったのだが、この年は、なぜか長めに休みをとったようであった。やはり姉の死が身に応えたせいもあったと思われる。

早速、母と兄弟四人で、バスに乗って隣町の寺の姉が眠る墓所にお参りした。墓域は小高い丘の中腹で、そこから南西の向こうに海が見え、沖合とおくきらきらと光っていた。

五人兄弟のひとりが欠けて、姉の菩提を弔うこころが兄弟のきずなをより強く意識させるからであろうか、炎天下、汗を噴き出しながらも、帰りは、みんな朗らかであった。

盆踊りの日も過ぎた八月十八日。午後、隣家の伝馬船《てんません》（木造の小舟）を借りて、次兄とふたりで魚釣りに出かけた。十五歳で家を離れて働きにでたこの兄とは、幼い頃一緒に遊んだ記憶はなかった。かわいがってはくれたのだが、年齢が七歳も離れていたので、いっしょに遊ぶことはほとんどなかったように思う。だから、この日、私はとてもうれしかった。魚釣りはあまり好きな方ではなかったが、兄が誘ってくれたことがうれしかったのである。

家から五分も歩けば、入江があり、そこには何艘かの小舟やボート、それに小型のポンポン船などが繋がれていた。隣家から借りてきた大きな櫓を降ろして、櫓べそに嵌めて、器用に兄が漕ぎだした。すこし沖に出てから、ゆるく東に流れる潮流に流されるまま、兄とそれぞれ糸を垂らして釣りはじめた。入れるとすぐに糸に手応えがあった。引きあげると、小さいフグの子で、がっかりした。すぐに海に放《ほう》った。それからギザミ（赤べら）が一尾釣れた。兄もすぐに釣った。やはりギザミであった（べらという魚は、関東などでは不味い魚で、下魚扱いされるが、瀬戸内海では「ぎざみ」と呼んで、格別うまい魚で、とくに塩焼きがいい)。

ところが、釣りはじめていくらも経たないうちに、急に空があやしくなってきて、ぽつぽつ雨が降り出した。それでも一、二時間がんばった。だが一向に釣れない。風が増してきて、だんだん潮の流れも速くなってきた。流れが速くなると釣り糸の先の錘《おもり》の鉛が小さくて軽すぎるので、鉤《はり》まで水面に浮いてきてしまってどうにもならない。ふたりで「もう中止にしようか」としばし思案していたところ、やがて雨も風もおさまってきた。止めるにしては釣果があまりにも少なすぎるので、続行することに決めた。しかし流れはやはり速いままなので、釣り糸の錘を替えなくてはいけない。そこで、いったん舟を近くの岸壁に着け、私は舟から降りて近くのよろず屋に入り、少し大きめの錘を二箇買って戻った。それからまたふたりは糸を垂れた。兄の方はたくさん釣れた。ギザミやメバルやカサゴそれに小さめの鯛も釣った。だが、私はいっこうに釣れない。不思議と釣れない。手ごたえもない。なぜそうなのかは分からないが、以前、同年齢の友だちと釣った時も、私だけが釣れなかった。この日もやはり釣れない。結局、兄は数十尾釣ったが、私はやっと三尾だけであった。べつだん、くやしいとは思わなかったが、やっぱり自分は下手なのだと思った。日も傾いてきたので、兄は舟を岸辺に寄せながら、もとの入江の方角に向かって漕ぐ。流れに逆らって漕ぐのだから、なかなか進まない。兄の許可をとって私は舷《ふなばた》から飛びこんで泳いだ。火照った総身が冷たくなって心地よかった。

けれど心地よいのは束の間で、うっかり流されそうになったので、すぐに泳ぎのピッチをあげて舟を追った。やっと追いついて舟に上がった。ほどよい疲れとともに気分がすっきりした。やがて、もとの入江に着き、岸に舟を繋いで家に帰った。それでもまだ夕暮れにはなっていなかったと思う。その夜、私の釣り下手は、家中の者からからかわれ、兄たちからは、「つまらん奴だ」と言われ、さんざんであったが、私はわりと平気だった。なによりも焼きたての魚が旨かったことをしっかり覚えている。そして、兄といっしょに釣りに行けたことがうれしかった。

ところで、兄との釣りは、この時一度きりだったと思っていたのだが、それは私の記憶違いであった。当時の日記を見ると、なんともう一度あったことが分かった。それはこの二日後の八月二十日（日曜日）のことであった。どうやら私はこれを混同して一回だけだったと思い込んでいたらしいのである。

その日は、上の兄貴も加わっての釣りとなった。おそらく一昨日の話が高じて、今度は男兄弟三人で行こうということになったものらしい。朝から釣りに行くために三人は大はりきりであった。まず、浜辺に餌のゴカイを掘りに出かけて、それから釣り道具をもうひと揃い買ってきた。舟の中での食用のパンや菓子もしこたま買ってきた。舟は、一昨日のとは違って、別の家のすこし大きめの伝馬船を借りることにした。私の家は舟をもたなかったが、すこし裕福で生活にゆとりのある家は、休日などの釣り遊びのために自家用の舟を入江に舫《もや》っていた。長兄の知り合いの家に頼んで、兄たち二人して大きな櫓を借りてきた。よく使い込んだ櫓であるらしく、すこし古色蒼然としているところが気になった。

今度もまず次兄が漕いだ。兄たち二人は交替で漕ぐことにしていた。私はひとりなら櫓を漕ぐ事が出来たが、三人もの重量では重くて漕げないにちがいないと思って、黙って乗っていた。また兄たちの方も私に漕いでみろとは言わなかった。今日も流れは速くなりそうだった。そもそも瀬戸内海にも「盆荒れ」という言葉があって、盆を過ぎると海は荒れがちになるので、こどもたちの盆過ぎの遊泳は禁止されていた。沖に出ている舟は、遠くに漁船が二、三隻あるだけで、その他には見当たらず、我々の舟だけであった。舟釣りはべつに禁止されているわけではないので、ゆうゆうと釣り始めた。釣り始めの三、四十分はよく釣れた。ことに兄二人はどんどん釣っている。たまに、私の糸にも当たりがきて、数尾釣れた。ところが、今日もまた潮流れがずんずん速くなってきた。東へ東へと流されてゆく。海の色が青から深緑に変わった。一昨日より一周り大きい舟だけに、速い潮流れに乗ってしまうと、みるみる岸べが遠くなり、となりの因島《いんのしま》の方を目指して加速してゆく。途中、鳶《とび》ノ小島というのがあって、そこら近辺は白波がたって渦を巻いている。引き込まれてはいけない。これはちょっとたいへんなことになりそうだと思った時は、すでに相当遠くに流されていた。天候が急に荒れ模様になった。いつのまにか空はすっかり灰色になり、黒雲がかぶさるように迫ってきていた。海の色は土《つち》気色《けいろ》に変わり、波音もして遠くは牙のように尖った白波が立っている。大粒の雨が降ってくる。と思う間もなく、海面をばしゃばしゃと雨脚が叩く。釣りどころではなくなった。実は、兄たちは船大工だから船の構造や製造については知り尽くしているのだが、船乗りの経験もなく漁師をしたこともないから、こんな時化模様になると、どうやらお手上げらしいのであった。みるみる兄たちが必死の形相を帯びてきた。海面一帯に大粒の雨が吹きつけ、風が激しくなってくる。兄たちは盛んに交替して漕いでいたが、終《つい》にはいっしょに力を合わせて懸命に漕ぎだした。私は、船板を外して、船底に溜まり始めた雨水を掻い出したり、船板を舷からさし出してボートのオールを漕ぐ要領でさかんに漕いだ。みるみるうちに雨が本降りになった。懸命に漕いでも漕いでも舟はどんどん流されているらしい。男三人がかりでこの始末である。潮の流れがもと来た方の西へ変わるのはまだまだ先らしいから、このままだと流され過ぎて、自力では戻って来られなくなるかもしれない。そんな不安も脳裡を掠めた。三人は力を合わせて必死で漕いだ。すると、兄たちが漕いでいた櫓が、突然、バキッと音を立てて真ん中から折れてしまった。使いこんでいる櫓なら滅多に折れるものではないのだが、あの古色蒼然としていたのは、どうやら使わないままに放置され、長く風雨に晒されていたためかもしれなかった。だから折れたのであろう。だが、今はそんなことを詮索している場合ではなかった。すぐに二人の兄も船板を外して、こんどは三人で両舷から身を乗り出して船板を用いて波だてながら必死で漕いだ。ともかくもとの入江のハナを目標に舟を進めようとした。しかし船板で漕ぐだけでは一向に埒《らち》があかない。そこで、兄たちは、急遽、応急処置で櫓を直すことにした。流石に二人とも大工だから、すぐそこに思いがゆくのであった。二人の兄がとても頼もしく思えた。応急処置には、まず、釘と針金が必要であった。岸に上がって店で買って来なければならなかった。三人は、今、流されているところから最も近い岸辺に舟を着けることに全力集中した。横波に揺れながら、苦闘の末、やっと岸辺に着いた。買いに行くのはむろん私である。兄からお金を受け取り、岸の石垣をよじ登ってみると、そこは一昨日に着いたところよりも、ずっと東に寄った町であった。折り良く農協の組合の販売所が見えたので、三mほどの針金と船釘を十本ばかり買い、急いで舟に向かって走った。途中、道端に転がっている大きめの硬い石を金槌代わりに拾ってから、また石垣を伝い、舟に乗った。舟は波で大揺れに揺れていて、跳び降りた時、もうすこしで海に落っこちそうになった。すぐさま兄たちは釘と針金とで櫓を修理してなんとか漕げるようにした。それからまた盛んに兄たちは交替で漕ぎだしたが、もとが老朽化しているので無理が利かず、はらはらしどおしであった。荒れる海の中、できるかぎり岸壁沿いに漕ぎ、また岸壁を手繰るようにして、悪戦の末になんとか入江にまで漕ぎつけたときは、兄たちも私もへとへとになっていた。釣果は、わずかなもので一昨日ほどもなかった。おまけに釣りの最中に、長兄は錘が切れて失くしてしまっていたし、私もたまたま胸のポケットにあった十円玉を海底に落してしまったらしかった。とは言え、この日のことは、不幸中の幸いなのであった。もしもあのままなすすべもなく遠くに流されてしまっていたら、大惨事にはならなくとも、翌日の地方版にはきっと遭難事故として載ったことであろう。そう思うと、心底、やれやれよかった、と思ったことであった。翌日、兄たちは、近所の材木屋から材木を買ってきて、もとの大きさの櫓を新調して、貸主の家に菓子折といっしょに持参して、謝ってきた。

これが高校生最初の夏休みの思い出の一コマである。失敗続きの舟釣りだったが、とても貴重な思い出である。盆やお正月に家族全員で、かるたやすごろくやトランプ遊びなどはした思い出はあるが、兄弟三人で舟釣りなどという童心に返って遊んだのは、私の記憶の中では、この時が最初で最後だったように思う。その二日後、すこし長めの盆休みを取っていた次兄は、勤務地の神戸に戻って行った。その出立の前夜。家族の団欒の時、いろいろ話し合っているうちに、長兄がこんなことを言った。「今からしっかり計画を立てて、近い将来、兄弟三人が力を合わせて、造船所を始めよう」と言うのである。そしてさらに兄は言葉を続けて「儂《わし》は指物師だから船の操舵室や客室など、船の中を設計し製作する。お前は、船大工だから船体を設計し製作できる。旭は、高校を出れば、事務会計ができるようになるんだから、事務取引一切をやればいい。兄弟が協力してやれば、きっとうまくゆく。だから、ぜひ考えておいてくれ」と話した。昭和三十五、六年当時、おそらく世の中の景気は、すこしずつ上向きになっていたのであったかもしれない。近隣でも小さな鉄工所を始めるところが幾つかあった時代である。私は、長兄の意見をおもしろいとは思ったが、内心、すぐに、まず無理だろうと思った。これは長兄の甘いロマンに過ぎないと思ったのである。兄弟でそう事はうまく運ぶはずがない。兄弟だからこそ却ってむずかしい諸問題がいっぱいあるはずである。まして、いつも気短かで長男特有の自己中心的な考えの強い長兄とうまくやってゆけるはずはない。それに、何よりも、第一に、私自身、いったい事務職が務まるのだろうか。ほとほとおぼつかないのであった。お蔭で高校に進学できたので、どうやらカンカン虫の養成工は免れ得たとほっとしたけれど、今度は、高校を卒業して算盤と帳簿だけの会社勤めという人生に、疑問を抱きはじめていたからである。

この当時の日記は、ずぼらで取るに足りない些事ばかりを記しているのであるが、七月のとある日の日記の冒頭に、「人生の悩みの解決についての苦しみは、悲痛である」という一行が何の脈絡もなく記されていた。妙な言い回しの変な言葉だが、おもてむきは朗らかな日々をおくりながら、相も変わらず、自分という愚かで不可解なものについて、もやもやと悩みつづけている私がそこにいた。

書き出しは海ではじまる秋燈下　旭

三

高校の授業の半分近くは、商業一般、商業簿記、工業簿記、計算実務、商業法規、商業実践、文書実務などの専門科目であった。商業科であるから、当然、これらをマスターすべきだと思い、入学後、私は張り切って真面目に学習しようと努めた。兄姉たちのお蔭で進学させてもらえたのだし、おまけに尾道に下宿までさせてもらっての高校生活であるから、がんばらなければいけないと思った。小学生の高学年時にかなり集中して珠算を習っていたのが、そのまま計算実務や簿記・会計などの科目の基礎に役立った。それにこれらの実務的な科目は、ゲームを覚える時のような面白さがあって、それなりの手応えを感じることができた。けれども、前にも記したとおり、私の心は次第にまた暗く塞がり、もやもやと憂いの霧がたちこめてゆくのであった。――すくなくともこれらの勉強は自分の求めているものとは違っている。自分の暗い心をひらいてくれるものではないのである。なによりもまず自分というものが分からないのだ。自分がなぜ生きているのかが分からない。何ほどの能力もない自分が生きている意味が分からない。自分を高く認めてやりたいという願いをもちながら、その手掛かりがまったく得られないという焦《あせ》りの中で、なすべき道が分からないでいる。格別、死にたいとは思わないが、しかし、思うと思わないとに拘わらず、人は死に向かって生きている。人はかならずいつかは死ぬのである。その死ということの前には、すべてが意味を失うではないか。それでも生きるというのはどういうことなのだろう。いったい自分はなんのために生きているのだろう。それが分からなくては、どのように生きたらいいのかなんて、考えることはできない。だが、それにつけても自分はどうしてこんな頭のよくない人間に生まれて来たのだろう。こんな醜く愚かな自分はつくづく嫌だと思う。

ところが、そうした自己嫌悪の波に呑《の》まれそうになると、途端にまたむくむくと得体の知れない虚栄心が首をもたげてくる。私は小さい時から自己顕示欲が強い方であった。自己卑下と自己嫌悪とをひっくり返すようにして、自尊心や虚栄心が湧きおこり、自己顕示欲がむくむくと噴き出して来るのであるから、いっそうやりきれなくなって、悶々と葛藤が続くのであった。うぬぼれというものはじつに厄介である。――これが青春と言うもので、多くの若者がその闇を潜りぬけてゆくのであろうとは、その闇を潜りぬけた後に知る所であって、当時はただ暗雲のなかを彷徨するのみであった。いっそ自分は愚か者だと割り切れればいいのだが、それができない。もやもやした思いをいっこうに明確にできない自分の頭の悪さに嫌気がさしてぼんやり苦しむばかりであった。

こうした憂鬱な思いに沈むのは、休日の夕方時分が多かった。そんな時、私は、ひとり下宿の家の裏道を抜けて、標高百五十mほどの里山に登ることが多かった。石鎚山というこの小さな山の頭上はゆるい勾配に開けていて、赤松や黒松が繁っている間のそここに、高さ二mほどの白い岩石が十数個、にょきにょきと立っていた。その岩石の上はどれもほぼ平らで、人が二、三人は座れる広さがあった。誰かが造ったものではなく、長い年月、風雨に晒されてそうなった自然石である。

尾道は、前にも言ったように、備後水道という細長い海に沿った町で、その北側は尾道三山をはじめとして低い山並みが海とくっつくように続いているのである。その山並みの真ん中あたりが千光寺山。この山は参拝者や観光客でいつも賑わっている。しかし私が登る石鎚山は、その千光寺山からすこし西側に離れた位置にあって、こちらは地元の人も滅多に登って来ない山であった。人が来ないわりにはしっかりした山道が続いていて、登りやすくすぐに頂上に着いた。

あたりはいつもひっそりと静かであった。春は小鳥がさえずり、夏は蟬がうるさく鳴いてはいたが、ひと気はなかった。私は文庫本などを手に持って岩にのぼって、日が傾くまで、本を読んだり、ぼんやり雲を眺めたりして時を過ごした。夕方は日差しもきつくなく、松風が涼しく吹いた。青空に吸い上げられてゆくような心地を味わいながら、小さなつまらない自分を思った。

自分で自分を認めてやれないもどかしさ、意志の弱さ、根気のなさ、判断力の甘さ。

どうしたらいいのかは分からないが、とにかく自分に不満なのである。だれもが味わう青春の苦さというものであるのだろうが、私はどっぷりとその泥沼に浸かっているような、どこまでも闇のトンネルから抜け出せないでいるような情況が、相変わらず続くのであった。この暗さは、十歳の頃からであるから、もう五、六年は続いているのである。少年期の五、六年というのは、とてつもなく長いものであったが、この後、さらに暗いトンネルが続くことになろうとは、ついぞ知るべくもなかった。

一学期の間に、親しい友も幾人かはできた。が、自分の悩みを打ち明けるほどには親しくなれなかった。

どの授業もそれなりの授業内容であってさほど不満はなかった。けれど、教師はほとんどまるで会社員か銀行勤めの人のようで、きちんと教科書どおりのことは教えてくれるが、人間味のある魅力的な教師には、なかなか出会えなかった。国語・数学などの普通科目は、教科書も薄く授業は物足りなかった。ただひとり社会科の担当で、ジャイアンというあだ名ののっぽの男の先生に魅《ひ》かれるものがあった。京都大学の哲学科を出たという先生で、年齢は五十半ばくらい、すでに禿頭で、頬骨が尖り、眼光鋭くいかつい風貌、それでいてどこか茫洋とした雰囲気を漂わせ、近づくとただならぬ深みを感じさせた。私は、この先生だったら、悶々としたこの悩みを聞いてくれるかもしれない、直接話してみたいと直感した。きっとなにか大事なことを教えてくれるにちがいない、と思った。だが、いざとなると、なかなか言い出す勇気が出なかった。それでも、そのうちに、きっと門を叩いてみようと胸の内に思いつづけた。

私は、図書室から小説類を借り出しては読書に耽り、また友人たちと行き来して他愛ない時間を過ごす日々が多くなっていった。授業はむろん真面目に受けて学んだが、日々の予習・復習はしだいにサボるようになっていった。読書に計画性はなく、今思い出してみても、芥川龍之介、武者小路実篤、志賀直哉、有島武郎、夏目漱石、森鷗外、菊池寛、北村透谷、倉田百三、幸田露伴、遠藤周作、尾崎士郎、それからスタンダール、ヘルマン・ヘッセなどを乱読していただけであった。

と、このように記すと、私はずうっと暗い日々ばかりであったかのように見えてしまうが、いつもずっとふさぎ込んでいたわけではない。むしろ、負けず嫌いな性分があるので、自分の暗い部分は周りの人たちに気づかれないように、明るくふるまっていたつもりである。

明るいと言えば、いま、当時の日記をめくっていて、ふと目に留まった記事がある。それは十月十五日の日曜日。はじめての体育祭の日のことである。

その日の記事の書き出し。

朝七時に下宿の家を出て学校に向かった。運動は不得手であるが、それでも体育祭というのは、やはり気持ちがはればれする。朝から青空の上天気である。八時四十分、入場行進が始まる。千五十余名の行進である。私はスエーデンリレー、騎馬戦、組み体操、百足競争に出る。どれも自信はない。失敗しなければいいが、ビリにならなければいいが、というそれだけである。午前中の出番は、組み体操のみ。案の定、倒立に失敗。だが後はみな出来た。昼近くなると、どのクラスも応援が乱れてきた。ぼんやり競技を見ていると、うしろの方で、だれかが大きい声で「波戸岡という生徒がおるか」と言った。すぐにその方を見ると、声を発したのは上級生の知らない人であった。が、その男子生徒のすぐ後ろに、母がいた。長兄がいた。島からわざわざ見に来てくれたのである。母も兄もやや紅潮して笑みをたたえていた。

とある。

入学以来、毎月のように土、日曜にかけて島の家に帰ってはいたのだが、島から母が尾道に来てくれたのは、このときが初めてであった。母は相変わらずコマネズミのように働く人であったが、この頃は、もうかなり祖母の威力も弱まっていて、祖母への不必要な気兼ねはしなくてよかった。私がどんな高校生活をしているのか、母は母なりに、長兄は長兄なりに、気にかけてくれていたのである。体育祭のある事は前もって伝えてあったが、まさかわざわざ来てくれるとは思っていなかった。母も兄も、高校生のありのままの私の姿を、一度、自分の目で見て心にとどめておきたかったのであろう。もともと小柄な母であるが、その日の母はことに小さく見えた。私と目があった途端、満面笑顔の母の目にきらりと光るものがあった。グラウンドは大勢の人であふれんばかりで、小学校や中学の時の運動会のように家族で過ごす時間も場所も用意されてはいなかったが、それでも短い時間、昼食は母と兄と三人でとることができた。下宿の小母さんは、巻き寿司を作って持たせてくれていたが、母もまた稲荷寿司、厚焼玉子、蒲鉾、果物などを持参してくれていた。午後からは、ふたりは一般席の方に行った。すべての競技が滞りなく終った。私はただ大勢の中の一人として競技に参加し、それなりに面白くはあったが、ぐったり疲れた。閉会式の後、母・兄と一緒に校門を出て、尾道港の近くの食堂でしばらく話をして、母たちは船に乗り島へ帰った……。

（ただ、これだけの記事であるが、すっかり記憶の外にあった出来事で、ほのぼのと懐かしい）

三学期になって、私は、クラスの皆から推薦されて、生徒会の執行委員になった。日ごろから、私は授業中でもホームルームの時間でも、かなり積極的に自分の意見を述べていた。これは、小さい時からの癖のようなもので、たがいに意見を戦わせたり、それをまとめたりすることが面白くて、そういう役回りをやりがいのあることと思い、それが自分の性分の一つだと思っていたふしがある。自己顕示欲が強い証拠である。こうした態度がクラスから推薦された理由であったろうと思う。一、二年と、私は執行委員として生徒会活動を続け、二年の三学期には、執行委員長に選ばれた。いわゆる生徒会長である。とは言え、それは高校生活の自治活動に限ってのことであって、外部との政治的な活動とはまったく無縁であった。

虹の根にもつとも濡れて母の島　旭

四

高校での部活動は、テニスを続けたかったが、練習を見に行くと中学の時のようなのんびりしたものではなかったので思いとどまった。結局、珠算部がいちばん商業科に適っていると思い、入部した。算盤は小学生の時ほどには夢中になれなかったが、それでも放課後の練習がものを言って、一年の三学期には全国珠算連盟の二級に合格し、簿記も二級に合格した。珠算はすぐに一級にも挑戦してみたが、すこし点が足りなくて二年になってから合格した（珠算も簿記も二級以上は、履歴書に特技として記すことができた）。

尾道商業高校は、私の入学した昭和三十六年当時、すでに創立七十有余年を経ており、県立の商業高校としては、広島商業・呉商業と並ぶ有名校ではあった。専攻は商業科のみで普通科は無かった。生徒のほとんどは企業への就職か自営業の後継を望む者であった。むろん、私自身も大手の企業に就職するためにこの高校に入学したのである。ところが、島にいた時は、情報が乏しくて、私はまったく知らなかったのだが、入学して間もなく、この尾道商業高校は、島の因島高校よりもよっぽど入学し易い学校だったことが分かった。これを知った時は、ちょっとがっかりもしたが、そう言えば、学内はわりとのんびりした風であった。乱れてはいないが、張りつめたような空気もなかった。瀬戸内ののどかさが、そのまま校風の一部となっているようで、どこか生ぬるさがただよっていた。

だが、そうした中で、大学進学を目指す者が各学年に数名ずつはいるようであった。それが誰なのかは、とかくの噂の中からしだいに知るともなく知られてくるのであった。そうした人たちの中で、私が特に注目し、意識するようになった男子生徒が二人いた。二人とも一学年先輩であった。どちらも学年でいつも一、二番を争うほど成績が良くて、しかもひとりはラグビー部、もうひとりはテニス部に所属するスポーツマンである。級友からはもちろん、校内での人望も高いようであった。そしてどちらもかなりストイックで、気骨のある雰囲気を漂わせていた。

私が執行委員になった時には、すでにふたりとも執行委員として生徒会活動をしていた。私が活動に熱心になったのも、ひとつには彼らに強く魅せられるところがあったからかもしれない。私は、内面のもやもやが消えたわけではなかったが、それはそのままくすぶらせながら、彼らのその毅然とした姿に憧れもしていたのである。とは言え、私は彼らに対しては、憧憬の念を抱くばかりで、彼らと自分とを比較してみることはしなかったし、またしたくもなかった。彼らと共通するところは、おそらくなんらかの経済的な理由で、大学進学の道を断念して、就職のための商業高校に進学せざるを得なかったという境遇くらいであって、彼らの能力に比肩できるものは私にはまったく見当たらなかったからである。その境遇のことだって、私はすでに大学進学は諦めていたのに対して、彼らは一旦諦めた進学の道を再度切り開こうとしているのであるから、同列にはならないのである。せいぜい彼らに近いことと言えば、自己顕示欲と向上意欲とが強い点であったくらいかと思われる。

生徒会活動は、まず毎月一度、定例の会議があった。執行委員会である。放課後の四時からであったが、定刻どおりに委員が揃うことはめったになく、いつもかなりむだな待ち時間を費やすのであった。そんな時、おおかたの委員がとなりどうしで無駄話をしたりぼんやりしたりしているだけだったが、中にただ一人じっと「赤尾の豆単」（英単語豆辞典）に目を落としている先輩がいた。それが注目する一人目の先輩で、彼は当時、執行委員長（生徒会長）であった。日焼けか地黒かは分からないが浅黒くて、すこし鋭角に張った濃い眉毛。その眉をすこし顰《しか》めた下に、漆黒の瞳から発する光を辞書に落としてぴくりともしない。しかしそれはガリ勉という風ではなく、どことなく余裕ありげなところも格好良かった。彼のいる場所だけがピンと空気がはりつめていた。会議が始まるやいなや、彼の議事運営はきびきびとしていて、意見のとりまとめもあざやかに、筋道立てて議決にまで導く手腕はいつも見事であった。彼は、大学進学を目指して受験勉強をするかたわら、ふだんの学校生活をも充実させるべく、生徒会活動をやり、ラグビー部のマネージャーも引き受け、またラガーマンとしても放課後汗を流している姿を、私は幾度も目にしている。尊敬すべき先輩であった。

私は二年次も、推薦されて執行委員を引き受けた。そして、その三学期、仲間から推されて執行委員長に立候補し、総会において全会一致で承認された。「承認」というのは対立候補者がいなかったからである。これは私の時だけでなく、当時は「対立候補無し」が続いていた。執行委員のメンバーの中からおのずと次期の委員長に相応しいと目される人がいると、あえて対抗者は出さないという風があった。

執行委員長の任期は一学期間だけである。しかし、委員長の任期が終ると、次期の生徒会議長に選ばれることが習慣のようになっていたから、結局、私は、二年の三学期の生徒会長、三年の一学期の議長をしたのである。その頃の学校内の雰囲気は、わりあいおとなしくのどかなものであったから、任務自体はさほど重荷ではなかった。

さて、その二年の二学期末の生徒総会で私が生徒会長に承認され、その任に就くや、その翌日の放課後、軟式テニス部のマネージャーである先輩が、私の所にやって来て、「テニス部のマネージャーを引き受けてくれないか」と言った。私は、下手の横好きで、入学当初、テニスがやりたくて練習を覗きに行ったほどであったから、このように誘われてみると、やはりやりたいという気持ちを抑えることができなかった。しかもそのテニス部のマネージャーというのは、私がひそかに憧憬の念を抱くふたりの先輩の中のひとりであったから、なおさら断れなかった。と言うより断りたくなかった。しかし引き受けるかどうかを言う前に、私はまずこう告げた。「テニスは、大好きです。中学の時も少しやっていましたから。でも、入学した頃に、一度、テニス部の活動の様子を見に行って、中学の時に比べて練習ぶりがとても激しそうだったから諦めたんです」と返事にならないことを言った。彼は「いや、君は部員として練習はしなくていいんだ。マネージャーになってくれればありがたいんだよ。どうだろう。ぜひマネージャーを引き受けてくれないか」と言う。テニスは私にとって、唯一好きなスポーツと言っていい。それに関われるなら、うれしいことだ、と私は気持ちを固めた。「分かりました。引き受けます。マネージャーをやらせてください」。彼はにこりと笑って「じゃあ、よろしくたのむ」と言って立ち去った。それから、数十分経った頃かと思う。今度は、もうひとりの憧れの先輩であるラグビー部のマネージャーがやって来た。そして、「波戸岡君、頼みがあるんだが、聞いてくれないか」と言う。「なんですか」と聞くと、「ラグビー部のマネージャーを引き受けて欲しいんだ。ぜひ頼むよ」と言うのである。時を前後して、ふたりの憧れの先輩が目の前に現われたのである。私はすぐ「あっ、これは偶然ではないな」と直感した。つまり彼らの勧誘は私個人を見込んでではなく、私が生徒会長になったから頼みに来たのであった。生徒会本部の役員、それも生徒会長がマネージャーであれば、その部の活動にいろいろと有利な面があったからである。たとえば各部へのクラブ活動費の配分などは、毎年ほぼ割合は決まっているのだが、それでも予算折衝の折などには多少の無理を通すことができるのであった。

彼は、私が当然引き受けるだろうと思っているらしく、いささか強引な口調であった。私は一瞬たじろぐ思いであったが、すでにテニス部のマネージャーを引き受けた後だったのだから、しかたがない。「せっかくですが、お引き受けできません。じつは今すこし前にテニス部からの誘いがあって、マネージャーを引き受けたんです」と言った。彼は「そうか、先を越されたか。でも、考え直してみてくれないか。ラグビーも面白いぞ」と言って私をじっと見据えるのであった。間が空くと気まずくなるなと思ったから、私は「はい。でも、テニス部を引き受けてしまったものですから」と重ねて断った。「そうか、じゃあしかたないなあ」といかにも悔しそうな口ぶりながら、それでも颯爽と彼は去って行った。ラグビー部には、親しい友人が何人もいたし、監督にも部長の先生にも好感をもっていた。ましてや畏敬する先輩からの頼みであったから、とても残念であったが、いたしかたのないことであった。

私は、そこで珠算部を辞めてテニス部に入部した。テニス部に入った以上、やはり、「マネージャーだけではつまらないので、部員としての活動もしたい」と、三年の部長とマネージャーに願い出ると、部員数が少なかった所為もあって、簡単に許可された。テニス部は、軟式テニスのみで、硬式は無かった。中学以来、二年ぶりにラケットを握ったのは、うれしかった。だが、練習は厳しく激しいものであった。みるみる腕を上げてゆく友人や後輩たちに比べて、私は相変わらず下手で、すこしも上達しなかった。それでも好きなことは好きなので、選手とマネージャーの仕事を楽しんだ。部活の練習中は、日ごろの悩みから解放されていることが多かった。これは、生徒会活動と同じく、私の性格の明朗部分を引き出してくれたようで、悪くなかった。とは言え、まったく切り替えができたわけではない。おりおり、ボールを追いかけたり、守備について身構えたりしているとき、その刹那に、もうひとりの自分が語りかけてくる。「お前は何だ。何者なんだ」「今何やってるんだ。お前なんかなんにも良いとこないじゃないか」「お前のちからは何なんだ」「おまえなんか、どうせだめなんだよ」「おれはいったい何のために生きてるんだろう」などなど、きれぎれに湧いてくる雑念。まるで藪蚊か蠛蠓《まくなぎ》のようにしつこく頭の回りにまとわりつく。首を振り、払いのけようとするが、容易に消えない。あわててラケットを振る。空振りをする。身構える。また雑念に襲われる。なにがなんだか分からなくなる。また懸命に意識をボールに集中する。このくりかえしである。上手くなるわけがない。それでも、テニスの部活動は私を明るくさせた。

ところで、二年の三学期からこのテニス部に入部したことが機縁で、私は生涯の恩師に巡り合えることになるのだが、それには、その中継ぎをしてくれた人がいたのであった。それはテニス部のコーチをしてくれている二十四、五歳の男性なのであったが、この人がひと口では説明できない難物《なんぶつ》なのであった。当初、私はこの難物なる人にすっかり気に入られてしまい、一時は親炙《しんしゃ》したのであるが、また逆にさまざま翻弄され、困惑する事態にも陥ったりした。とは言え、この人とのご縁で、生涯の恩師に出会えたのであるから、今では、ありがたいことと思っている。

秋の虹師恩大きくなるばかり　旭

五

二年の三学期から、私は生徒会長とテニス部のマネージャー兼部員として、急に忙しくなった。けれども、生徒会の方は、執行委員の同輩、先輩、後輩がみなよく協力をしてくれたので、さしたる混乱もなく順調であった。問題はテニス部であった。私自身の選手としての低迷ぶりは前に記したとおりで、これは予測していたことであったから、やむをえない。問題というのは、テニス・コーチの事であった。コーチとは言うものの、じつは学校が正式に依頼した人ではなかった。ある頃から、放課後のグラウンドに彼が入って来るようになって、いつの間にか指導しはじめたのだそうである。それは私が入部するおよそ二年前の頃からであったらしい。彼は、はじめのうちは見ているだけであったが、すぐに声を出して注意をし、指図し、やがて自分からコートに入って手本を見せたりして指導するようになったというのである。野球部とは違って、もともとテニス部にはコーチとか監督のような指導者はいなくて、上級生の指示に従って活動しているのであったが、その練習が手ぬるいと見てとった彼は、言わば、好意的に自分からコーチを買って出たということであったらしい。その際、部として彼の指導を受け入れるかどうかということをきちんと話し合うべきだったのに、それがなされないままに、彼の指導を受け続けて来ていたらしいのである。私は、マネージャーの任務を引き継ぐ時、前マネージャーである先輩に、彼はコーチであるのかどうなのか、マネージャーとして彼にどう対処すればよいのか、と尋ねた。すると先輩は、あらましのいきさつを説明してくれた後、「彼は正式のコーチではないから、まあ適当に距離を置いたほうがいいと思う。オレ自身はあまり彼には近づかなかったけれどね」と歯切れの悪い回答であった。コーチという男がどんな人なのか。結局、自分の目で確かめるほか知りようはなかった。

彼は、学校が依頼した正式のコーチではなかったが、先にも記したように、私が入部する以前から指導をしていた。彼がコーチをし始めてからは、テニス部は全体としてぐんと上達したのだそうである。それ以前、公式戦などではほとんど実績がなかった部であったが、彼の指導以後、地区大会優勝、県大会上位入賞はあたりまえのようになり、彼が見込んだ選手たちの中には、中国大会で活躍するチームも出て来たのであった。

前マネージャーの返事が曖昧なので、その後すぐに、私は職員室に行き、テニス部の顧問である先生のところに行った。英語担当の先生で、テニス部の顧問というのは名目だけであった。真面目で誠実な先生ではあったが、積極的に部の面倒を見てくれる雰囲気ではなく、無難に活動してくれていればそれでよろしいという風がうかがえた。私がコーチについて尋ねると、先生は「うーん、彼は、自分からやってきて、熱心に指導してくれているんだよ。数年前かららしいんだが、まあ、お蔭でテニス部は強くなったんだけどね。熱心に指導してくれていて、彼の好意には感謝しているんだが……。ただ、学校としては正式にコーチを依頼しているわけではないんだよ」と答えられた。どうもよく分からない。顧問の先生も今の状態のままではいけないとは思っておられるようだったが、具体的な対策は無いようで、話はちっとも要領を得ないのである。入部したての私では、理解の届かない面があるのかもしれないとも思えたので、腑に落ちないまま、お辞儀をして帰った。
二、三日後の放課後、私は練習着に着替えてコートに出た。すぐに部員全員が集合した。コーチの彼もいた。三年生の部長と前マネージャーが、みんなの前に立ち、それから私を呼んだ。私は前に出て彼らの横に立った。前マネージャーの先輩が、「今日からマネージャーをやってくれる波戸岡君だ。よろしく」と紹介した。私はみんなに向かって、「よろしく」と、お辞儀をした。「オース」と全員（総勢約二十人ほど）が声を発した。「なお、彼はマネージャーのほか、部員として活動もするので、そのつもりで」と付け加えてくれた。「練習、開始！」で、みんなコートに散った。コートは、野球部の練習場の端の方に、二面しかなかったが、部員はコート外にも平行して並び、乱打を始めた。私もあらかじめ決められていた二年生の男子と乱打を始めようとした。すると、例のコーチが、「おい、マネージャー、ちょっと来い」と手招きをしている。野太くがさつな声である。私は「はい」と返事して駈け寄った。
見たところ、彼は、二十四、五歳ぐらいに思えたが、あるいは二十歳そこそこなのかも知れなかった。日焼けした赤ら顔のごっつい顔立ちで、眉が太く、鼻も口も大きいが、目は細く吊っている。傍に立っているだけで威圧感がすごい。背丈は百六十五、六㎝ぐらいで私とほとんど変わらないのだが、体回りががっしりしていて筋骨隆々である。足も手も長くはないのだが、両腕は盛り上がっていて小学生の太股《ふともも》くらいの太さがある。ところが、片足が不自由で、ひきずるようにして歩いた。その彼が、なぜだか異常にテニスがうまいのであった。「君が、波戸岡か。そうか、分かった。よろしくな」と、その日はそれだけだった。

彼の指導は、スパルタ式で厳しく、しかも短気で暴力的であった。しかし、その言動には説得力があった。大声で叱ると、緊張感が走って、部員たちのミスは減った。ミスが重なると、呼びつけて、ラケットを逆にして柄の部分で思いっきり失敗した部員の尻をひっぱたく。容赦なく叩く。続けて三発はくらう。これが骨身にしみて痛い。なにしろ丸太のような腕でひっぱたくのだからたまらない。私もなんどか叩かれたが、それでも私の場合は一向に上達しなかった。

彼の短気で暴力的なところはやくざのようで嫌であったが、とにかくテニスが好きで、なんとしても部員を上達させてやろうという熱意に溢れているところに私は次第に魅かれていった。彼もまた、練習の時以外は、マネージャーである私にいろいろ親しく話しかけて来るようにもなった。

彼は、年齢もよく分からないし、素性も不明なところが多かった。分かっているのは、住まいがこの高校の正門から歩いて五分ほどのところにあって、製麺所の息子らしいということであった。しばらくたって、後輩から聞いたところによると、彼は、この高校に指導に来る前は、すぐ近くの中学校でやはり自分から乗り込んでテニスのコーチをしていたそうである。だが、話はそれだけで、それ以上のことは分からない。中学でどういう扱いを受けたのかは、皆目分からない。おそらく生徒たちを上達させ、ある程度、公式試合での成果を上げたであろうが、学校側がどういう処置をしたのか、見当のつけようもないことであった。

日が経つにつれて、私はすっかり彼に気に入られてしまった。彼は、私が生徒会長であることを喜んでいる風であった。つまり生徒会長である私を弟分にしているという風で、それを得意にしているらしいのである。なんとも無邪気というほかない。やがて、彼は、私に「俺の家に遊びに来い」と言うようになり、何度も誘うので、休みの日に行くと、彼自身で食事を作ってくれるのであった。それから、テニス部の話をはじめとして、野球部やらラグビー部やらの内輪話、教師たちのことを、彼が知るがまま、思いつくがままにしゃべるのであった。彼はグラウンドに入って来ると、見かけた教師や部活動をしている生徒たちとよく立ち話をしているので、情報が集まるらしいのである。

私には、彼がどういう経歴の人なのか、まったく見当がつかなかった。印象からすると、高校どころか中学もきちんと卒業していないのではないかと思えた。なにかに躓《つまず》き、なにかに抗《あらが》い、強く抵抗しつづけて生きている。どうかすると、すぐかっと怒りだす。強がりを言う。いかつい体とごつい表情で怒りだすと手がつけられないのだが、ふだんはとても人懐っこいところがあり、無邪気で喜怒哀楽が透けて見える。どうやらこの人は、根はとてもさびしがり屋ではないかと思うこともあった。おそらくそれを見せまいとして怒ったり強がったりするのかも知れないと思った。しかし気弱い男というのとは真逆なところがある。一筋縄ではいかない男のようだ。私は、この人は、どこかで道を踏み外しかけた人ではないか、と思うようになった。広島はもちろん、この尾道にもやくざはいると聞いている。まさかやくざではあるまいけれど、ときに見せるきつい物腰はいくぶん異常にも思われた。それにしても、この人はどうしてテニスなんかに夢中になったんだろう。どうしてこの人はテニスが上手くなったんだろう、いったいどこで教わったのだろう、いや、教わったというよりも、自己流の習練によって摑《つか》んだ技なのかもしれないが、こんなに足が不自由なのに、なぜ上手いんだろう……。つくづく不思議な人に出会ったものだと思った。

ある晩、私は彼の勧めに従って、彼の家に泊った。その夜、初めて彼は彼自身の身の上の一部を語ってくれた。「俺は前に広島に出て、やくざになろうと決心したことがあった。それで、尾道に帰って、おふくろに、『俺はやくざの組に入るけん』と言ったんだ」と言ってから彼はしばし黙った。私はじっと次のことばを待った。彼は激する気持ちを抑えるようにして「するとな、おふくろは、怖ろしい顔をしてじいっと俺を見つめていたんじゃが、いきなり俺の腕を摑《つか》んで立ちあがり、ぐいぐい俺を引っ張って行くんだ。

家の外に出て、ほいで、ぐんぐんぐんぐん引っ張って行くんだ。俺は『どこに行くんね』と聞くんじゃが、おふくろは何にも言わん。ただがむしゃらにひっぱって行ったよ。そいで、気がついたら、汽車の線路の上だった。そこでおふくろが言うたんじゃ。『お前がどうしてもやくざになるというんなら、よおう分かった！　死のう！　ここで一緒に死のう！　お前だけ死なせはせん。私《うち》も死ぬけん。一緒に死のう！』とな……。俺は泣いたよ。声をあげて泣いたよ。おふくろも泣いた。それで俺はやくざになるのをあきらめたんだ……」。彼にはお姉さんがいたが、すでに嫁いでいるらしく、一人息子であった。その話からすると、彼は一度はかなりぐれていたけれど、それ以後は立ち直り、尾道の実家に帰って、家業の製麺を手伝って暮らしているということらしい。どんな話題から彼の身の上話を聞くことになったのかは思い出せない。そして、話はその時のそれだけで終り、その後、彼の身の上について聞くことはなかった。彼がなぜテニスに魅かれるのかは、依然、不明であったが、しかし、どこかで身につけたテニスというスポーツが、彼自身の生き方を改める時に一つの力になったことは確かであった、と思われる。

ある日、彼は、私に「どこに下宿しているのか」と聞くので、「栗原に下宿しています。学校から四十分くらいかかなあ」と言うと、「お前、すぐ引越ししろ。俺が良い所を知っているからすぐ越して来い」と言う。面喰っていると、「俺がとっても気に入っている先生が単身赴任とかで一人で下宿しているんだ。いい先生だよ。その隣の部屋が空いているから行けよ。そこの下宿屋の小父さんも小母さんもとても親切でやさしい人だから。大丈夫だから、行けよ。行くんだぞ」と強引であった。その下宿先は、学校の近くであったから、登下校の時間が短縮できる。彼の好意を喜んだ私は、間もなく、友だちに手伝ってもらって引越しをした。その単身赴任の下宿の先生というのは、お住まいが広島市内にあるのだが、今年の春に転任して来られた国語の先生であった。授業で教わることはなかったが、転任の時、講堂で話された転任の挨拶が、なんだか爽やかで朗らかな印象を受けたのを覚えていた。高田吉典《たかたよしのり》先生という。生徒間では、吉典先生を音読みして誰言うとなく「キッテン先生」と渾名《あだな》して、けっこう人気があった。私の生涯の恩師となった先生である。

南瓜切るもっとも恐い顔をして　旭

六

十一月の末、友だちに手伝ってもらって引越しをした。家財道具といっても机と本と蒲団くらいだから半日もかからない。引越し先の下宿は、漁師町の真ん中に位置していて、古くは名主か庄屋であったらしい構えの大きな仕舞屋《しもたや》であった。細い路地に面して、引き戸の一間《いっけん》間口。敷居を跨ぐと、東西に三和土《たたき》が続いている。その左側に上がり框《がまち》があって老夫婦が住む部屋が十二畳と八畳のふた間続きになっており、三和土を隔てた右側の奥に二階に上がる木の階段があり、さらにその奥に炊事場。炊事場の前は土壁で、その壁裏の南側には、六畳の部屋があり、部屋の前には廊下が伸びていて、隣に床の間付きの十二畳の表座敷がある。その廊下の前は中庭になっていて松などの植木が数本と石灯籠が据えられている。庭の西側は土塀が続いている。廊下をさらに鉤の字に曲がると、その端が手洗い所であった。二階にも六畳の部屋が二つあった。

老夫婦はいつも和服であった。主人は背がずんと高く、禿頭で耳が大きく面長で鼻の高い、庄屋然とした風貌。夫人は、反対に背が低く、丸顔の笑顔の美しい人である。二人とも穏やかで親切な人柄であることがすぐに分かった。物腰が柔らかく、教養のあるご夫婦のようであった。御子息はふたりとも東京大学を出て東京方面で暮らしているとのことであった。

私は階下の六畳の部屋に住むことになった。その隣の十二畳の表座敷には、この春四月からの単身赴任で、広島市内から来られた高田《たかた》先生が借りて住んでおられたのである。先生の部屋と私の部屋とは、襖で仕切られているだけであったが、むろん、そこは開かない様になっていた。二階の六畳は、二年生の女の子が以前から借りており、もう一つの六畳は、先生の甥っ子の野球部所属の二年生が借りていた。百八十㎝以上もある大男で、期待されるピッチャーであった。彼とはすぐに意気投合して、夕食が終ると、毎夕のように下宿の家の前の路地で、私はラケット、彼はバットをもって素振りの練習をした。

テニスのコーチは、なにかと私を気遣ってくれていたが、今度は、家庭教師の口を見つけてきた（家庭教師は一年の頃にもしていたのだが、だんだん放課後の活動が忙しくなってずっとやめていた）。警察官の一人息子で小学四年生だという。おとなしい子だが、家での勉強の習慣がついていないから見てやってほしいというのである。その子の家までは自転車で四十分ほどの距離があったが、私は引き受けて週に三回、夕方から二時間ほどの約束でその子の家に通った。父親は帰宅時間が遅いらしく、めったに顔を合わせなかったが、たまに会うと「息子をよろしくお願いします」と丁寧で、息子が真面目に勉強していることを知って、安心している風であった。教え始めて一時間もすると、いつもお菓子とお茶がでてくるのは、ちょうど空腹時だからうれしかった。主に教科書を一緒に見ながら、宿題をさせたり、復習と予習とをさせたりするだけであったが、いろいろ雑談を交えて笑わせて、飽きさせないようにした。すなおで教えやすい子で、よく慕ってくれたから楽しかった。年下の子を教えるのは、もともと私の性に合っているのだと思う。

そう言えば、かつてこんなことがあった。それは私が小学五年生の頃だったと思う。

春休みであったか、母と一緒に神戸の親戚の家に行った時の事である。その叔父の家には、ひとりっ子でおとなしい三年生の女の子がいたが、あまり勉強が得意ではなかったらしく、叔父は私に向かって、「旭君、ちょっと勉強を見てやってくれんか」と言った。「いいですよ」と言うと、彼女はすぐに算数の本を持ってきて、「教えて」と言った。それは簡単な文章問題だった。答えはすぐに分かった。しかし彼女がどの程度理解できているのかが分からない。そこでどう教えようかと、ちょっとあれこれ考えた。この子にとってどの解き方が一番理解し易いだろうかと迷ったのである。それから、彼女が理解し納得できるようにていねいに教えてあげた、つもりであった。

ところが、後日、長姉は叔父からこう言われたそうである。「旭君は、田舎ではよう出来る子らしいけれど、所詮、田舎なんだねえ。娘の問題がなかなか分からなかったそうだから」。姉はぎくりとしたが、その時は言われるがままで、「まさか」と思いながらも、なにも言い返せなかった、というのである。お盆休みの時であったか、帰郷した姉は、叔父からそう言われたと、私に教えてくれた。「ほんとに、旭ちゃんは、三年生の問題が分からんかったん?」と聞くので、私はびっくりした。あれほどていねいに教えてあげたのに、あの子はどういうつもりで、そんなことを言ったのだろう? 私はあきれるやら腹立たしいやらで、すぐさまその時のことを姉に説明した。余裕を持って時間をかけたのが、逆に、女の子に、私が問題がむずかしくて梃子摺《てこず》っているんだと誤解させたのであろう。私は心外であったが、姉は、誤解と分かってほっとしたようであった。教えることは楽しいけれど、むずかしい面もあるもんだとも思ったものである。

四月、高校三年生。生徒会長は二年の三学期で任期を終えたのであるが、今度は生徒会の議長に推された。けれどもこの役もさしたることではなく、一学期間務め終えればいいのであった。隣室の高田先生とは、私が引っ越してきた当座は、めったに会えなかった。月に一、二度は広島のご自宅に帰って来られているようであったし、ふだんは教員同士の夜のつきあいで帰宅の遅い日が多かった。単身赴任二年目であった。学校でも廊下ですれ違うことはあったが、担任は別のクラスを持たれ、授業も当らなかったが、先生のクラスの生徒や授業を受けている生徒たちの評判はとても良かった。男っぽい風貌でありながら、温和でロマンチックらしいこと、授業はユーモアに富んだ話し方で楽しいと言う者が多かった。それに比べて、私のクラスの国語教師の授業は、てんで面白くなかった。国語教師のくせに碌《ろく》に読書をしていないことがすぐに分かった。一番、気に入らないのは、まだ二十四、五歳くらいなのに、教壇を前に、椅子に座ったまま授業をする。それも足を組んでいるらしく、低くやや反り返るように座ったまま、しかも振り向きざまにチョークで黒板に字を書く。本人は恰好をつけているつもりらしいが、不恰好で無様で、傲慢で、生徒を舐めているとしか思えない態度で授業をするのであった。どういう恰好をしようが、教師の勝手であろうから、それに文句はつけられないが、不愉快は不愉快であった。ずいぶん、我慢をしたが、彼がたびたび頓珍漢なことを言うので、ある日の授業中、とうとう立ち上がって文句を言った。それは国木田独歩の話の時だった。「彼の書いた物に『じゃがいもと林檎』とかいうような短篇があるんじゃが……」と曖昧なことを言ったのである。私はすぐ立って、「先生、それは何ですか。そんな作品がありますか。いい加減なことを言わんでください」とケンカ腰に言ってしまった。彼はさっと赫《あか》くなった。そして「たしか……そんな小説があるんじゃが……」と口ごもった。「『牛肉と馬鈴薯』ではないんですか」。彼は、苦笑いをしながら「おおそうじゃった、そうじゃった」と言った。何もケンカ腰になることはないのだが、ずっと我慢していたこれまでの不快感が一気に噴き出してしまったのである。また、ある時は、「『ラブ』と『愛』とはどう違うか」などと、またまたおよそ愚にもつかぬことをとくとくと話し続けるので、「先生、それはただ単に英語と日本語の違いだけじゃあないですか。なにを根拠にその違いを問題にするんですか。もっと本筋の話をしてください。何が言いたいのか、まったく分かりません」とやりこめてしまったりした。こんな人がどうして教師をやっているんだろう。国語教師らしい教養も、授業に対する熱意も感じられない。生徒の能力を勝手に低く見て、驕っているとしか思えなかった。しかし、虚勢を張っているらしい態度とは裏腹に、気弱な性格が透けて見えるような人であったから、以後は、口論をしかけないのはもちろんのこと、出来るだけ無関心を通した。

下宿の隣室の高田先生とは、日が経つにつれて、次第に話ができるようになっていった。夕方には部屋におられることが多くなったのである。私は、先生が帰って来られたと分かると、待ってましたとばかり、襖越しに少し大きい声で「先生、お邪魔していいですか」と尋ねる。すると先生は、いつも気軽に「おお、いいよ。いらっしゃい」と言ってくださる。すぐさま廊下を通って、「お邪魔します」と言って、ずいっと入って、床の間から少し離れたところに正座する。先生は背広を脱がれるだけで、着替えはしない。床の間の前に、座蒲団を二、三枚重ねてそれに片肘を乗せて、ごろりと横になられる。そして、たいてい二合瓶の日本酒を、ときおり口にあてがわれ、ほんのわずか喉を潤すようにされていた。それほどお酒が強いわけではないので、すぐにほんのり赤くなられて、二口三口で飲むのをやめられるのであった。話はどんどん面白くなるのだが、酔われたという風ではなかった。私は、いつもはじめは正座しているのであるが、足がしびれそうになると胡坐をかいた。四月の頃は、生徒会の事、クラブ活動の事、学校行事の事などのよもやま話であったが、本の話になると、先生は「昔の青年は、阿部次郎の『三太郎の日記』とか三木清の『哲学入門』や『人生論ノート』が必読書だったなあ」と教えてくださったり、また、今の若いうちに世界文学の大作をたくさん読んでおかないと、社会人になったら読む時間がなくって困るよ、とも言ってくださったりした。この先生のひと言で、私の読書意欲は、俄然、大きく燃え上がった。『三太郎の日記』も『哲学入門』・『人生論ノート』も早速購入して読みふけった。世界文学は、大作を二、三冊ずつ併読していった。担任の国語教師のことなど、もはやどうでもよかった。ちなみに、一度だけ、高田先生に、愚痴を聞いてもらったことがあったが、先生は、「彼はなあ、学生時代に病気をして、療養生活が長かったんだよ」と教えてくれた。

五月になった。そろそろ就職相談が始まった。私は、兄たちとの約束があるので、就職を決めねばならなかった。だが、内心は、会社員になるのが嫌であった。生きるためには働かなくてはいけない。それは分かるのだが、それにつけても、自分がなんだか分からないままに、自分が何のために生きているのか分からないままに、ただ会社のために生きてゆくというのは、納得がいかないのである。会社で働いていく中で、仕事を通して、自分を見つけ、自分を活かしてゆく、そういう智恵は湧いて来なかった。ただストレートに自分をもっと見つめたい、自分を見極めたいという焦燥のみであった。自分を知るためにはどうすればいいか。もっともっと自分を考える期間が欲しい。自分自身を考え、生きる意味を考えるところ、それが大学というところなのではないか。心の中で、「大学に行きたい」という思いが燻《くす》ぶりだしたのである。けれども、これはまだ心の中の葛藤であって、現実は現実。私は、兄との約束を忘れてはいないので、就職相談室のドアを開けて、担当の先生方に就職したい旨を伝えた。銀行や商事会社は自分に向いていないと思ったが、後はよく分からなかった。どこの会社にしても、経理課の事務仕事をすることになるだろう、という程度しか想像できなかった。先生方は、募集が来ている大企業の名前をいくつか挙げてくださった。二、三度、相談に行くうちに、結局、日立製作所に応募することに決まった。言うまでもなく大手企業である。本社は、茨城の日立市であるが、日立製作所呉工場というのが、呉市にあった。この会社には、毎年ひとりずつ採用されていた。五月の末の頃、本社の副社長という人が来校し、私は校長室で、その副社長さんと一対一で面接を受けた。筆記試験は無かった。面接は簡単なもので、支持政党があるかとか、労働組合をどう思うかとか、尋ねられたことを記憶している。いとも簡単な面接であった。私が生徒会活動をしているので、多少、思想チェックの意味もあったのであろう。「支持政党はありません。労働組合は必要だとは思いますが、あまり考えたことがありません」、というような単純で無難な答えをしたように思う。じっさい、政治向きの事は不勉強であったので、返事に窮した。

六月、合格通知が来た。これなら、家族全員が喜んでくれるだろうと思った。果して、手紙で知らせると、学資を出してくれている次兄も大いに喜んでくれたようであった。

私は熱心に家庭教師に出かけた。男の子は見違えるように活発になって勉強も捗るようになっていった。ひとりでどんどん問題を解くようになっていた。

ある夕方、問題に取り組んでいる男の子のそばに座っていた私は、手持ち無沙汰だったので、畳の上に一冊の読み本が半開きのまま転がっているのを、何気なく引き寄せて見た。吉川英治の『宮本武蔵』の第一巻だった。表紙も手摺れている粗雑な本で、出版元は六興出版とあった。読むともなく頁をめくっているうちに、いつしかぐいぐい気持ちが引き寄せられていく。「たかが剣豪小説、講談本の類ではないか」という高慢な思いが脳裏を掠めたが、妙に心が騒いだ。読んでいくうち、どうも予想していた、ただの剣豪小説とは違うらしい。巌流島の決闘だけの武蔵ではないようだ。野生の獣《けもの》か、修羅のような少年武蔵が、妙になまなましく印象的で、魅力的なのである。読みかけたその先がどうなってゆくのか、気になるのであった。学習が終わって、私はその子の母親に言ってその本を借りて帰った。まさか、これが病み付きになるとは思いもしなかった。読みかけの本は何冊もあるので、ちょっと息抜きのつもりであったかもしれない。

海を背に白シャツことにはばたけり　　旭

七

早速、購入した『三太郎の日記』を手にしてみたが、これは手強《てごわ》いと思った。なんだか難しそうだ。その書き出しの辺りは、……日記の上をサラサラと走るペンのあとから、「嘘吐け、嘘吐け」と云ふ囁が雀を追ふ鷹の様に羽音をさせて追掛けて来るのを覚えた。三太郎は其声の道理千万なのが堪らなかつた。解らぬのを本体とする現在の心持を、纏つた姿あるが如くに日記帳の上に捏造して、暗中に模索する自己を誑云する。後日の證拠を残す様なことは、ふつつり思ひ切らうとした。さうして三年の間雲の如く変幻浮動する心の姿を眺め暮した。併し三年の後にも三太郎の心は寂しく空しかつた……

とあって、文脈もとりにくく、またおりおりドイツ語らしい文字が挿入されていて、へんに理屈っぽいという印象であった。

……凡てが表象と形象との姿を現はして中心を争ふが故に、俺の心の世界には精神集注 Konzentration と云ふ跪拝に価する恩寵が天降らない。俺の意識は唯埒もなく動乱するのみである。俺の Ansich は苦しい夢の見通しである。……

けれど難解な中に、私がこれまで永い間うじうじ煩悶してきた暗い空気とおなじ匂いを嗅ぎつけたような気もするのであった。同質に近い空気感を覚えたのである。慣れない文章の硬さに苦闘しながら、文章も曖昧にしか理解できなかったけれども、その難しさに、一種の心地よい昂揚感を覚えるのであった。

『人生論ノート』の方は、迷路の中にぱっと閃光が走ったような明快さがあった。世界文学は、今までは、サマセット・モームやヘルマン・ヘッセくらいであったのだが、トルストイ、ドストエフスキー、ツルゲーネフ、モーパッサンをはじめ、大作を次々と乱読していった。また、伝記小説『モンテクリスト伯』や『椿姫』・『マノンレスコー』・『カルメン』・『赤と黒』などの恋愛小説も読み漁った。

私は、夜、部屋で読み耽りながらも、先生が帰宅されるのを待った。むろん遅く帰られた夜は遠慮をして声を発しなかったが、宵の口に帰られた日は、すぐにお邪魔をした。また先生も帰って来られると、たいてい「オーイ、波戸岡君、居るか」と声をかけてくださった。私は、急いで先生の部屋に行き、今読んでいる小説のことについて、あれやこれや夢中で話した。疑問に思ったことは率直に尋ねた。先生の答えはいつも明快であった。私はなおも学校の図書館から借り出して、読書し続けた。先生との本の話をしている時はじつに至福の時であった。そのうち、だんだんと私の田舎の家族の事や兄弟の事など、自分の境遇について尋ねられるがままに、話すようにもなっていった。しかし、自分自身の心の中のもやもやした煩悶は、なかなか口に出すことはできないでいた。心の内を曝《さら》け出すのは、まだまだきまりが悪かった。羞恥心が邪魔をしたのである。

そうした日々の最中《さなか》で、私は吉川英治の『宮本武蔵』に出合ったのであった。これは

『三太郎の日記』や世界文学とは、あまりに難易度がかけ離れている。だが、それだけに容易に没頭できた。たやすく同化し、粗野でがむしゃらな武蔵という若者をただちに自分に重ねてしまえるのであった。家庭教師の家から借りてきた時は、娯楽のため、息抜きのためくらいに思って読み始めたのであったが、第一巻の途中から一気に惹きつけられてしまったのである。その日の日記を見ると、「夜、帰ってから『宮本武蔵』に読み耽り、気が付くと「目覚し」は五時であった。十時からの七時間。全く呑《の》み込まれて読んだ。いまだかつてこんな経験はなかった。感動・戦慄、大いなるものであった。一巻を読んだだけであるのだが、理想の人、宮本武蔵。愛読書は、『草枕』と『宮本武蔵』である。全く奇遇である。うれしい」とかなり興奮していた様子が窺《うかが》える。しかし、この頃、すでに私の中には純文学と大衆文学の区分けの意識があって、『宮本武蔵』は講談本の一つで、言うなれば大衆読物にすぎないという思いがあったから、これほどまでに惹かれる自分の心にうろたえた。うろたえながらも、ぎらぎら目を燃やしもがき暴れる武蔵《たけぞう》が、これからどうなってゆくのか、その成長が気になってしかたがないのであった。軟弱な又八や気丈なお杉婆も面白い。暴れる武蔵は、私の踠《もが》きであり悶えであり、又八の弱さもまた自分自身のひ弱《よわ》さであった。武蔵も又八も自分自身であった。頁を開けばすぐに同化してしまうのであった。

第一巻を読み終えて、「次の巻がありますか」と奥さんに聞くと、「ありません」とのことであった。奥さんの言うことには、なぜその一冊が家にあったのかさえもよく分からないとのことであった。そう言えば、表紙のカバーも無く、紙も古ぼけていて、かなり昔の版の本であった。たまたま、どういうわけか一冊目だけが畳に転がっていたらしいのである。この頃、私の読むべき本は他にたくさんあった。だから、武蔵を読むのはやめよう、と思った。だが、そう思えば思うほど気になるのは、武蔵のその後なのであった。今は大衆読物のごときに時間をつぶす時ではないとも思う。そう思う直後、やはり読みたいという欲求が押し寄せてくる。武蔵に夢中になっている自分が恥ずかしいとも思い直す。が、続きを知りたいという衝動に駆られてしかたがない。やめようと思うとなおさら読みたくなる。どうしようかと迷う。さんざん迷った挙句、いや読みたい本はやはり読むべきだ、と気持ちは固まった。だが、続きの本をどこで見つけるか、はたと困った。学校の図書館にあるかどうか。あるかもしれないが、なんとなく調べにくい。武蔵に夢中であることが気恥ずかしくて、誰にも知られたくなかったからである。むろん、先生にも言えないでいた。

そこで、ある日の午後、駅前の商店街の中にある本屋をのぞいてみた。あるかどうか不安であった。うろうろ目をさ迷わせながら奥に進む。すると、なんと左奥の棚の中ほどに、堂々とした箱入りの『宮本武蔵』（中央公論社）が第一巻から四巻まで並んでいるではないか。しかも「愛蔵版」と書いてあってものものしい感じの装丁である。箱から出すと、薄紙に透けて真紅の布製のハードカバー。町春草の装丁・題字で「宮本武蔵」と黒漆の毛筆体の字が押されてある。頁を開くと二段組みで、そのうちの一段が、まるまる新聞連載当時のままの挿絵（矢野橋村・石井鶴三）となっていて、それが二頁毎に載っている。定価は各四百五十円。全六巻である。当時は、アンパンが十円、銭湯が二十円の時代である。高い！　と思った。だが、小づかいを節約すればなんとか買えなくもない値段であるとも思う。欲しい。けれど、すぐに買う気にはなれない。高価であることもためらう理由のひとつだが、こんな本をわざわざ買うことはない、という高慢な思いも湧いてくるのであった。結局、その日は買わずじまいであった。

世界文学の大作は、自分が高邁な境地に高められてゆくようで、それはそれで夢中になれるのであったが、武蔵はそれとは違っていた。自分の肌に食い入り、胸に直に浸みこんでくるような感覚を覚えるのである。それは高きへ深きへというのとは異なるもので、日ごろの煩悶の渦中にあって、武蔵と共にその泥濘《でいねい》の渦に呑み込まれ、武蔵と共に心が痛み傷つき疼《うず》くのであった。思えば、この感覚は、かつて十一歳頃の『路傍の石』で味わった感覚と通じあうものであった。が、当時と異なるのは、生半可に純文学ということばを知ったがために、『宮本武蔵』は大衆文学であると判断し、それに夢中になることは、一種の堕落ではないのかとまで、思うことであった。しかし、たとえそれが堕落だと知っても、それに魅かれる自分の気持ちを偽《いつわ》り我慢することは、自分を騙《だま》すことになる。いったい、これは自分を騙してまで我慢しなければならないことなのであろうか。いや、それほどのことではない。むしろ、自分に正直であるべきだ。堕落であろうが、人にどう思われようが、今の自分が魅かれているのだから、迷うことはないではないか……。

本屋を覗いた日から五日後、武蔵の第一巻と第二巻を買って来た。すでに全巻を読みきる決心であった。その頃の日記に、「……家庭教師に行く。今日は、算数と国語。彼もやる気になっている。だが、まだまだだ。……夜、宮本武蔵㈡。字を読んでいるのか、字に読まされているのか、とにかく、時を忘れる。俺に足らぬ所を教えてくれている。きっと悩んでいることをりっぱに解決してくれるだろう」と記している。その翌日にも「……宮本武蔵㈡を読む。〝我事において後悔せず〟が、剣においてのみでなかったことが、無性にうれしかった。常日頃、思っていたことが真実だったのだ。後悔しないと言えるまで、いかに高い境地に行きつけるか」と記す。「常日頃、思っていたこと」というのは、その頃、ちょうど私は「反省」と「後悔」の違いについて迷っていた時分だったからである。その翌日も「昨晩は、結局、朝三時まで、読み耽る。おかげで風邪気味。十二時起床。いやに蒸し暑い。学校へ行く。乱打《テニス》したら、額に汗が滲《にじ》んだ。案の定、やる気がでない。なんでもない球をボレーできない。試合もしたが、もとより気合が入らぬ。相棒の後衛も腐っている。頭が痛い。熱がある。こんな己をはがゆくも思う。だが、どうにも体が動かぬ。ひとり自分に腹を立てた。そして、仄《ほの》かに武蔵を想う。とうとうコーチに怒鳴られた。なんとか終わった。嫌な日だった。家庭教師に行く。教えている間は楽しかった。家に着くと、体がだるく、食欲がない」とある。それから三日後、「宮本武蔵㈢、㈣巻を買う」と記している。

下宿では、宵の口に先生が部屋に戻られた時は、相も変わらず、すぐさま襖越しに「先生、お邪魔してもいいですか」と声を発する。するとすぐに「おお、いいよ。いらっしゃい」と快い返事をくださる。私はさっと本を置いて、部屋を出、廊下を伝って部屋に入り、お辞儀していつもの座に正座する。先生は、上着を脱がれると、ごろりと横になられて、肘枕をされて話相手になってくださる。下宿の老夫人が用意してくれていたお茶を啜りながら、話は、人生論、読書論。話がはずむと先生も私も胡坐をかいて対坐して、十時、十一時まで、あっという間の時間であった。今、思えば、それは私にとって、最もありがたく、何にも勝って貴重な日々であった。文字どおり師であり父とも仰ぐべき人に巡り合えたのであった。しかもただ同宿というだけのご縁で、毎夜のごとくたったひとりで、諸々の教えを享けたわけであるから、そのありがたさは計り知れないものであった。けれど、当時の私に、そのありがたさがどれほど実感できていたかは、はなはだ心もとない。なにしろ、自分の頭は愚かで、それが苦しくて、そのくせ高慢で独りよがりであることにも気づかない人間でしかなく、迷いの中から抜け出せず、もがきどおしであったのだから、このしあわせな出会いのありがたさに、半分も気づいていなかったように思う。ただひたすらうれしく心が弾《はず》み、和《なご》みの時間であった。

さて、こうした幸運に恵まれた高校生活となったのであったが、五月も末の頃になって、例のテニス・コーチ問題が再燃した。私は、部活のマネージャーであり、しかもコーチには個人的に私淑し可愛がられてもいたので、一生徒に過ぎない身ながら、私の立場は、学校側とコーチとの間にあって、まさに板挟み状態となり、まったく動きがとれなくなって苦悶する破目になってしまったのである。

汗ひきし後の話を密にせり　旭

八

テニス部のコーチ問題は、じつは私がマネージャーになる以前からのことで、コーチと親しくなってから後も燻《くす》ぶり続けていたのである。当時の私の日記には、マネージャーとして、学校側とコーチとの間で、また、部員たちとコーチとの間で板挟みという状態に嵌《はま》ってしまって、悩まされ続けていたさまがかなり細かに記されている。コーチは、「自分がこれだけテニス部を強くしてやったのに、学校は何の待遇もしてくれない。少しは俺の功績を認めて何らかの待遇があるべきだろう」と私に迫るのであった。そのことを部長兼顧問の先生に相談すると、「うん、彼はよく指導してくれている。それはとてもありがたいんだけれどねえ、しかし、うちは公立高校だからね、学校としては教職員でない人を正式のコーチにはできないし、またコーチ料などといったものを出せる財源もまったくないんだよ。彼の熱心な指導には感謝しているんだけれど、彼の好意に報いるすべがないんだ。このことは、折に触れて、それとなく彼に伝えているんだけれどねえ。彼はその時は、『分かった、分かった』と言ってくれるんだが、どうもね、きちんとは納得してくれていないらしいんだなあ。それで、僕も弱っているんだよ」と、実際、困惑顔をされるのであった。

コーチの彼にしてみれば、硬式野球部には監督がいるのだから、自分もせめてそれに準ずる扱いをしてほしいという思いがあったのであろう。「なんたって実績と実力とを一番に評価するべきじゃろうが！　な、そうだろうが!!」と彼はしきりに私に言い募るのであった。彼が、当初テニスの指導を買って出たのは、まったくの彼の好意によるものであった。ところが、一年、二年と経って、県の大会などで部員たちが好成績をあげるにつれて、彼は、いわばその成果の見返りを求めるようになったのである。それは金銭的なことではなく、学校側に彼の指導の成果を相応に評価して欲しい、何らかのかたちで認めて欲しいということであった。しかし、野球部の監督を引き合いにだすのは、筋違いであることは彼にも分かってはいたはずである。野球部の監督というのは、大学卒の教員免許があり野球の指導歴があって、学校側が正式に教員として採用した人であったのであるから。それに対して、彼は、ただ自分流のテニス指導ができるということだけであって、学歴も指導歴もよく分からないし、もちろん教職歴も無い。それに、そもそも学校から指導を依頼したわけではなかったのであるから、彼の主張し要求するところは、言わばまったくの横紙破りなのである。しかし、その無理難題を解きほぐすことも、彼を説得することができる人もいないのであった。

彼は、練習途中に、しばしば癇癪《かんしゃく》をおこし、「もう、やめた」と言っては、怒って帰るのだが、また一週間も経たないうちに、けろっとして、コートに顔を出す。そして、ガミガミ叱りながら指導をはじめる。また、腹を立てて、「もう、やめた！　絶対やめた！」と言うので、今度こそやめるのかと思っていたら、またやってくる。その繰り返しなのであった。これは、彼の短気で粗暴な性格によるのは言うまでもないのであるが、その根っこのところは、学校側の彼に対する態度が曖昧であることに起因するのであったと思われた。しかし、生徒同士の事ならともかく、コーチと部長兼顧問という大人同士の問題は、単純なようでいて、なかなか理屈どおりにいかないものであるらしいことを、私はうすうす気づいていて、動きがとれなかったのであったと思う。部長兼顧問の先生も教頭先生も、コーチの彼の、粗暴な反面、人なつっこい人柄であるところを大切にして、なんとか彼を怒らせまいとするものだから、はっきり断ることができないのであった。「残念ながら、学校としては何の待遇もできなくて、申し訳ない」という程度に仄《ほの》めかすのが、やっとのことであったらしいのである。しかし、仄めかしただけでは彼は納得せず、むしろなぜだか、逆にそれを都合よく曲げて解釈して、自分は慰留されたというふうに思うらしいのであった。また、もう一つの、部員との板挟みの方は、やたらビンタとけつバット（ラケットを逆さに持って柄の部分で思いっきり尻をひっぱたく）をするスパルタ方式と、何かと一方的に押し付ける指導への不満であったが、彼の粗暴な性格と威圧的な態度を怖れて、誰も何も言い出せず、そのしわ寄せが私にくるのであった。

三年になった当初、すばらしい先生に出会えて、いよいよ順風満帆になるはずの高校生活が、かくのごとき部活問題という横波に翻弄され続けていたのであった。当時、私は、「人の善意とはなにか」、「資格と実力との違い」、「道理と道理の行き違い」などについて悩み、迷い、考えつづけたが、どうにも答えは見つからなくて、悩ましい日々を送った。コーチ問題は、解決の糸口が容易に見つからなかった。はっきりと拒絶できない学校側の態度もよくないし、善意でみずから買って出た指導なのに、その見返りを求めるのもよろしくない。どちらにも非はあるのだが、良いにつけ悪いにつけ、そこに情が絡むのであったから、理屈どおりには事は進まないのであった。その上、私自身は、コーチの彼に個人的にも可愛がられていたので、彼の言い分を聞く立場から抜け出ることができなくて、なおのこと窮してしまったのである。

だが、もうこの件については、ここで筆を止めることにしたい。日記には、これまでの経緯《いきさつ》、問題の紛糾状況の分析、コーチの人柄の分析、自分自身の在り方、対応策のあれこれといったことが綿々と綴られているのだが、それを記すと脇道に入り込み過ぎてしまう。

これは情の絡んだ人間関係の縺《もつ》れの縮図のようなもので、彼に近づき過ぎたばっかりに、私は大いに悩まされたのであったが、後から思えば、いろいろと貴重な経験と勉強をしたわけである。事態の収拾までには、さらに一波乱も二波乱もあった。学校側が何もしてくれないことに腹を立て、憤懣《ふんまん》やるかたない彼が愚痴るのを気の毒に思いながらも、私はただ聞くのみしかできなかった。彼の八つ当たりから幾度かビンタを受けたりもした。

が、結局、彼は、煮え切らない学校側に対して自分から愛想を尽かして来なくなってしまった。どうやら、学校側としては、そうなることをじっと待っていたらしく思われる。つまり、それが一番事を荒げないやり方であるということだったのであろう。

しばらく経って、今度は、彼は私立の高校に出向いているらしい、との噂を耳にしたが、その後、彼がその学校でコーチになったかどうかまでは分からない。話が前後するが、このコーチ問題についても、高田先生には何度か相談に乗っていただいたのであったが、その都度、私の考えの是非を教えてくださり、アドバイスをしてくれたのであった。宵の先生との話は、尽きることなく続いた。

私は私自身の胸中に燻《くす》ぶり続けている悩みについても、次第に打ち明けて聞いていただくようになっていった。読書についても経過報告みたいに聞いていただいた。私が、あれこれと面白かった点について言うと、先生もご自身がそれらを読まれた頃の思い出と併せて、いろいろとまだ話してくださるのであった。ヘッセの『車輪の下』、『春の嵐』、『知と愛（ナルチスとゴルトムント）』、モームの『月と六ペンス』、ホーソーンの『緋文字』、スタンダールの『赤と黒』などにも深く感銘を覚えたことをお話した。そして、そのついでに、私は、ちょっとためらったのち、思い切って、「いま、じつは僕は『宮本武蔵』に夢中なんです」と打ち明けた。先生は一瞬「ううん？」というふうで、すこし意外な顔つきをされた。「そうか、『宮本武蔵』か」と仰ったまま、なにか考えておられるようであった。私は、その時、さっと顔が赤らんだように思う。ちょっと間があって、先生は、「吉川英治の『宮本武蔵』か。あれはまあ大衆文学だからなあ」と仰った。私は、ぎくりとした。そう言われるのではないかと思っていたのが、まさにそのとおりになったからである。私は、「そうかも知れません。でも先生、大衆文学と純文学とはどこが違うんですか」と尋ねた。先生は、すこし考えられてから、「そうだねえ、純文学というのは、より高い精神性を追求するものであって、大衆文学というのは、まあ娯楽だけが目当てのものと言えるんじゃあないかなあ」と答えられた。しかし、それだけでは、私は納得がいかず、「吉川英治の『新書太閤記』とか『平家物語』は、大衆小説かも知れませんが、でも、武蔵は、苦しんで苦しんで成長してゆきます。ただ面白いだけではないんです」と言った。先生は、この後、ずいぶん時間をかけて話してくださった。例えば、「純文学には、実生活の裏付けがあり、生きる苦しみや悩みがリアルに描かれている」とか、「大衆小説は興味本位でしかない」などのことを、その都度、具体的に作品を挙げながら、その違いについていろいろと説明をしてくださった。その説明自体はよく理解できたと思うのだが、しかし、吉川英治の『宮本武蔵』が大衆小説であるということだけは、どうしても肯《うべな》えなかった。納得できなかった。その日の話のお終いには、先生も、「そうだなあ。『宮本武蔵』は苦悩して人間として成長してゆく小説だからなあ。ひと口に大衆小説とは言いきれんかも知れんなあ」と仰って、それから、「うーん、僕はどうも、その違いについて、君にちゃんと説明できなかったようだ。いやあ、このくらいのことはちゃんと説明できんといかんのになあ。まったく、これじゃあいけん。私ももっと勉強せんといけん。いや、まいった！　まいった！」とまで言われた。私は、この時の先生の率直な物言いに、「ああ、先生はほんとに偉い先生なんだなあ！」と思った。そうして、私自身、文学ということについて改めて真剣に考えはじめるようになった。自分の生きるということ、何のために生きるのかということ、それは文学をするということにおいて、見えてくるものらしいと思えてきたのである。

結局、私は、中央公論社の『愛蔵版　宮本武蔵』を残りの分も全部、小づかいを叩《はた》いて（全六巻を購入して）、全巻を読み終えた。その時の感動は、世界文学のどれよりも身近に感じられ、心にじかに響いたことを今も如実に思い出すのである。

ちなみに、「純文学」とか「大衆文学」という用語は、昭和初期に始まって、戦後もくりかえし議論され、ことに昭和三十年代は、文芸評論家たちの間で純文学論争が盛んに戦わされた。その余波はその後もずっと続いていたのである。しかし、今日では、もはやそうした区別はさして意味を持たず、ほとんど問題視されないようになった。そして、吉川英治の『宮本武蔵』は、国民文学の傑作として、今日も読み継がれていることは周知のとおりである。

それはともかく、私にとっての『宮本武蔵』は、文学とは何かという問題を考え始めるきっかけとなったはじめての書なのであった。

六月の終わる頃、家庭教師先のご主人（警官）が、急に広島市内に転勤と決まり、家族ぐるみ引っ越すことになって、私のアルバイトは終わった。四年生の男の子も御両親も、むろん私も、同様にとても残念であったが、しかたがなかった。男の子が学習にやる気を出してきて、ちょうど軌道に乗っていたのがせめてもの慰めであった。「ぜひ広島に遊びに来てくださいね」と何度も念を押された。が、結局、行けずじまいになった。

日焼子の声も目玉も大きくて　旭

九

日記というものは、おりおりの出来事の記録などは備忘録としてある程度信用できるが、日々の感想や反省の記事は、読み返してみて空しくなるばかりである。その時は大まじめにそう思い、感じ、反省して書きつけたはずであるが、すこしも己が実像は描けていない。ただ恰好をつけているだけ、虚栄心だけが透けて見えるばかりで、うんざりする。

閑話休題。昭和三十八年、七月に入って、私は高校最後の夏休みをどう過ごそうかと考えた。卒業して社会人になったらもう長い休日はない。そこで長距離の旅をしようと思いついた。北海道に行きたいと思った。二年の秋の修学旅行が九州（大分・熊本・宮崎・鹿児島）だったから、単純にその逆の北海道が良いと思ったのである。友だちのひとりを誘うと、彼は「考えてみる」とは言ったが、あまり乗り気ではなさそうであった。

結局、私はひとりで旅することに決めた。だが、ひとりで行くには北海道は遠過ぎる気がした。それに旅費の都合もある。そこで四国一周にきりかえた。周遊をしてみたかった。四国なら一めぐりするだけで幾分かの達成感が味わえるであろうと思った。旅という行動を思い立ったのは、短期間に集中して小説を多読、乱読したためでもあったと思う。なにか胸膨らんで無性に行動したくなったのであった。卒業すれば、気ままな長旅はできなくなる。やるなら、今だ。今しかない。そう思った。

七月二十日。さっそく因島の旅行社の窓口に出かけて尋ねると、四国一周周遊券という旅券があると紹介された。たしか期限が十日間で、四千円あまりであったと思うが、その券一枚で四国一周するためのすべての国鉄バス・電車・汽車・連絡船の乗り物代が含まれているのであった。後は宿泊代と食事代が必要なだけである。家庭教師のアルバイト代などを少々貯めていたので、懐具合はなんとかなると思った。金が無くなった時点で旅を終えればいいのである。そう決めた。

さて、ここから、話はしばしこの周遊旅行に分け入ってしまう（ちなみに、この折りの旅行記は、旅行を終えて帰宅早々に、数十頁のノートにまとめたのであった。そして、そのノートは間違いなく書庫のどこかにあるのだが、必要な時の今になって、所在不明で、いくら捜しても出てこない。たぶん、後になって、どこかの隙間から出てくることであろう。しかたがない、以下、あらましを記憶をたどりながら記してみる）。

七月二十三日朝、因島の土生港《はぶこう》を出発。今治《いまばり》までフェリー。一時間半で今治港着。そこから電車で松山。駅前に大きな文字で横に「春や昔十五万石の城下哉　子規」の句碑があって、その句碑の大きいのと、あまりにもあたりまえな句意に驚く。松山城に向かって歩き、天守閣に登る。標高百三十一m。炎天の中を一気に登る。大天守の最上階(三階)。涼風に吹かれて一休みした後、電車で道後温泉駅。駅前で、近くの名刹を尋ねると、石手寺を紹介された。およそ一・三㎞だというのでとことこ歩く。炎天。寺の近くにまた句碑がある。今度のは一m余りの山型をした青石に、「色里や十歩離れて秋の風　子規」とある。「色里」というのは遊郭のことのはずだが、お寺のそばに変な句碑があるもんだと思った。石手寺は、境内に松の木が数本聳えているだけで寂れた荒れ寺であった。大通りの側溝の水を見つめながら、また道後温泉駅まで戻る。温泉町の安宿を探して一泊。翌朝、道後温泉駅前から国鉄バスに乗って、面河渓《おもごけい》経由で高知駅着。途中、その渓谷で小休憩があって、木蔭の谷水を見おろして涼んだ。高知に着くと、市内観光バスに乗って周遊見学。桂浜・五台山・牧野植物園・高知城など。桂浜の砂浜は足裏に心地よかった。坂本竜馬像を見上げて、その目線を追いかけながら、太平洋を眺望する。晴れ晴れとした青空。高知のはりまや橋の近くの安旅館を探して一泊。翌朝、室戸岬まで国鉄バス。空海が修行した跡という洞窟を覗き、すぐその前に広がる岩礁の波間で、一も二も無く、下着一枚になって泳ぐ。誰もいない。心ゆくまで泳ぐ。波は岩礁に遮られて、透明な湖は小さく渦巻いて我が身を揺らす。潮に濡れた体を手拭でさっと拭いて着服。はや日暮れ時分になった。来た時のバス停まで歩く。その途中、鶴嘴《つるはし》を振り上げて道路工事をしている若者らに出会った。現場には数人いたが、同年輩らしい彼に、「この近くに宿がありませんか」と尋ねた。宿は無いと言う。そこで、「じゃあ警察署か寺社はないですか」と聞くと、「さあ、分からんのう」と言った。私は校帽を脱いでお辞儀をして、その場を離れた。「なあに、歩いていれば、どこか、なにかしら泊る手立てはあるだろう」くらいに思ってすたすた歩きだす。すると、数十m歩いた頃に、うしろから「おーい」と呼ぶ声がする。ふりむくと、今別れた道路工事の彼が私を呼んでいるのであった。なんだろうと思ってひきかえすと、「飯場《はんば》でよかったら、泊っていかんか」と、日焼けの顔が笑顔で勧めてくれた。聞けば、彼は私と同じ高校三年で、今はアルバイト中だという。飯場がどんなところかも知りたかったし、とにかく泊るところが出来てありがたかった。がっしりした体格なので、尋ねると彼は柔道をしていると言う。柔道を続けるのも、なにかと物入りなので、稼がないといけないし、体も鍛えられるから頑張っているんだ、とにこやかであった。やがて、日が暮れて、仕事を終えた彼は、私を連れて、ほかの工夫《こうふ》の人たちと一緒に飯場に向かった。畑のほとりの藪つづきのような道を行くと、テント張りと掘立小屋があり、そこでどんぶり飯を食べた。裸電球で薄暗い感じだが、なにもかも大雑把であっけらかんとしていた。何人かの人夫が屯《たむろ》しているが、黙々と食べ、食べ終わると、各自どこか近くにあるらしい寝所に消えて行った。白飯のほか何がお菜《かず》であったか覚えていないが、出がらしのお茶も飲んで、満腹になって、彼の寝所に一緒に向かう。暗い畦道をしばらく行くと、野原の中に小さな掘立小屋があった。彼は、そこに他の二、三人の若者たちと雑魚寝《ざこね》をしていると言う。「おや、また、電気がついている。あいつ等、また来たな」と彼が言う。「まだ誰も帰っていないはずなのに、もう来ていやがる」とつぶやく。「何？」と聞くと、「近所の蜑《あま》の子ども等が、毎夜のように遊びに来るんだ」と言う。トタン板のような戸をガタガタッと開けて、彼が「こらっ」と大声を出す。小屋の中は、しぃーんとしたまま。彼は笑いながら、「出てこい！　お前らだちゅうことは、分かっちゅうぞ。出てこんかい!!」と言った。すると、奥の垂れさがった薄汚ないテントのような布をめくり上げて、小さな丸坊主たちが、七、八人首だけ出した。くすくす笑い、すぐにきゃっきゃっと声をあげて笑った。小屋の中は、細長い十畳ほどの蓆《むしろ》に莫蓙《ござ》を敷いた空間で、四十ワットくらいのぼんやりした裸電球が一つだけである。掘立小屋の仕切りは、なんでできているのか分からないが、海のそばらしく海風も波音も間近に聞こえ、隙間風も音を立てている。海辺の所為かどうか、蚊も蠅も少ないようであった。小学三年生から六年生くらいまでの男の子らは、よほどこの小屋の若者たちになついているらしい。潮焼け日焼けの真っ黒い子たちである。中には煙管《きせる》を持つ子もいて、ふだんの親の見まねらしく、マッチで火をつけて煙をふかしたりした。いたずら盛りで元気いっぱいの土佐っ子たちは、影絵めいて妖精かなにかのように跳ねまわっている。同じ海の子といっても、瀬戸内海と太平洋とでは元気さが違うように思えた。底抜けの明るさとやんちゃぶりに、まるで海辺の童話の世界にはまったような感覚さえも覚えた。十時近くになると、さすがに暑さがひいて、いくぶん風もおさまった。「もう帰りな」という彼のひと声で、子どもたちはみんなすぅーっと闇に消えていった。私は彼と枕を並べて、声を落としてしばし語らい続けた。彼は工業高校で、就職は大阪に決まったと言う。高知は、海の交通上、京阪神とつながりが深く、岡山も広島もほとんど知らないと言った。土佐弁の口調は、坂本竜馬もかくやと思わせ、耳に心地良かった。十二時を回った頃であったかどうか、知らぬ間に眠りに落ちた。

翌朝、目を覚ますと、小屋の中にはだれもいなかった。飯場に行くと、男の人が、「飯を食っていけ」と勧めてくれ、私が食べている間にその男の人もいなくなった。工事現場に出かけたらしい。食べ終わって、食器を洗い、リュックを肩に、私も現場に向かった。彼は相変わらず鶴嘴を振り上げていた。傍まで行って礼を言って別れた。お互いの住所は、昨夜メモを交換したので、帰宅後に文通をする約束はできていた。高知駅からまた国鉄バスに乗る。途中、牟岐《むぎ》という灯台のある停留所で、バスは小休憩。灯台に登って沖を見る。百八十度の水平線。「むぎ」という地名をおもしろいと思った。バスが走り出すと、道の土埃が車内に入って埃だらけになることに閉口したが、太平洋を眺めながらのバスは、感無量であった。瀬戸内海は美しいけれど、無限に広がる大海をこれほど見続けたのははじめてであった。やがて昼過ぎ、鳴門に着く。阿波神社の境内の町営プールで泳ぐ。水族館見学。ついで郷土館へ。郷土館の館内はひっそりと人影もない。ひとりぶらぶら館内を巡っていると、阿波人形の舞台が小さくセットされたコーナーがあった。見渡しても誰もいない。舞台の中に入ってみた。すると、幕のうしろにずらりと人形たちが掛かっている。大方は、「傾城阿波の鳴門《けいせいあわのなると》」の「巡礼歌の段」に遣われる人形たちであろう。まぢかに見るとずいぶん大きい。阿波人形の芝居は、子どもの頃、私の町にも刈り入れの終わる晩秋時分に巡って来た。老夫婦が、人形を操り、語り、謡う興行であった。我が家でも、何回か、座敷ふたつを開放し、庭や土間も観覧席にして、興行させたことがあった。祖母の算盤勘定に適ったからであろう。そんなこともあって、幼時から私は田舎まわりの阿波浄瑠璃は知っていたので、ここでの出合いはうれしかった。舞台の下手の方から、順々に人形を見ていると、上手の方から、「こんにちは。ご見学ですか。ゆっくり見て行ってくださいね」と、女の人の声。係の人らしい。三十代半ばくらいの人であったが、近づいてきて、いろいろ話すうちに、人形のからくりを実際に操って見せてくれるのであった。美しい赤姫ががらりと鬼女に変わるものもあった。これは、後に知ったことであるが、「戻橋《もどりばし》」の姫で、茨木童子の化身である。頭《かしら》の中の仕掛けの紐を引くと、とたんに鋭く角が飛びだし、うるわしい細目が、ぎらりと団栗眼になって、顔半分がぱっくり裂けて、真っ赤な口がぐわっと開いてぎらぎらと金歯が光る。その形相の凄さ。目の当たりに見て、その精巧さとどぎつさに圧倒された。さらに感激したのは、それらの大ぶりの人形を持たせてくれたり、足を遣う人が履《は》く高く重い下駄も履かせてくれるのであった。ひとり旅ならではの貴重な体験だった。お礼を言って出る時、「すぐ近くの里浦という所に、伝説だけれど清少納言の墓がありますよ」と教えてくれた。「あま塚」というそうだ。数十分歩くと一軒家があって、中にお婆さんが座っている。「あま塚」の場所を尋ねると、その家の畑の先のお堂がそれだと教えてくれた。さらに細い一本道を行くと、高さ二mもない古びた小さなお堂があって、正面に木の格子が嵌《はま》っている。中は暗くてよく見えないが、丸い大石か石像のようなものが安置してあるようだ。格子には古びた手拭のようなものがたくさん結ばれている。婦人の守り仏になっているのであろう。平安の昔、京の都から流れついた女房の遺骸を弔い祀《まつ》ったということで、清少納言であったかどうかはきわめて疑わしいが、伝説は伝説である。土地の人たちは信じているのであろうと思った。先ほどのお婆さんが、「帰りにお寄りんさい」と言ってくれていたから、立ち寄ると、お茶とお菓子をふるまってくれた。縁側に腰掛けてしばしお婆さんと語らった。年ごろの孫娘がいるらしく、「今ちょっと出かけているんで、すぐ帰ってくるよ」と、言う。話を切り上げてお礼を言い、それから、また少し歩いて、海辺に出た。そこは「岡崎海岸」と、板に記してあった。潮が引いていて広い砂浜であった。腰をおろしてじっと沖を見つめた。この旅の間、日ごろの憂鬱も、鬱屈した気分も、うそのように消えている。くよくよしている自分が今は見えない。私は、長い棒きれを拾って、思い浮かぶままに、大きく六つほど文字を書いた。曰く、「明・正・強・直・礼・大」。すべて自分に欠けているものだ。書き了えて、なお言い足りず、込み上げてくる情感のままに、六つの文字を大声で叫んだ。なりゆきでそうなった。私は私の単純さに呆れつつも、しばし爽快感に浸った。旅はつくづくいいもんだと思った。

ところで、ふと我に返って、急に懐具合が気になってきた。旅費をいくら用意して旅立ったのであったか、今はまるで記憶に残っていない（ノートには記録してあるのだが）。せいぜい六、七千円だったかと思うのだが。できればついでに小豆島にも行きたかったのである。けれど、小豆島行きの船賃どころか、今日の泊り賃さえも無くなっていた。急遽、夕刻の列車に乗って徳島から今治まで一直線。翌朝、今治からフェリーで生口島の瀬戸田港着。それからバスで島を半周して、帰宅したのは昼過ぎであった。およそ五日間の小旅行であった。

勝手気ままなひとり旅。親兄弟のことを思わず、自分のことしか考えていない自分。

相も変わらず、生きている意味が分からずにいる自分であった。

文楽の頭《かしら》がくりと春の闇　旭

十

四国周遊をした後、月が替わって八月。土佐で道路工事のアルバイトをしていた彼に手紙を書いたが、私にも彼のようなアルバイトができるのではないかと思い、生口島のはずれにある小さな造船所「因島船渠《ドック》」に行ってみた。因島の日立造船が最も大きな会社であったが、当時は、因島のみならず近隣の島々にも、それぞれ大小さまざまの造船所があった。生口島だけでも造船所は大小併せて十数ヵ所あった。この因島ドックは、総数二百人ほどの小さい造船所であった。事務所に顔を出すと、アルバイト募集があるにはあったが、穴掘りに似た仕事だということで、説明を聞いただけで、すごくきつそうに思え、体力に自信の無い私は申し込みをしないまま、半ば諦めて帰った。だが、簡単に諦めてしまう気にもなれず、二、三日、迷った。迷った末に、やはりアルバイトをすることにした。母は「やめときんさい。すぐに体がのびてしまうから。せんほうがえぇ」としきりに止めた。止められると、よけいにやる気になるものだ。朝、自転車で、因島ドックの事務所に行き、申し込んだ。即採用であった。三十分後、岡野組運搬係に配属され、すぐに働き始めた。運搬係は十人ほどのグループで、高校生は私だけであった。耳をつんざくクレーンのエンジン音。暑さと騒音に閉口する。命じられるままに、ドラム缶を転がしたり、重い鎖を巻いたり、棒を運んだりする。昼は飯場のどんぶり飯。午後も汗まみれ油まみれで、よく動いた。なんとかかんとか定時の五時までやりとげた。二日目。八百噸の船と綱引きしたり、重いドラム缶をクレーンで吊り上げ、積み上げたりで、汗がだらだら流れる。電気鑢《やすり》の音、溶接のガスバーナーの音。それらが船内に反響して耳の奥が痛い。泥だらけ油だらけでがんばる。言葉づかいは荒いがいじわるな人はいない。組の人たちの中には妻帯者もおり、みんな生活のためにこのしんどい力仕事をやり続けているわけであるが、だれも底抜けに明るい。アルバイトの私の慣れないところを庇ってくれたりもして、ありがたかった。三日目。この日から、中学時代の友人の井上君が、私と同じ組に入った。彼は、中学の時のテニスの相棒で、私が誘っておいたのであった。話し相手が出来て、さらに働きやすくなった。仕事は、船の甲板の上での作業なので、危なっかしく、緊張の連続であった。

ところで「不慮の事故」というのは、現場につきものだが、その言葉どおり、事故は突然起こった。二mくらいの高さの丸太ん棒三本を支柱にして、重い鎖の先に太い引っかけ鉤をつけて、得体の知れない鉄の部品を、滑車で吊るし上げたり下げたりの作業をしている時であった。私は、その支え棒の低い側にいて、みんなと共にその部品に手を添えていた。高い支え棒がなんだか不安定みたいだなあと思って見上げたその途端、アッと叫ぶ間もなく、グワラグワラッと私の方に支えの丸太ん棒が倒れて来た。それが私の頭部に当ったはずみで、私の体は甲板の下まで落ちた。甲板の高さは一・五mほどであったから、痛くは無かった。ところが、すぐに立ちあがったその直後に、またもや、残りの支えの丸太ん棒が頭の上に落ちて来た。ヘルメットが外れてすっ飛んで、棒は直接私の前頭部にあたった。ショックが大きくて、却って痛みを感じなかった。が、おでこにすぐに大きな瘤ができた。誰かが付き添ってくれて、医務室に行った。瘤のところに大きく赤チンを塗られてしまった。きまりが悪くて鏡を見る気にもならない。ガラス窓などにちらりと映った自分のおでこのあたり、真赤な赤チンがべっとりとついているのが、じつに屈辱的で哀れであった。家に帰るように言われたが、「大丈夫です」と言って、二時間ほど休んだ。午後、仕事場に出る。痛くてヘルメットが被りにくかった。今日はどうしたことか、激しい仕事ばかり。酸素ボンベを運ばされ、大きな板を運ばされる。しかも梯子のこわれかけたようなタラップ。おまけにガス線が張り巡らされている上を、板を担いで渡る。くたくたであった。四日目。この日はとうとう起きられなくて、休んでしまった。台風九号の接近。翌日も翌々日も天候が悪く、体調もすぐれず休む。その当時の日記を開いてみる。

八月十四日（水）

今日も仕事に出た。曇っていて、蒸し暑い。スクリューをはめたり、舵をはめたり。何しろ大きいから気を使う。まったく彼ら（同じ組の人たちのこと）には、日雇いの賃金だけだ。その他の保障は何一つない。ドロドロになって、汗だくになって、それでも彼らは不平を言わずに働く。仕方がないのだ。それ以外に方法がないのだ。だから黙って働く。まるで牛か馬のように。ある人は彼らを縁の下の力持ちだと賞賛するだろう。ある人は労働の汗は美しいと言うだろう。しかし、現実は異なる。彼らは唯生きる為、食う為に働いている。この仕事を忠実にしておれば、その日その日が保障される。彼らには政治も学問も関係なく、およそ活字からさえも離れて、ただ生きる為に働いている。しかし、彼らは精一杯生きている。

八月十七日（土）

仕事に出る。雨が降ったり止んだり。親分（組の責任者）の誘いで徹夜をすることにした。定時（午後五時）までがなかなか来ない。やがて薄暗くなって、日はとっぷりと暮れ、照明灯が輝く。セメントの練ったのを、新造船へ運ぶ。当分終わりそうにない。重い。同じ所を行ったり来たり、何十回となく。やがて十二時。夜食は握り飯三コ。船尾に大の字になって、汗だらけ油だらけの体を、所かまわず横にする。それの空が白み始め、対岸の山々がくっきり見えだした頃、徹夜終了。
汗はポタポタ、奥歯がガタガタ、顎はガクガク、膝もガクガク。すっかりのびた。東
から、夜が白み始めるまで、休みなし。物を言う気力も無くなった。腹はぐうぐう、

八月十八日（日）

徹夜明けで、家に着いたのが七時四十分。眠い眠い。大の字になって……。十二時起床。寝巻姿のまま食事を済ませ、テレビ。それから下宿先に手紙を書く。仕事場での徹夜は、はじめての経験。僕は此の頃頭を全然使わない。もっぱら肉体労働のみ。此の頃、活字と言えば、新聞、『赤と黒』の読書のみ。ドックに通っている人々。彼らはその生活が一生続く。彼等も人間、僕も人間。博士も人間、土方《どかた》も人間。誰が一番幸福か。様々な人生。無数の人生。今更に驚く。否、まだまだ本当の驚きではないかも知れん。生は無限だ。

八月十九日（月）

仕事場に面白い男あり。彼の変わりようといったらない。二十三、四歳くらいであろうか。いやしくも男と名のつく者でありながら、人には何べんでも頭を下げる。よくしゃべる。自分を卑下して、まわりにぺこぺこ頭を下げて、お世辞を言う。そして、

仕事ぶりは常にチンプンカンプン。へまばかりする。彼はそれなりに人間が固まってしまっている。今更どうしようもないらしい。自滅するかもしれない。誰からもまともに相手にされない。別者扱いされている。彼はそれに気がついていないらしい。僕は腹立たしくなって、顔を見るのも嫌になった。だが、しかし、僕にもこの男のような面がありはしないか。問題はそこだ。彼のように平身低頭ばっかりであったなら、誰も己自身を正しく位置づけてはくれないにちがいない。己の価値は己で正しく位置づけなくてはいけない。そして、口で言うより実行によって分からせることが大事だ。

八月二十日（火）

アルバイトを定時に終えて、井上君の所へ行く。キャッチボールをして、汗をかいて、山の中腹の池で泳ぐ。四方は小山に囲まれてひっそりと池がある。池の水は少々濁っているが、緑の木々が水面に映り、水辺近くの雑草がそよそよと夕暮れ時の風になびく。物音無し。井上君は気味悪がって泳がず。僕も池で泳ぐのは初めてで、少々気味悪かったが、意外に温《ぬく》いので、そのまま入って対岸まで泳ぐ。片道七十mはあろうか。僕ひとりの為に波紋は池いっぱいに広がる。ひぐらしがどこかで鳴いている。向こう岸には、バイクに腰かけて僕を見ている友。その白いポロシャツがまわりの緑に映えて、美しい。

八月二十五日（日）

今日で、アルバイト終了。暑い。だるい。なんの喜びもない。だが、都合、二十日間近くの間、日雇いの人たちとの日々は、良い経験だった。

日記に記した造船所でのアルバイトのことはこれで終わっている。当時の日当がいくらであったのか、結局いくら稼いだのか、金銭の事はまったく記録が落ちている（今もまったく記憶が蘇《よみがえ》らない）。汗を流して稼いだはずなのに、まったく書かれていないのは、どういうことなのか。生活感も金銭感覚も希薄だったとしか言いようがない。ふと見ると、当時の日記の片隅に、詩のようなものがなぐり書きしてあった。

午後の海　灼熱の太陽
日の光が　肌を射る
顔から胸から　汗が滴る
腕から股《もも》から　汗が滴る
ぎらぎら光る　海面
群青の　海面
ひたひたと　波が囁く

白波あげて　飛び込む
潜る　潜る
深く潜る
こうでもしなければ
この力は　黙りはしない
この若さは　黙りはしない。

立泳ぎして島山をみじろがす　旭

十一

（昭和三十八年）九月になった。三年の二学期が始まる。高田先生も広島の御自宅から下宿先に戻られた。当時の日記から。

九月一日（日）
休暇も終わって、下宿に落ち着く。愈々明日から二学期。夜になると、蟋蟀や鈴虫の鳴き声が聞こえてくる。めっきり秋らしくなった。十五夜が美しい、この吉和《よしわ》という町（漁師町）の行事は、何をするのも旧暦に従う。太鼓の音。盆踊りだ。ひとりでは気が進まなかったが、することとてないので、ブラリと出かけた。沢山の人。百二、三十人はいるだろう。爺さんが櫓の上で音頭をとって唄い、太鼓に合わせて、大勢の人が輪となって踊る。何を唄っているのかとんと分からぬ。しかし、その空気は見ている者をも微妙に浮かれさせる。中央の床几の上には、数多く遺影と供物がずらりと並び、線香の煙がなびき、異様な香りを放っている。路地の家々の部屋の隅には、青い盆提灯が灯っていた……。

授業は、相変わらず大方は退屈であった。聞くところによると高田先生の授業は、明るくユーモアに富んでいて面白いと、生徒間の評判は良かったが、あいにく私のクラスの国語担当は、例の若い教師であったから、先生の授業を受ける機会はなかった。けれども、私は下宿でいわば個人授業を受けているのと同然であったから、その点は、大いなる幸運というべきであった。三年間を通じて、私にとって魅力ある授業というと、ジャイアンというあだ名の村上先生の「倫理社会」。それから加藤という先生の「世界史」くらいであった。どちらの先生も、人柄に深みが感じられ、時には、教科書から脱線して、いろいろと興味の湧く話をされて面白かった。お二人とも京都大学の哲学科の出身だと聞いていた。村上先生は、ジャイアンというあだ名のとおり長身で、痩せており、頬骨の張った威容で禿頭。超俗的でヌーボーとした雰囲気の漂う人であった。年齢は五十半ばくらいに思われたが、実際はもう少しお若かったかも知れない。加藤先生は、色白で体格がよく一見優しそうに見えるが、なかなかの硬骨漢らしく思われた。年齢は、高田先生と同じくらいの四十歳前後であろう。ある夜、高田先生に、お二人の先生のことを尋ねると、「ああそうだねえ。お二人ともなかなかの人物だよ。よく勉強されておられる。村上さんは、教師と言うよりも哲学者だなあ。二人とも大学に残って研究する道もあったのだろうが、田舎の高校教師に徹しているんだよなあ」と感心しておられるのであった。高田先生は、この学校に転任されて以来、村上先生について俳句を始めておられた。村上先生は、ずっと以前から松野自得の「さいかち」の会員なのであった（間もなく私も俳句を始めて、高田先生に添削してもらうこととなった）。「遠慮なんかしなくていいんだよ。先生の所に行って、直接、いろいろと話を聞いてくると良いよ」と勧めてくださるのであった。

私は毎夜のように高田先生の部屋にお邪魔をしては、その日にあったこと、考えたこと、また今読んでいる小説についてのことなどを聞いてもらった。塞いだ気分の時も、先生と話しているうちに、心が軽くなり元気が湧いてくる。とかく自分の能力の無さとか境遇とかについて劣等感を抱く私を、先生は、「君は真面目だなあ。ちょっと真面目すぎるんだよなあ」と言い、「どうも君は学生らし過ぎる学生なんだよなあ」ともおっしゃったりして、凹んでいる私の心をじんわりと温め励ましてくださるのであった。先生と話しているうちに、私の心にも変化が見え始め、悲観的になってはだめなんだ、くよくよしていても何も始まらない、とにかく精一杯生きることが大事なんだ、と徐々にそう思えるようになっていった。私にとって先生はいつしか慈父のような存在になっていたらしいのである。休暇中の旅行やドックのアルバイトの小さな経験が、自分をすこし前向きにさせているらしいとも思えたが、それよりもなによりも先生のやさしく明るくおおらかな教えに励まされているのであった。何事にももっともっと積極的に取り組もうと思うのであった。先生は、スポーツマンでもあって、サッカーが得意であったが、高校にはサッカー部はなくラグビー部があったので、放課後、よく生徒たちと一緒にグラウンドで球を追って汗を流しておられた。

九月某日の日記から。

「精一杯生きる」とはどういうことか。当分の間、このことを考えてみよう。「精一杯」という言葉自体、あやふやな摑みどころのない言葉である。しかし「精一杯生きる」というのは潔い言葉だ。今晩は網本（近所の友人）が来なかったので、先生の部屋にお邪魔する。スタンダール『赤と黒』、エミール・ゾラ『居酒屋』・『ナナ』、スタインベック『怒りの葡萄』など、メモ書き程度ながら感想文を書いておいたので、先生に批評してもらう。もともと自分で嫌気がさしている下手くそな文を、先生は、だめだとはおっしゃらず、かならずどこかをほめてくださる。これからは、考えたことを文章化することにする。物事に感嘆感心することは肝要だ。しかし、それも程度ものであって、批判することも大事だ。批判精神を養わねばいけない。なにごとにも理論づけが大事だ……。

『モンテクリスト伯』を読み始める。

十月のある日、私は、加藤先生を訪ねることにした。世界史の授業が終って教室を出て行こうとしていた先生に、「教えてほしいことがあるんですが」と言った。先生は「あ、いいよ。放課後にいらっしゃい」と明るく応じてくれた。放課後教員室に訪ねてゆくと、社会科準備室の部屋に通された。「話って、どんなことかね」と聞かれたので、私は顔を赤らめて口ごもりながら、だいたい次のようなことを言った。「いくつか人生論の本は読んでみたのですが、何のために生きているのかが分からないんです……。人はいつかかならず死にます。死の前には、すべてが意味をもたなくなると思うんです。そう思うと、生きていることの意味が分からなくなるんです」「僕のような中途半端な人間が生きていて何になるんだろうとも思ったりします……。何で生きているんだろう、と言っても、死にたいわけではないんですが……。こんなことをくよくよと思い悩んでいるんですが」と、やっと言えたのであった。加藤先生は、いとも真面目な顔つきで、いきなり、「それが哲学なんだよ。君が今悩んでいると言ったこと、それが哲学への入り口なんだよ」と声を張っておっしゃった。私は、きまりが悪くなった。哲学などと言うことばが、ここに現われるとは思ってもいなかったからである。私の悩みはきわめて情緒的なものであったから、面喰ってしまった。私は緊張し紅潮して先生の話を理解しようと努めた。が、どこか話に食い違いがあるように思った。そんな哲学なんていう知的なことではないのである。私の「何のために生きているのか」という悩みのもとは、自分の生まれついての能力の劣等感から発しているのであったから、自分を昇華させるための理知的な問題意識とは似て非なる悩みだったのである。しかし、熱心に古代哲学から説き始めた先生の話は、それはそれで興味深く聞くことはできた。その日の私の日記には、「自我」を中心点にして、同心円を描き、「無意識」「エーテル」「世界」の単語が順次記入してあった。高邁な宇宙論を耳にしたようで、興奮したが、結局よく分からなかった。一度聞いたくらいで分かるはずもないと思った。けれど、この体験は悪くなかった。「何のために生きているのか」という悩みは、高田先生にも何度か尋ねたことではあったが、これは、やはり自分で答えを見つけ出さなくてはいけないことらしい、と分かったからである。加藤先生は、死というものを理念的に乗り越えられるものであるかのように話されたかと思うのだが、当時の私には分からなかった。分かったことは、この悩み、もしくはこの問題は、自分で答えを見つけ出すべき性質のものであるらしい、ということだった。他人に頼るべき性質のものではないらしい。どうも私という人間はよほど甘くできているらしく思われたのであった。加藤先生の所には、その後もう一度、今度は親しい友人と二人でお訪ねして、恋愛について話していただいたことが、当時の日記に記されてあった。村上先生の所には、結局、一度も伺わないままになった。

十月二十四日。就職内定先の日立製作所から、社名が変わるということで、社員の方がその説明に来校された。「日立製作所・呉工場」が四月から独立して「バブコック日立」になるということであった。「呉工場」は、当初からボイラー製造部門の会社であると聞かされていたが、それを鮮明にして社名としたというのであった。しかし、社名が変わると知らされても私にはどうという感想もなかった。独立しても日立製作所の関連会社なのであり、また、独立するというのは、それだけ会社に勢いがあり、成長してゆく会社であることを意味しているのだろうくらいに思った。いずれにしろ私は商業高校出身であるから、おそらく経理課に所属させられて事務をすることに変わりはないと思っていたのである。しかし、社員の人の話は、会社名変更のことだけではなく説明はなお続いた。それは、「日立製作所」には「日立」独自の社員養成の教育機関があるというのであった。初代社長の小平浪平氏が、人材育成のために創立したものだそうで、入社後、一定の社内試験に合格すれば、日立工業専修学校（全寮制）に入学できる。そしてそこで三年間学業を修めれば、大学卒と同じ扱いの社員になれるというのであった。むろん、学費は不要で、その間、毎月の給与も支給されるというのであった。「君の先輩も今その学校で学んでいる。君もぜひ頑張ってこの制度を活用するといいよ」とアドバイスをしてくれた。学費不要で、しかも給料をもらいながら、大学並みの勉強ができて、大学卒の待遇が得られるというのは、なんという厚遇であろう。すごい会社だなあと感心し、一瞬、喜んだ。だが、その喜びはすぐに萎《しぼ》んでしまった。「大学並みの勉強」、「大学卒の待遇」ということに、いったんは、心が躍ったのだが、考えてみるまでもなく、私はそんなことを求めているのではなかった。工業系の専修ということは、パンフレットに記されているとおり、電気科・機械科・溶接科のどれかを学ぶということである。これはまったくの方向違い。そもそも高校進学の時に、工業高校を嫌って商業高校を選んだ私なのである。工業関係の専門職というものにほとんど魅力を感じることはできなかった。私が望んでいるのは、人生そのものについて学び考えることなのであった。だが、私に用意されている道は、まったく別の道なのであった。とは言え、そんな自分勝手な道があるはずもないのだったが。

星飛んでまたも星座の増えてをり　旭

十二

以前にも記したとおり、私は高校に進学する時に、次兄と約束をかわした。高校を卒業したら会社に就職して元気に働いて母親を安心させるということ、したがって大学進学は諦める、という約束である。

この約束は、すべては私の将来への道を拓いてくれるためのものであり、ありがたく、至極もっともなことであったから、私は、心底、納得して、「約束します」と兄と姉とに誓ったのであった。

ところが、その時は、至極当然と思った約束が、いよいよ卒業間近になってから、とてつもなく重くきつい重石《おもし》となって我が身にのしかかってきたのである。卒業が近づくに連れて、大学に行きたいという思いが募ってきたからである。それまではずっと進学のことは思うまい、諦めようと努めてきていたのだったが、いよいよ卒業が近づき、会社勤めの身になる日が近づくに連れて、大学に行きたいという思いを抑えきれなくなっていた。私の脳裏はそのことでいっぱいになっていた。であるから、当然、当時の日記には、その頃の悩みが綿々と綴られているはずなのである。ところが、意外なことに、今、日記を幾度見直してみても、大学進学についての悩みごとはどこにも書かれていないのである。そんなはずはないと思って、こまかに読みなおしてみたけれど、やはり一行も書かれていなかった。

この日記は、自分のために自分の本音をぶつけて書こうと決めて、はじめた日記だったはずである。それなのに、いちばん悩んでいたことが、記されていない。いったいこれは、どういうことであろう。自分の本心と向き合って書いていなかった、ということなのであろうか。それとも、何か他に理由があったのだろうか。己が事ながらちょっと説明がつかないのであった。

日記は、高校一年生（昭和三十六年）の入学の時から書き始めて、三年生（昭和三十八年）の十二月三十一日で終わっている。年度日記であるから、ちょうど三冊である。その三年時の日記の十一月にも十二月にも、進学への悩みは記されていないのである。日記は、毎日欠かさず書いてあって、ことに十月十三日の体育祭の日のこととか、十一月二十二日のケネディ暗殺事件（金曜日、夕方私は島に帰っており、翌日、ラジオで暗殺事件を知った。続いてオズワルド容疑者殺害。世の中の凶変に驚くなど）のこと、また、十二月七日の全校生徒のマラソン大会の事など、詳細に綴ってある。その他、友人たちとの交友や恋する人との交際開始のことなど、記事はかなりびっしり埋まっているのである。それなのに、大学進学への思いや悩みについては、ひと言も書かれていないのであった。

高校時代の年度日記は、三十八年の十二月三十一日までで、その後は大学ノートに記したはずである。ところが、私がもっとも悩み迷走した三十九年一月のはじめから四十一年三月までの二年余りの間の日記がすっぽり欠けている。ちなみに、現在、手元にあるのは、大学に入学した年の昭和四十一年四月から始まって、五十年の七月までの十年間分のノート七冊だけである。いったいなぜ記されていないのだろう。書いたけれど紛失したのであろうか。あるいは書かなかったのか。いや書けなかったのか。そうかも知れない。そうだ。

そうだった。今にして思えば、やはり日記には書けなかったのだ。おそらく大学進学のことはみずから固く封印していたのだ。兄との約束は絶対だったから。絶対に守らなくてはいけないことであったから。自分には、高校卒業後は就職の道しかないのだと、きつく自制していたのであった。兄は身銭をきって、私を高校に進学させてくれた。その兄との約束は、卒業後は会社に就職することであった。その約束を破ることはできない。絶対できない。大学進学は考えるべきではないのだ。たしかに私はずっと自らにそう言い聞かせ続けて来ていたのであった。だから進学したいなどということは、一切日記には書けなかったのであろう。きっとそれに違いない。あれほど心の中でひどく悩んでいたにも拘わらず、書けなかったのである。

しかし、実際には、就職先が決まっていながらも、いや決まってからなおさらのこと私は大学進学の夢が捨てきれないでいたのであった。それはどう考えても実現不可能な夢でしかないと知りつつも、悶々としていた。なにか方法はないものかと思うけれど、どう考えても思いつかず、むしろ、思えば思うほど大きな障碍《しょうがい》が迫ってきて、絶望を告げられる思いがするのであった。その大きな障碍というのは、言うまでもなく兄との約束である。大学進学は諦める。就職して親を安心させる、というこの約束は、どうしても破れない。次兄は、約束どおり、毎月きちんと送金してくれた。お蔭で私は経済的には不自由なく高校生活を送ることができた。昭和三十六、七年当時、二十二、三歳の町工場の工員の兄にとって、この三年間の送金は、じつに大変な負担であったが、兄は、毎月決まった日に送金してくれ、一度も遅延することもなかった。兄がどんなに大変であったかは、後になって、島の次姉から洩れ聞いて知ることになるのだが、兄はその大変な苦難を、長い間、まったく私にはもちろん誰にもこぼすことはなかった。兄の恩を思うにつけ、兄との約束を破ることは、絶対できないと思った。兄に顔向けできないことをしてはならない。いつも身勝手な私ではあるが、さすがに大学への夢はブレーキをかけなくてはいけないと思った。それにまた、もしも身勝手に受験して、合格できたとしても、学資の出どころがない、生活ができない。つまりは、「不可能」という答えしか返ってこないのであった。

それよりも、進学を諦めて、就職すれば、すべてがうまくゆくのである。日立に決まって次兄も喜んでくれているではないか。親兄弟みんなも喜んでくれているのだ。だから、私さえ我慢すれば、いいのである。だが、しかし、やはり、諦めきれないのであった。

自分は、なぜ大学に行きたいのか。それは、もう何度も自分に問いかけてきていたことであった。それは自分を知りたいからであり、人はなぜ生きるのか、何のために生きるのか、それを文学・思想・哲学などといった学問によって考えたい。それを考える期間が欲しい。つまり大学に行きたい。このまま社会に出て、会社員となって、ただ会社の為に働くことは、まだできない。先ずは大学に入って学問をすべきだ。私はかたくなに、そうありたいと願った。「社会に出て、社会を知り、そうして自分を知り、人生を知る、学ぶべき道はそこにこそある」とは、今でこそ言えるのだが、当時の私には、まったく考え及ばぬことであった。今にして思えばあまりにも愚かしく短絡的であり、智恵が足りなかった。唯々《ただただ》大学に行きたい、この一念に凝り固まっていたのである。

しかし、進学の夢は、だれにも話せないことであった。たとえ話してみても、どうにもならないことだった。だから自分で自分の志に封印をし、日記にすら書かなかったのであったと思われる。

年が改まって、三学期が始まった。いつものように、宵のうちは、高田先生とお話することができた。一年近くも親しく話をしていただいてきたから、私の身の上のことも、すっかり先生は理解してくれていた。私が兄の支援で高校生活が送れていることも、また、兄との約束のこともすべて知っておられた。

ある夕べ、その日は、私はことさらに暗い顔をしていたらしい。自分としてはふつうのつもりだったが、先生は、変に思われたらしく、「なにか悩みごとでもあるんじゃないか?」と尋ねられた。私は、「いいえ、別に」と短かく答えた。先生はいつも明るく励ましてくれるので、話の後は、知らぬ間に私も朗らかになるのであった。「ほうか、それならええんじゃが。でも、なにか心配事があるんなら遠慮しなくていいんだよ」と言ってくれた。その後、何を話したのか思い出せないが、小一時間ほど話したと思う。そして話し終えて、部屋を出ようと腰をあげようとして、ふっと、「やはり、先生に悩みを聞いてもらおうか」という気になった。私は、坐りなおして正座して「先生、じつは、聞いていただきたいことがあります」と言って、大学進学志望に悩んでいること、大学は諦めるという兄との約束があり、また経済的にも無理なことは承知の上なのだが、諦めきれないで、苦しんでいる、ということを聞いてもらったのであった。先生は、黙って静かに聞いてくださった。「そうか、君の気持ちはよく分かった。私もよく考えてみるよ。くよくよしてはいけないよ。明日、また、ゆっくり話そうな」と言ってくださった。親兄弟はもちろん誰にも言えなかった思いを、先生に聞いていただいた。それだけでも、気持ちがすこし明るくなった。

翌日、夕食を済ませてから、先生の部屋に伺った。先生は、「お兄さんとの約束は大事だから、就職するべきだね。それでなあ、夜間の大学はどうだろう。広島大学を調べたら、二部に社会学部というのがあってね、そこなら、仕事が終ってから通えると思うんだが」と提案してくれた。私は、あっと思った。「ああそれはうれしい。そうか、そんな道があったんだ」と内心跳びあがらんばかりに喜んだ。兄との約束も果たせて、自分の志望も適う道である。一石二鳥とはこのことだと、喜んだ。だが、商業高校で、しかも今まで一度だって受験勉強など考えてもいなかったことであるから、合格なんかするはずもない。しかも、受験日まであと二ヵ月もないのである。実際あまりにも無謀すぎる、と思った。思いがけない道筋が見えて、私は内心喜んだが、同時に戸惑いが隠しきれなかった。先生は、「とにかく、受験してみたらいいじゃないか。ちょっと、学校の進学相談の先生に、君の学力でどうだろうかと、相談に乗ってもらったんだが、やれるんではないか、と言っていたよ。ともかく試験を受けてみるといいよ。もしダメならダメで、来年のためになるんだからね」と勧めてくれた。試験に受かろうと落ちようと、呉の日立の会社には必ず就職するのであるから、親兄弟に対して、とくに次兄に対して不義理にはならない。私は、受験を決意した。

先生は、また「君の場合、お兄さんに高校に行かせてもらったのは、ありがたいことだったね。そのことは忘れてはいけないよね。だがね。波戸岡君、大学という所は行こうと思ったら、自分の力で行けるところなんだよ」ともおっしゃった。「アルバイトをしてでも、夜間大学に行けるし、通信制の大学だってあるんだからね」と教えてくださった。それまで私は、母親の言うことを聞き、兄に頼って生きてきていたことに、遅まきながらやっと気がついたのであった。「そうか、自分の道は自分の力で切り開いてゆくものなんだ」。先生のそのひと言に、私は、今までになく激しく心を揺さぶられた思いがしたのであった。

それというのも、私は、以前に、先生の歩んでこられた道を聞いていたからである。先生の実家は、広島の中部の山県郡《やまがたぐん》の、元は名主の家であった。父上は小学校校長を勤めあげられ、郡の教育委員会の委員長まで務められた方である。先生は長男で広島高等師範学校を卒業して、地元の小学校の教師をしておられたが、思う所あって、単身、父上の反対を押し切って、戦後の東京に出て、浅草で小学校の教師をしながら、國學院と明治のふたつの大学の夜間部を卒業されたのであった。明治ではサッカー部にも所属して活躍していたというのだから、多感な青年期を送られたのであった。先生の示してくれた道は、先生みずから実践してこられた道なのであった。「大学は、自分の力で行けるところだ」という先生のこのひと言は、私を大いに奮い立たせたのであった。

私は、なんとしても広島大学の夜間部に入学したいと思った。しかし、時は、すでに一月の半ばである。私は、泥縄式もいいところで、じつに無謀な受験勉強を始めた。受験科目は、五教科（国語・数学・英語・日本史・物理）であったと思う。できるだけ薄手の受験参考書と過去問題集を買い寄せて、昼夜、猛勉強をした。

三十九年一月からの日記がないというのは、やはり、大学進学への望みが高じて、自分の思いをせき止めることができなくなって、ついに受験勉強を始めると同時に、日記どころではなくなったからであったようだ。

春眠し辞書を矛《ほこ》とも盾《たて》ともし　旭

卒業・就職

卒業を前にして、私は猛烈に受験勉強を始めたが、まさに泥縄式。一夜漬けの受験勉強であった。昼も夜も分からなくなるというと凄いが、昼夜が入れ替わったことは確かであった。朝方になって疲れてくると、ぼおーっとした頭を冷やすべく、下宿を出て近くの丘に行き、濃い朝靄がまっ白く備後水道に被って脈打ち、対岸の島山が蒼く浮き上がって見え隠れするさまは、まさに墨絵の世界であった。瀬戸内は温暖とはいうけれど、さすがに一月二月頃の朝は冷える。十分ほどいて、また戻って机に向かう。疲れて仮眠。幸い登校日は減っていた。だが、ひと月余りの時間はすぐに経ってしまった。いよいよ受験。

受験場はどこであったか、広島市内であったから、高田先生の実家にご厄介になって、そこから通った。先生のご家族とも、その時が初対面であった。ものしずかな奥さまと、十歳くらいの女の子と、七、八歳の双子の男の子の五人家族であった。

試験当日、いざ問題を前にしてみると、難問という感じはしなかった。けれども、解けない。数学など特にそうであった。基本の定理や公式が思い出せないのであった。あれっと思うばかりで、肝心の簡単な公式が思い浮かばない。うろ覚えで終わっていて、活用できないのであった。問題は大したことないな、と思うのに、実際には、手が出ない。日本史も、記憶が曖昧で、歴史的事項を時代順に並べるという単純な問題すら、答えにほとんど確信が持てないのであった。問題用紙を睨みつけながら、歯ぎしりするばかりであった。にわか勉強の脆《もろ》さが目に見えて、なにかがぼろぼろと崩れ去る思いであった。なんとか出来たというのは、国語だけであった。試験が終ると同時に、「失敗した。受かりっこないな」と思った。果して、不合格の通知が届いた。

受験失敗は、多少ショックではあったが、深くは気落ちしなかった。とりあえずは、卒業であり、入社である。生徒会雑誌には、JFK暗殺事件に関して、オズワルドの間違ったヒロイズムについて、十枚ばかりの文章「凡人の生き方」を書いて載せた。卒業式には、島から母も来てくれた。硬式野球部が、春の選抜甲子園大会で準優勝した。巷では、舟木一夫の「高校三年生」が、大ヒットをしていた年でもあった。

バブコック日立は、呉線で尾道駅から鈍行で小一時間の呉《くれ》の町にある。呉線は山陽本線と平行して海岸側を走っている。呉の駅は、尾道駅と広島駅とのちょうど真ん中あたりにある。会社は、呉駅から徒歩で十五分ほどの海岸の近くにあった。横長の白い正門があって、広々とした敷地を進んで行くと、奥の右手に高く大きな工場の建物が五つほど並び、左手の方には、二階建ての事務所が長く続いている。入社式は、社長ほか二、三人の挨拶と訓辞で簡単に終わった。この年の新入社員は、高校卒は、男子が三名（松山商業・呉商業・尾道商業）、女子が三名（呉商業・広島商業）。工業高校からは、男子のみ十数名。工業高等専門学校卒が数名。大学卒が男子のみ六、七名だったように思う。工業系出身の新社員は、大学卒も高卒も、六ヵ月間は、まず現場の作業を覚えてもらうために、一通り一般労働員と同じ仕事をすると言われて、彼らのため息が聞こえたが、商業系の新人は、そのまま経理課配属となった。経理課には、二十数人いたようだが、新たに六人増えたわけであった。女子社員はみな実家が呉市内で通勤可能であった。男子の独身社員寮は、呉駅の二つ手前の駅の原町にあって、寮は、二階建てで総勢百人くらいいた。各部屋は、十四、五畳ほどの縦長の四人部屋であった。四人それぞれに机と書棚があてがわれ、蒲団は横並びに少しずつ間隔を置いて敷く。起床すると各自畳んで目の前の押入れに入れる。商業高校出の私たち三人のうち、呉商業出の一人は自宅通勤であったから、私と松山商業出身の彼とが寮に入った。ふたりは相部屋になった。部屋には、他に、一年前に入社した人たちがいた。鹿児島と佐賀との出身で、二人とも工業高校出身であった。一年先輩のこの二人も松山出身の彼も、まじめでおとなしくやさしい人柄だったから、何の問題も無かった。

入社後、三日ほどして、私たち新人の三人は、前触れもなく、いきなり経理課から調査課に配置換えを告げられた。別の新しい建物の調査課に行ってみると、それは新たに設けられたばかりの課であった。課長の説明によると、この課は、会社の諸々の事務管理などを電子化（コンピュータ化）するために作られたのであった。財務管理とか、資材管理とかをコンピュータで行なうというのである。ついては、高校卒業したての新人、つまり我々三人は、まだ比較的柔軟な頭であろうから、我々に速成で学ばせて、早急に導入しようという会社の考えなのであった。その当時、企業の事務作業のコンピュータ化は、どこも必要不可欠とされ、全国的に大手の企業においては、その機運が高まっていたらしいのであるが、日立はその先駆けだったようである。

新卒の我ら三人には、早速、大阪のＩＢＭ本社から社員が一人出張して来て、基礎からの講義が始まった。三人には、部厚いマニュアル本が何冊も配られた。仕事は、当分の間、コンピュータの原理及びＩＢＭ機器の機能などの講義を聞いて学習することだけであった。仕事と言うよりも、学校の授業の延長であった（確か、この頃は、「コンピュータ」ということばよりも、「電子式計算機システム」と言っていたように思う）。講義は、コンピュータの原理から始まって、システム、機種の機能、機器の操作、などなど学ぶことはつぎつぎとあって、みな初耳のことばかりであった。算盤と計算尺は扱っていたけれど、コンピュータを扱うとは、まったく青天の霹靂《へきれき》であった。大阪本社から来た講師の男性は三十代半ばくらい。びしっと黒の背広をセンス良く着こなして、都会人らしく垢ぬけていた。人柄は真面目で、冗談はいわないが、嫌味は無く、わりあいに親切な教え方であった。しかし、私は、いきなり衝撃をくらった。コンピュータのかなめともいうべき「二進法」が分からない。十進法しか知らない私には、いくらマニュアルを読んでもさっぱり解らなかった。コアに電流が通ると0、閉じていると1、ということからして皆目分からない。コアに電流が通ればプラス、通らなければマイナスというくらいなら当たり前なのだが、その現象を0と1とで捉えて、それによってすべての計算ができるという理屈は、まったく理解不能であった。まるで不条理の世界に追い込まれたくらいに当惑した。私は、のっけから躓いてしまった。寮に帰ってからも、マニュアルと首っ引きで、コアの原理・現象について考えた。どうにも腑に落ちない。分からない。なぜ、そう言えるのか。どうしてそうなるのか。考えても考えても、答えが見つからない。だがしかし、分からないからと言って、「オレは頭が悪い」などと嘆いている場合ではないのだった。仕事なのであるから、なんとしても理解しなくてはいけない。会得しなくてはいけないのである。しかし、それにしても、電流が通るかと通らないかで、なぜ、0になったり1になったりするのか。その理由はやっぱり分からない。なにゆえにそうなるのか、意味付けできない。この二進法に悩まされること、およそ二週間くらいであったろうか。それが、ある時、突然、ふっと解けたと思った。意味付けとか物の道理とかいう以前に、これは数字をもってものを考えるための、前提としての約束ごとなのだ。そもそも数学というのは、もろもろの約束ごとが前提で成り立っている世界ではないか。電流のプラスマイナスを0か1かということも、二進法の理屈も、数学上の約束ごととして考えればいいのである。それなのに、私は、約束ごとそのものの意味合い、その必然的な理由を見つけようとして、空白状態の中で、堂々巡りをしていたのであった。約束ごととしての二進法というものが分かってみると、目の前の靄はうそのように消えてしまい、頭の中はすっきりと晴れあがった。それからは、さまざまな解説やテクニックが次々と面白いように解けていった。そこで私は、仲間の二人にも、私の理解し得た限りを伝え、一緒に復習し、話し合い、考え合って理解を深めていったのであった。

六月に入ると、私たち三人は、社命で、一週間ほど、ＩＢＭの大阪本社に出張して最終講義を受けた。そうして、講習はすべて終了し、三人共になんとかいう資格の修了証書を授与された。会社に戻ると、早速、まずは社員の給与計算の電子化が課せられた。調査課には、すでにデスクの奥に、広い機械室が設けられていて、そこには新しく購入したばかりの電子式計算機「６０９」とか「４０７」（どちらもグランドピアノくらいの大きさ）をはじめ、中型のソーター「２０５」など種々の機械が備わっており、すぐにでも作業ができるように配備されていた。室温は、機械の為に、年間、十七、八度に保たれているということであった。作業着のジャンパーを着ていても少し寒いくらいである。機械室の隣には、大きなガラス越しに、キーパンチャー室があって、十人ほどの女子社員が詰めていた。彼女たちは、練習用の資料を使って、何日も前からパンチカードに孔《あな》を開ける練習を繰り返していた。

日立の給与計算は、現在は知らないが、当時は、基本給に諸手当をプラスするというのではなく、まず第一加給・第二加給とあって、それに諸手当が付加されてゆく（戦前からの支給法らしく、旧式のままであった）もので、割と複雑であった。社員は、いろんな職種に分かれており、また勤続年数等によって計算式はさまざまに枝分かれしている。加減乗除、細かな計算式を必要としていた。作業のはじめは、プログラミング、すなわちコンピュータに計算式を覚えこませる作業である。すべて私が担当することになった。まずは経理課のベテランの人に来てもらって、従来の手作業での給与計算の仕方を説明してもらい、それから、私は、その計算式を図形にして細々と紙に数式を書いた。マニュアルには、簡単な様式が載っているので、それを頼りに応用しながら組んでいった。見本も手本もない。自分で書いた図表にしたがって金属製のパネルの穴に、つぎつぎとコードをさしこむ。これは私ひとりに任された仕事であった。あとの二人も、ある程度は修得していたが、理解が充分でなかった。新入社員の中には、大学出の人も工業高等専門学校出の人もいたが、なぜか、我々商業高校出身の三人だけに任された任務であったのである。高卒のまだ柔軟な頭脳の者にやらせるといいと決断したのは、誰であったのか。会社としては、随分、思い切ったことをしたものだと思う。

プログラミングが終って、幾日かは、実験的に給料計算の作業を繰り返した。キーパンチャーたちは、一万円札大のカードにパンチャーという機器で一、二㎜の小さな孔を開けて、名前と職種などを記す。皆手馴れていてカシャカシャとすごいスピードで打つ。それを「609」の機械が計算して結果がパンチされ、それをまた大型の輪転機のような「407」の機械が大きな用紙にプリントしてゆく。カードは何度か「205」のソーターにかけられ、分類を繰り返すのである。全従業員は、千人近くいたであろうか。したがって、常時、数千枚のカードが作動するのであった。

入社後、しばらくは、大学受験を考えるどころではなかった。私は、仕事に没頭した。没頭せざるを得なかった。実際の給与計算の作業は七月分からであったかと思う。なにしろ会社としては、初めてのことなので、計算機が打ち出した全従業員の給与リストを、経理課の社員たちが算盤で検算をすることになっていたらしい。これは嘘のようなホントの話で、まさに噴飯ものだが、のんきと言えばのんきな時代だったといえるのかもしれない。

給与支給日前の三日間は、徹夜が続いた。徹夜明けの日は、そのまま寮に帰って寝た。給料日はいつも休暇をとって、自分の給与袋は翌日受け取った。幸いに、ちょっとしたミスはあったが、大きな問題は起きなかった。課内、みんなほっとしたわけで、まずまずのスタートが切れたわけであった。

七月の末ごろ、茨城の日立製作所の本社から、社長・副社長ら一行がコンピュータ化の実態を査察に来ることになった。課長の命令で、当日は私が説明をすることになった。査察の時間は三十分程度だったと思うが、私は、支障なく一通りシステムの説明をした。この日の査察は、私が説明しているところが、その月の社内報に、大きく写真入りで出ていた。

入社後、三ヵ月間、嵐のような日が過ぎた。過ぎて見れば、あっという間のことであった。仕事は面白かったが、しかし、私の心はやはり空しかった。任された仕事をやりきれたのは、うれしく楽しい日々でもあったが、一段落つくと、また大学進学への思いが首を擡げて来た。新入社員は、規則上、入社後六ヵ月間は仮採用の身分であることは承知していたが、私は、上司に願い出て、蓄膿症の手術がしたいと十日間の休暇をとった。給与計算は、すでに軌道に乗っていたので、私がいなくても大丈夫だったのである。蓄膿症とはいっても、実は私のは軽度のもので、幼時から、鼻が詰まり易くはあったけれど、手術を必要とするほどのことではなかった。けれど私は、自分の時間が欲しかった。三ヵ月余りの間、大袈裟に言えば、息する間もないほど忙殺された。仕事に夢中になれたのは良かったが、自分を失ないそうになるのは嫌であった。機械人間になるのは嫌だと思った。ともかく、自分を考えたい。そのための時間が欲しい。そこで、思いついたのが、入院なのであった。鼻の手術をすれば、十日間は休めると思ったのである。手術の恐さなど気にもならなかった。うまく治るのかどうか、正直、それさえあまり考えなかった。症状がよくなればありがたいが、それよりも、ともかく休みが欲しかったのである。入院先はすでに決めてあった。尾道駅の裏出口の向い側、古い洋館の四階建ての耳鼻咽喉科病院である。前から、なんとなく覚えていたのであった。

入院して、あてがわれた部屋は、三階であった。窓からは、すぐ眼下に、改札口が見え、その向こうに尾道駅のホーム全体が見渡され、駅舎の向こうには、細長い川のような備後水道が見え隠れしている。その対岸は向島《むかいしま》で、のんびりと渡船（通称・ゲタ船というフェリー）が往来している。駅の裏口の改札口辺りには、真赤な血のようなカンナが咲き誇っていた。

駅に降り大向日葵に対峙せり　旭

呉・社員時代

一

入院先は、古い洋館の四階建ての個人病院で、尾道駅の裏出口のまん前にあった。その裏側は千光寺山（標高百四十ｍ）がそびえている。千光寺山は、その名のとおり、頂きに名刹千光寺の大小の伽藍があり、公園となっていて、中腹から麓までぐるりと民家が立ち並び、寺社や旅館や商店でびっしり埋まっている山である。医院はその麓の商店が居並ぶ間に建っている。大正か昭和の初めの頃の建物であった。

医師は、五十代後半くらいの柔和な人柄で、手術の腕は良いとの評判であった。入院の翌々日、一階の手術室に呼ばれた。そこで私は部分麻酔の注射を打たれて、手術が始まった。唇をめくって、歯茎の付け根あたりを切開して広げ、鼻腔の一部分の骨に穴を開け、通りをよくして、閉じるということであった。すでに麻酔が効いているので痛くはないが、すべてが聞こえる。医師と看護師とのやりとりも、今何をしているのかもすべて音で分かる。メスが入って切開が始まった。するとその直後、どたっと何かが倒れる音がした。部屋の隅の方らしい。誰かが気を失って倒れたらしかった。後で分かったが、医師の姪ごさんが、大学の夏休暇で来ていて、手伝わせていたところ、手術の切開を見てしまって、気絶したのであった。薬学か看護かを専攻している人らしかったが、手術の立ち会いは初めてであったらしい。彼女に注射を打ったり、別室に移したりしているらしいようすや物音が私の耳に響く。やがて、静かになったと思ったら、いきなり鼻腔の骨に衝撃が走った。カツン、カツンと骨を木槌のようなもので叩いて、穴を開ける音がする。痛くはないが不気味な音である。鈍く重たく響く。カツン、カツン。何度響いたことであろう。嫌な時間が続いた。やがて、洗浄され、縫合されて、手術は終わった。顔が膨れて、皮膚は土気色《つちけいろ》になっていた。その後の日々は、手術痕が治癒するまで、化膿止めや痛み止めの薬を飲むほかには、何もすることがなかった。時々、医師の姪ごさんと階段ですれ違った。おとなしく美しい人だったが、手術に立ち会って卒倒させたことが、なんだか気の毒でこちらから話しかけることができなかった。私は、部屋の窓から、駅舎越しの、大川のような流れの速い備後水道をいつまでも眺めながら、今後のことを考え続けた。「大学を諦めてこのまま会社勤めをしてゆくか、それとも会社勤めを続けながら夜間部の大学を目指すか、あるいはいっそ会社を辞めるか。いや、辞めたら生活ができなくなる。だから辞めることはできない。しかし、大学は諦めきれない。

ではどうすればいい。会社は辞められないとすると、大学を諦めるか、夜間部を目指すかのどちらかしか道はないのだが、大学を諦めれば、必ず後悔する。きっと一生後悔し続けるだろう。だから、諦めることはできない。するとと残る道は、会社に勤めながら夜間部を目指すことしかないが、果して、それでいいのか。会社に勤めながら夜間部を目指すのは、しかし、会社の社員養成の方針に逆らうこととなり、それは、結局、会社を偽り自分を偽ることになるのではないか。しかもそのように逆らってやってみても、うまく道が開けるかどうかは分からない。開けたとしても、何ほどのものであろう。労多くして功は少ないに等しいのではないか。ああ、もっと他によい方法は無いのか。どうすればいい、どうすればいい。容易に答えは見つからない。また、はじめから考えなおす。けれども、いつまでも、思いはこの線上を堂々巡りするばかりであった。

私はこの洋館の三階の部屋にいるのだが、上の四階の海側の部屋に、五十代半ばくらいの婦人がいて、時々廊下で行き合うたび会釈していたが、すこしずつ話をするようになった。色が白く、内気な感じながら、知的な雰囲気があって、ちょっと影のあるような婦人で、老眼鏡をかけていた。親しく話しあえるようになってから、この婦人はここの医師の妹さんであることが分かった。毎日、花や果物など静物の水彩画を描いている。私が暇そうに見えたのか、人物画のモデルになってくれないか。いつも花や花瓶ばかり描いていていてつまらないので、描かしてほしいと言う。姪ごさんの絵もすでに描いたらしかった。私は、モデルになるのは気恥かしかったが、この婦人とは何か話が合いそうだと思っていたし、実際、暇でもあったので、承知した。私の顔の腫れはとっくにひいており、顔色も元に戻っていた。婦人が今までに描いた絵を何点か見せてもらった。どの絵も色彩は明るくはなかった。線も色もこれといった特徴はない。けれど、対象物を正直に写そうとして、何度も何度も手を入れて描いていることがよく分かった。見栄えをよくしようとか、飾りたてようとする気持ちがないらしいところが、とても好もしく思えた。

口数の少ない、思慮深そうな人であったが、だんだん話しているうちに、婦人は、自身の身の上話をしてくれるのであった。十代の娘盛りの頃から、すでになぜだか生きているのがいやでいやでしかたなくて、いつも暗く憂鬱で、死にたいと思うばかりの日々であったというのである。私は「なぜそう思ったのですか」と尋ねたが、「わけは分からないの。ただ生きているのがつまらなかったの」と言う。おそらく大正末期から昭和初期にかけての閉塞的な時代性などが多分に影響していたのであろうと思われた。この医院は、彼女らの父親が創建し開業したもので、何不自由のないお嬢様育ちであったはずなのだが、婦人は少女時代から厭世的な空気のなかにいたというのである。往時の見合い写真というのを見せてもらったが、初々しい華やかな振袖姿で全身を心もち斜めにしてこちらを見ているポーズである。髪は当時の流行りだったらしく、黒髪にゆったりとウエーブが掛かって、項《うなじ》あたりでまとまっている。大人らしさの中にまだ乙女らしい輪郭があるが、知的で美麗な風貌であった。が、目もとあたりがなんとなく寂しく憂わしい翳があった。

十八歳で、東京大学の理工系の教師に嫁がされたが、送って来た相手の見合い写真すら見る気もせず、結婚はしたくなかったのだが、親の言いつけなので仕方なく嫁ぐこととなり、いやいやながら上京した。嫁いでみると、夫なる男は、学問の方はどうだか知らないが、まるで思いやりがなく、することなすことすべて幼児性の抜けないところがあって、自己本位で、性格異常者めいていたそうである。彼の両親の偏愛が災いしたものらしく、性格の異常ぶりは一向に治らなかったという。それでも、十年余り辛抱して、男の子と女の子を産み育てた。が、性格異常な夫に我慢できず、ついに子どもを置いたまま、ひとりで家を出たのだそうである。それからは、生きてゆくことに迷いがつのり、幾度か死のうとして諸所をさ迷ったが、死に切れず、そのあげく、ある新興宗教に入信した。そこで師と仰げる人に出会えたと思って、その男のもとで死に物狂いで修行を続けたという。不眠不休で滝行をしたり、断食も繰り返し行ない、お経や呪文も必死で唱え続けた。けれど、師と仰いできた男は、ただ狂信的で、過激で、まったく癒されることがなかったと言う。彼女自身、心身ともにぼろぼろになり、みるみる衰弱し、彼についていて行けなくなった、と言う。心の闇は深まるばかり、苦しみに堪えられなくなっていた。尾道の家族とは、長い間、音信を絶っており、行方を晦まし続けていたのだったが、親戚筋のある人が、ふとしたことで、彼女の居場所を知るところとなり、その衰弱ぶりを見て、尾道の実家に連絡をしたのだと言う。そうして彼女は東京から尾道に連れ戻された、ということであった。それがいつだったのかは尋ねなかったが、おそらくもう十数年以前のことであったろうと思われた。こころおだやかな老婦人らしいたたずまいから、そのくらいは経っているだろうと思ったのである。夫とはすでに正式に離婚を済ませ、子どもたちとも会って、養育をしないで独り家を出たことを涙ながらに謝ったと言う。子どもさんたちは、そのまま変わらず夫の方で暮らしており、その後は会っていないということも話された。今は、経済的には、実兄の世話を受けて、不自由なく一部屋に静かに暮らしているが、「いつまでも世話になっているわけにはいかない。どこかなにか職を見つけて自立しなければと思っているのだけれど、兄に止められるがままに、まだこうしているのよ」と言うのであった。

人はなぜ生きているのか。なんのために生きているのか。そこに迷って答えが見えないでいる私は、婦人の苦しみが、他人事《ひとごと》ならず、分かるような気持ちがして、聞き入っていた。それから、私もまた、子どもの頃からの自分の迷いや悩みをうちあけた。この人なら、私の悩んでいることや迷いつづけている気持ちを分かってくれる、通じ合えるものがあると思えたのである。椅子に腰かけて、斜め先を見つめている私の画像は、暗く沈んだ色調で、不安そうな眼差しをしていた。一日に二時間半くらい椅子に座ったが、私が部屋を出た後も、さらに筆を動かしていたらしく、絵は三日間ほどで出来あがった。私は、ちらりと見ただけであったが、その絵は、私が呉の会社に戻った後、数ヵ月の間、尾道の駅前の「梵」という喫茶店の壁に掛かっていたそうである。当時から、毎年、上野の美術館の日本水彩画展に入選していたこの婦人とは、この後、彼女が亡くなられるまで文通が続いた。

十日間は瞬く間に過ぎた。手術の結果は上々であった。しかし、一向に大学進学の道は定まらない。けれども、ともかく受験勉強はしなければいけない。会社に復帰してからは、また多忙な日々が続いた。とくに給料日前の数日間は夜勤などで大変であった。が、それが過ぎると、後の日々は、定時の五時に会社を出て、あとは自由であった。私は、電話帳か何かで調べて、ＹＭＣＡの夜間の予備校を探した。会社から三十分ほどで行ける塾のようなところが見つかった。小さいけれどＹＭＣＡが経営していた。早速、英語の科目だけ受講を申し込んで、夜六時過ぎの講座に通うことにした。小さな教室で受講者は七、八人ほどであった。六十歳くらいの男の先生であった。

ところが、通い始めて二週間ほど経ったある日。仕事が済んだ後に、高校卒の男子の新入社員が全員、一室に集められた。むろん工業高校卒の十数人も一緒である。上司からの説明によると、来年三月に向けて、日立製作所内の教育機関である日立工業専修学校の受験のための講習を行なうというのであった。「定時の五時の終業の後、月曜から金曜まで、毎日二時間ずつ、この職場の大学卒の社員たちが、受験の為の物理・化学・数学などを教える。ついては、さっそく来週の月曜日から始めるので、ぜひ受講するように」と言う。これは一応希望者を対象とするもので、強制ではないということではあったが、商業高校卒の我々三人は、周りの雰囲気からして、受講を拒否することはできそうになかった。しかし、受講したからといって、必ずしも試験に合格するとは限らない。合格者は、毎年わずか数名と言われていた。だが、なにがどうであれ、この講座にも試験にも私の心はプラスの方向には動かなかった。むしろ、せっかく、大学受験のための勉強を始めたばかりだったから、これは厄介なことになったと思っただけである。物理も化学も、文系の大学受験にはさほど必要ではないし、数学だって大学受験用のとは趣旨が違うようだ。けれども、この教育システムは会社の社員養成の規定のようなものだから、強制ではないとはいうけれど、やはり従わざるを得ないらしく思われた。

次の月曜日から、講義が始まると、ＹＭＣＡの英語の方の時間のやりくりができなくなった。それでも、講義の方をサボって二、三回ほどＹＭＣＡに通ってみたが、やはり落ち着かないので、結局、申し込んでから、三週間ほどで予備校の方は辞めた。またまた大学への道が遠ざかってしまったと思った。

ところで、これは以前にも記したことであるが、この日立には、母校の尾道商業から毎年ひとりずつ男子が入社してきているのであった。その人たちのうち、私のすぐ上の先輩と二つ上の先輩の二人が、後輩の私を気づかって、毎週のように金曜日の仕事帰りに、私を呑み屋に誘って、もてなしてくれるのであった。彼等も入社当時は同じように彼らの先輩たちから遇せられていたのであろう。「調子はどうか」とか、「困ったことは無いか」とか、いろいろ気づかってくれるのであった。入社当初のうちはありがたかった。彼等は、商業高校に入ったのは、経済的に大学へは行かせてもらえないからという境遇も私と同じであったから、話もよく合った。しかし、酒の酔いが回ると、彼等も「オレも大学に行きたかったんだよなあ」と深いため息をついた。「会社を辞めて大学に行きたいと思ったよ。入社したての頃は、ほんとにそう思ったんだよなあ。だけど、もういまさら、どうにもなあ……」と口ごもり、それから後は愚痴話になるのであった。それはふだん適わぬ夢として胸の内にしまっていることであるらしく、「ああ、思いは同じなんだなあ」と思った。しかし、回を重ねるにつれて、私は、だんだん顔つきが暗くなっていったらしい。すばらしい先輩たちだとは思うのだが、一緒に飲みに行くのが苦痛になっていた。勧められるままに、ビールや日本酒を少しは口にしたが、うまいと思ったことはなかった。もともと私は飲めない体質らしく、すぐに赤くなって、眠くなったし、話もだんだんつまらなくなっていた。彼らと会った後、つくづく思うのは、「ああ、自分は後悔したくない」、「あの時あれをやっておけば良かった、というような愚痴だけは言いたくない」ということであった。「今となってはもうしかたがない。だけど、やっぱり、あの時、あれをやっていたらよかったのになあ」というような生き方はしたくない、と強く思った。だが、今のままだと、必ず自分も後悔をするに決まっている。愚痴を言うに決まっているのだ。私は、元来、物事に飽きっぽい方で継続性に乏しい。だが、そのくせ、負けず嫌いで、僻《ひが》みっぽいところのある弱い人間である。そして、おまけに執念深くて、しぶとくて諦めの悪い陰性なところもある。だから、もしも大学に行かないで、このまま仕事に専念したとすると、私は、終生、後悔しつづけることになる。うじうじと何彼につけ、不平居士となり、大学に行かなかったことを悔やむに決まっているのだ。これまでの私のどこを探しても、逆境を受け入れ、逆境に奮い立ち、それを梃子《てこ》にして、自分の道を切り開き、突っ走る、というような逞しさや剛《つよ》さは、まったく持ち合せてはいなかった。自分という人間はそういう弱い人間なのだ。だから、このまま大学を諦めたら、きっと後悔が付き纏うであろう。それは火を見るより明らかなことだと思うのであった。

毎日の、終業後の講習は続いた。講義は難しくはなかったが、退屈であった。なにしろ職場の先輩が教えることだから、テキストを型どおりに読んで簡単な説明をするだけなのである。私は内心はじりじりしながらもおとなしく受講した。

独身寮の朝は、日曜日以外は、六時起床であった。六時になると、寮内中に目覚まし代わりに歌が響き渡った。井沢八郎の「あゝ上野駅」が、大流行していた年だったので、毎朝この歌声で目を覚ますのである。お蔭ですっかり歌詞を覚えてしまった。中卒の少年少女たちが「金の卵」ともてはやされ、就職列車が上野駅・東京駅へ彼らを運んだ時代の歌である。

食堂で、どんぶり飯を食べて、七時前には寮を出て、呉線の汽車で二駅間を通勤した。途中、トンネルがあって、雨の日以外は窓が開いているので、煙が車内に舞いこみ、シャツが薄汚れ、時に、石炭の細かいカスが目に入ることもあった。

日曜日は、近所の図書館に行って、受験勉強をしたが、余り集中はできず、とかく、図書館の書棚の小説類や西田幾多郎の『善の研究』などを開いたりした。そうこうしているうちに、日曜の一日はあっという間に過ぎた。

高田先生は、この春四月から、ちょうど広島の県立観音寺高校に転勤になられて、市内の東観音町にある先生のご自宅から通勤しておられた。私は、毎月のように訪問して、話をしたり悩みごとを聞いてもらったりした。お子さんたちも、「兄ちゃん、兄ちゃん」と慕ってくれた。末っ子育ちの私は、それも嬉しいことであった。先生も奥さまも家族同然にもてなしてくださった。

やがて、会社は盆休みとなり、八月十二日から四日間ほどであったか、島に帰った。入社後、五ヵ月足らず、身分はまだ一応仮採用であるから、夏季賞与はほんの僅かであった。正月以来、半年ぶりに、家族が揃った。

下り立ちて父なき島の油照り　旭

二

祖父は、私が中学を卒業する年の春先に、畑で田を耕していて脳溢血で倒れ、一年の間は小康状態であったが、八十一歳で亡くなった。生涯、田畑を耕して働くことを生き甲斐として、みごとに生ききった。「儂《わし》は、曾孫《ひまご》が生まれたら、曾孫を背に負うて牛を飼う（土手で草を食べさせる）暮らしが、年を取ってからの楽しみだ」というのが口癖であったが、倒れて後の一年間が、一歳の曾孫をおぶっての幸せな晩年であった。祖母は、まだまだ元気で八十五歳。往年の強気はさすがに薄らいで、おだやかになっていたが、まだ、黒々と髪を染めて背筋まっすぐ毅然《きぜん》として暮らしていた。母も今や祖母に気兼ねすることはなく、世間並みのおだやかな嫁姑の間柄になっていた。長兄は、一男をもうけても、相変わらず仕事は怠けがちであるらしかったが、家長であり長男であるという自負は相変わらず強い。次姉は、隣の因島の婦人服店に通勤で洋裁をしていたが、当時の田舎では、二十三歳という歳は、もう婚期を過ぎようとする年齢であった。これまでに、二、三の恋愛はあったようだが、結ばれるところまでは行かず、最近、仲人口の人が話を持ってきて、それがまとまりそうであった。

私が帰省した翌日の八月十三日に、神戸の兄も盆休みで帰ってきた。兄弟四人が揃い、それに祖母と母と兄嫁と四歳の甥っ子とで、全部で八人の家族であった。だが、やはり長姉がいないのがさびしかった。

我が家の菩提寺は、島山の麓の小高いところにある。墓域は寺の裏側のさらに高い地に広がっている。そこから見下ろす眺めはとてもすばらしい。墓域のすぐ下は、なだらかな蜜柑畑が広がり、その下は民家の屋根が重なり合い、さらにその下は、浜辺に連なる緑の土手が続いている。そしてその先は、青々と海が東西にひろがる。対岸は岩城島《いわぎしま》。その島山が水面に深緑の山影を落としている。東には、無人島の小島である「鳶《とび》ノ小島」、西には、「弁天島」が浮かんでいる。眼下の瀬戸内海は、海と言うより湖と言いたいほどに静かで清らかな水面なのである。太陽が、きらりぎらり、ぎらりきらりと、光をたゆたわせ、扇状に航跡を残しながら幾艘かの船が行き交う。どこを切り取っても山水の画になる風景である。

家族皆で先祖の墓参りを済ませて家に帰ると日が傾いた。すると内海特有の夕凪が小一時間ほど続く。まったくの無風状態となって、空気は潮気にべとついてかなり不快である。が、まもなく、そよそよと風が吹いてくる。夕餉は庭先のかぼちゃ畑の上に出した涼み台でする。涼み台というのは、一畳敷ほどの床几台（高さ五十㎝ほど）を、二つ並べて、一間四方にして上に莫蓙を敷き、居間からいつもの長方形の大きな食卓を運んできて真ん中に置く。台所から食事が運ばれてきて、家族みんなで食卓を囲んで座り、団欒となる。

私は、呉を出るときからずっと心が塞《ふさ》いでいた。大学進学の思いが昂じてきて、もう抑えきれないほどになっていたのである。このまま会社にいては、大学合格はとても難しい。いっそ会社を辞めて、受験勉強に集中したいというところにまで、自分を追い詰めていたのであったから、帰宅してからは、母と二人だけの時を見計らっては、私は、胸中の思いを母にぶっつけるようにして打ち明けた。「会社を辞めて大学に行きたい。学費は自分でなんとか工夫するから、会社を辞めて大学に行くのを許して欲しい」と、繰り返し懇願した。私が、いろいろ考えあぐねた末に、やっと行きついた考えというのは、広島大学の教育学部を受験するということであった。そのためには、せっかく入った会社を辞めなければならない。これは神戸の兄との約束を破ることになり、母を心配させることになるのだが、私は、どうしても大学に行きたい。兄の怒りを買うことになるのはしかたがないが、ただ、母にだけはどうしても自分の気持ちを分かってもらいたく、認めてもらいたかったのである。けれども、母は「せっかく大きな会社に入ったのに、なにが不足なのか分からない。元気で働けるのだから、それで良いではないの。なんで辞めるの。何の不満があるの。私《うち》にはそれが、よう分からん。どうか辞めんでおくれ。思いとどまっておくれ」と、繰り返すばかりであった。私は、私が進学を望む気持ちを、なんとかして母に理解してもらいたかった。理解してもらえなくても、せめて、「そんなに言うなら、独力でがんばりなさい」という言葉だけでも欲しかった。けれど母は、「我慢しておくれ。堪《こら》えておくれ。私《うち》は、それしか、よう言えん」というばかりであった。私は、なんとか母にだけは「許し」をもらいたかった。私は、母を説得することを諦めなかった。しつこくしつこく頼んだ。けれども、母は「我慢してくれ。諦めてくれ」の一点張りであった。母の言うことが、私に分からなかったわけではない。母のこれまでの人生を思えば、父亡き後、手になんの技能もなく、ただ畑仕事に明け暮れ、たまさか稼ぎに出かけても、雀の涙ほどの賃金しかもらえない暮らしに耐えてきたのである。また、兄たちも、町工場の安い給料に喘《あえ》ぎながらの暮らしなのであったから、せっかく末の息子の私が大企業の社員になれたことは、私の想像を超えて、母は、心底、安心したに違いなかったのである。それを辞めるというのは、その安心を失うということであるから、それは、母の理解を超えていることなのであった。それにまた、私が進学するということに対して、母は、経済的にはもちろんのこと、何の援助もしてやれないのである。それは親としてとても堪えがたく辛いことだったはずである（それがどんなに辛いことであるかは、私もずっと後に親になってから、親として子の望む道を見守り、支援してやれる幸せを感じた時、逆に、当時の母のこの気持ちが、どんなにか辛く切なかったであろうと、いまさらのごとくしみじみと思い知ったことであった）。なおその上に、母は、私の身体が決して丈夫な性質《たち》ではないことも心配であったと思う。それやこれや、当時の私にも、母のせつなさが分からぬではなかったのだけれど、それでも、私は、やはり母にだけは認めてもらいたかった。許してもらいたかった。兄弟のうち誰も理解してくれなくても、母さえ「しかたないねえ、そんなに言うなら、やれるとこまでやってみなさい」とだけでも言ってくれればよかったのである。

私は、この休みのうちに、会社を辞めることを、母に告げて、了解してもらおうと決めていたので、必死に母を口説いた。母は、困り果てたらしく、とうとう夕飯の後、兄たちに向かって、私が会社を辞めて大学に行きたい、と言っていることを話した。家族の者は、皆あきれたようであった。が、その中で、次兄は、「なに！」とひと言、むっとなって私を睨んだようであった。そして、それからあとは、まったく私を無視するように横を向いてしまった。長兄は、「何を言ってるんだ。何が不満なんだ」と私に聞いた。が、私は無言でいるしかなかったし、また、答える気も起きなかった。だが、次兄にしてみれば、一方的に約束を反故《ほご》にしようとする弟を許せるはずがない。怒ってあたりまえなのだ。私は、いつ鉄拳が飛んでくるか、と思ってじっとしていた。次兄からはどう折檻されてもしかたがないと思っていたから、びくつきはしなかった。けれども、どのように言っても、母が分かってくれないのが、つらく哀しかった。母にだけは、理解してほしかった。

夕餉の膳が片付けられて、私以外は、皆、母屋の方に引きあげて行った。私は、床几に身を横たえて、じっと空を見上げていた。頭上には広く大きな天の川が燦爛ときらめいて、満天の星月夜であった。ずうーっと見上げているうちに、なんだかつくづく情けなくなってきて、涙が出てとまらなくなった。「母さんは、どうして分かってくれないのだろう。こんなに頼んでいるのに、どうしてもやりたいという子どもの気持ちをなぜ分かってくれないんだろう」。私は、ほとほと自分が哀れに思えてならなかった。

一時間ほども、ひとり床几に横になっていたであろうか。ふとだれか側に来たようであった。次兄であった。私は、次兄が憤っていることは分かっていたので、その怒りをぶつけてくるかと思った。いや、ふだん口数が少ない人だからいきなり胸倉を摑んで殴るかもしれないとも思った。今まで兄たちから殴られたことはないが、今は殴られてもしかたがないと思っていたので、私はそのままじっとしていた。次兄はそのまま通り過ぎて庭先の方に行った。そして、少しして引き返し、私が寝ている床几の真横で足を止めた。私は息を呑んだ。すると兄は、低く強い声でこう言った。「お前は何を泣いとるんじゃあ。何を泣くことがあるんじゃ。泣いてもしょうがないだろが」。「お前がそんなにやりたいんなら、勝手にやればええだろが。なんで親の許しを得んならんのじゃ。やりたけりゃ、自分で勝手にやらんかい!!」。そう言って次兄は立ち去った。私ははっとした。兄の言葉は、後頭部をがつんと石か何かで殴られたほどの衝撃だった。「あほか!! お前は!!」という声がした。いや、それは外からではなく、自分の頭の中から聞こえてきた。

ほんとにそうだ。兄の言うとおりだ。自分は、何を勘違いしていたんだろう。自分の道を決めるのに、親の理解を得ようとか、許してもらおうなんて、なんと自分は人間が甘く出来ているんだ。むろん、親の許しを得ようとすることは悪いことではない。だが、逆にそこには、何かに甘えている心があるとも言えるではないか。「そうだ、母が許してくれなくても仕方がないのだ。自分は自分で決断して、自分のやりたいことをやればいいんだ」と思った。私は、いつの間にか起き上がって、床几の上に座っていた。星空の彼方に、蒼黒い島山がぼんやりと見えた。私は、兄の今の言葉をかみしめた。

だが、それにしても、最も怒っているはずの武士兄《たけしあに》(次兄)が、なぜ私に声をかけてくれたのか。口もききたくないほど憤慨しているはずの兄が、怒りながらも、私の行く手を指し示してくれたのである。胸がじーんと熱くなっていた。次兄のことは、また後のどこかで書きとめておきたいことが幾つかあるが、ここでは、次兄の言葉が、電撃に打たれたほどのショックとともに、私を目覚めさせてくれたことのみを記すにとどめておきたい。

次兄は、私を奮い立たせる言葉を投げかけてくれたが、それは、その一度きりで、後は、ずっと無言であり、私を無視したままであった。約束を破ろうとする弟を許してはいないのである。母が、「武士兄は、あんたに何を言ったの」と聞くので、私は兄が言ったままを伝えた。すると母は、「まあ、なんてことを言うんじゃろう、武士は。そんなこと言うてくれては、困るじゃないの」と慌てた。だが、母はあきれながらもそのまま黙ってしまった。武士兄の一言は、大いに私を奮い立たせたが、母の切ない気持ちも無《む》下《げ》に出来ず、ひとまず私は呉に帰り、もう一度、自分の気持ちを見つめてみようと思った。

盆休みは短かくあっけなく終り、武士兄は神戸に、私は呉に帰った。

私は、また職場に戻り、これまでどおりの生活に戻った。調査課の仕事は、さらに資材管理のコンピューター化などが加わり、ますます多忙であった。給料日近くになると、やはり、電子機の機械操作のために二、三日は残業が続いた。定時後の例の社内の受験講習も受けざるを得なくて、一応真面目に受講した。しかし、とにかく私の思いは、来年一月に広大の試験を受ける、と固く決めて、夜遅くまで頑張った。四人共同の部屋なので、遅くなると階下の談話室に一人籠もって続けた。けれども、なかなか思うように捗らない。私はだんだん焦ってきた。このままのペースでは間に合わないのではないか、と不安が募る。十月、十一月と経って、いよいよ十二月に入ると、「これではとても合格は覚束ない」と切羽詰まってしまった。「もうこれ以上、会社勤めはできない」と思った。今から、ひと月余りを受験勉強だけに集中すれば、運良く行けば、合格するかも知れない。いや、やっぱり無理かもしれない。だがしかし、今はっきりと分かることは、このまま会社にいたのでは、まず広大合格は無理だということだ。今辞めて受験に集中すれば、あるいは受かるかもしれない。ぜひとも受かりたいのだから、そうすべきなのだ。それに、その願望をひとまず置いて考えても、とにかく、このまま会社勤めをずっと続ける気持ちは、私にはないのである。十ヵ月ほど勤めてきたが、このままずっと会社にいたら、後々必ず後悔するに決まっている。それだけは断言できることなのである。そうであるならば、辞めるのは早い方がいい。そう決断した。思えば、私は、先の勝算どころか、なんらの見通しも立たないまま、会社を辞めることにしたのであった。それは、言わば、崖から身を投げるようなものであったが、この時の私の気持ちは、「今、辞めないと、きっと後で後悔する」。ただただ、それだけであった。現実の生活の厳しさが、まだまるで分かっていない、愚かな自分がそこにいた。

私は、十二月早々のある夜、母に連絡をした。家には電話はないので、家の近所の万《よろず》屋《や》にかけて、呼び出してもらったのである。電話口に出た母に、私は一方的に「十二月で会社を辞めるので、受験する日まで、家に置いてほしい。家で勉強させてほしい」と頼んだ。母は、私がいつ「会社を辞める」と言ってくるかを、それとなく覚悟はしていたらしく、特に反対することもなく、「分かった、分かった」と言ってくれた。私は、十二月十日頃だったと思うが、課長に辞職願を出して了承してもらい、間もなく、寮を引きあげ、島の実家に帰った。今となっては、退職の日が何日だったかさえ思い出せない。それどころか、冬期の賞与を貰ったのかどうかも覚えていない。貰ったような気もするが、貰う前に辞めた気もする。いずれにしても、賞与や退職金などがいくらであったのかも、まったく記憶にないのである。新入社員の夏の賞与は小額だったが、冬期の賞与は多かったはずである。もしそれを貰っていたらその嬉しさくらいは記憶にあっていいはずだが、それもない。純粋と言えば純粋だが、経済観念に全く欠けていたのであった。長兄や母からは、「すぐに市役所に行って、失業手当の請求の手続きをして来なさい」と言われたが、私は、またまた愚かにも、「大学を受験したいから、会社を辞めた」と役所の窓口で言ってしまったので、結局、「支給できない」と断られてしまった。家に帰ってそのことを告げると、母も長兄もあきれ果てたのは言うまでもない。私自身も、世間知らずの愚かさに気づき、顔から火の出るほど恥ずかしかったけれど、しかし、そうかといって、役所で嘘を言う気にはなれなかったのである。いずれにしても、今はそんな恥を歎いている場合ではなかった。私は、自分の部屋としてあてがって貰った、母屋に隣接する納屋の二階に籠もって、昼夜となく受験勉強に精出してがんばった。

追憶に色あらばこの赤とんぼ　　旭

在郷・浪人

一

昭和三十九年十二月の下旬。会社を退職した私は、納屋の二階を勉強部屋として、いわば背水の陣を敷いた心持ちであった。納屋の一階部分は、三和土《たたき》で、その一部が床になっており、かつては搗《つ》き臼や挽《ひ》き臼を動かし、綯《な》い縄や筵《むしろ》編みなどをした作業場であったが、すでにこの頃は、単に農具置き場になっていた。二階へは簡素な木組みの古い九段梯子が架かっている。二階の部屋は、天井は低いが、二畳ほどの板の間と古畳の八畳の間である。東側はガラス戸の掃きだし窓。外は畑が続いていてさえぎるものはなく、朝日がいっぱいに射し込む。南側は、腰高の小さな窓だが、朝夕はずいぶん明るく、冬は暖かい部屋なのであった。この納屋は、築八十年近い古家屋であるらしい。祖父母が所帯をもったときに、すでに築二十年余り経っていたこの家を購入して暮らしていたが、その後、三十年ほどして今の地に母屋を新築したときに、その横に移築して、納屋にしたものなのである。古畳を踏むと床がぎしぎしと鳴った。布団を一式、部屋の隅に置き、南側の窓の下に座り机を置いて、ひと月余りの籠城であった。

皆が朝飯を済ませて、兄や姉が出勤し、そのあと、母が、畑に出る前に梯子の下から、「行ってくるからね」と、私に声をかける。「はーい」と上から返事をする。しばらくしてから下に降り、洗顔を済ませて食卓に座り一人で食事をとる。たまに兄嫁がいるときは、兄嫁が飯をよそってくれる。食事が済むとすぐに部屋に戻って、夕方まで勉強をする。流石に昨年の今頃とは違って、問題集を解いていても、かなり手応えがあった。この調子なら受かるかも知れないと楽観したり、いやいやまだまだ力不足だと悲観したり、と大波小波が打ち寄せてくるのであったが、そうした感情を努めて抑えて、平静を保とうと、参考書と問題集に集中した。

日が西に沈む頃、野良から母が帰って来る。そうして、梯子の下から「今、帰ったよ」と私に声をかける。やがて、とっぷりと日が暮れて門先が暗くなった頃、梯子を降りて母屋に行く。家族と一緒に食事が終われば、また納屋に戻って、一時頃まで机に向かった。日は容赦なく刻々と過ぎていった。

時に、頭がぼーっとしてくると、二階から降りて、歩いて七、八分の浜の土手をしばしの間、散歩した。昼過ぎの土手は誰もいない。冬のこの時期は、ほぼ晴天続きである。海の向こうは、岩城島であるが、その島山は東西に長く裾を拡げているから、この生口島との海幅は狭くて細長い。しかも見た目には水面は穏やかであるから、海というよりも大きな河か湖のような静けさである。ほかほかと暖かい海辺の冬の日を浴びながら、ぴたぴたと岸壁の石に寄する波のささやきを耳にしつつ、歩いては佇み、佇んではぶらぶらと歩く。この土手から三百ｍほど離れた沖合に小さな弁天島（高さ五十ｍほど）がある。いつもは海の中であるが、大潮の時分には、干潮になると、島までの砂の道が現れて、だれでも歩いて行ける小島であった。子どもの頃は、この砂岩の塊の小島のてっぺんまでよく登ったものである。足元がずるずる砂で滑るので怖かったことを覚えている。小島は八方が断崖状態だから、落ちれば命がないが、さいわい落下事故は聞いたことはなかった。

小島のてっぺんの松は、昔に変わらず青々としている。海面に映える日の光。おりおり吹いてくる海風。火照った頭を冷やし、気分のすっきりするのを待って、家に戻り、二階に上がって、また机に向かった。

試験の日がいよいよ近づいたある日の夕食の時、姉が私に、「小林さんも大学受験のために、今、家に帰って来ているんよ」と教えてくれた。小林さんというのは、姉と同学年の男性で、勉強がよくできたが、幼くして父を亡くし、経済的に困窮して高校に行けないところを、尾道在住の地主の世話で、尾道商業高校に進学させてもらったという人である。彼は三年先輩であるから、まだ直接会って話したことはなかったが、その秀オぶりや高校進学が適った時の話は、小さな町だから、たいていの人が知っており、私も中学の頃、姉から噂を聞いて、あこがれを抱いた人であった。彼の家はごく近所であった。彼は、高校を優秀な成績で卒業した後、三菱造船に就職した。しかし、大学進学が諦められず、三年間勤めた後、退職して帰郷したということであった。そう言えば、だれも居なかった土手に、最近になって、部屋の南側の窓からときおり、夕方時分、ぽつんと人影が見えることがあった。

それから数日後の、ある夕方。いつものように土手を東に向かって歩いていると、土手の反対側からゆっくりと歩いて来る人影があった。近づくとそれは小林さんであった。先に記したように、これまでじかに話したことは一度もなかったが、互いに軽く会釈をして、土手の草の上に対座した。浪人同士、ごく簡単に互いの今の事情を話し、その日は、互いに励まし合って別れた。彼は、働きながら京都大学を受験し続けて来たが、やはり働きながら受験を続けることに限界を覚えて退職したと言うのであった。諸々話したいことはあったが、ともかくもそれは受験後のこととして、多くは語り合わなかった。

私は、広島大学の文学部を志望したかったが、教師になりたいという思いは、幼時からあったので、教育学部を受けることに決めた。今度もまた、高田先生のご自宅に泊めていただいて受験をする。前回同様、何合かの米とわずかばかりの手土産を持参して、泊めていただいた。呉の日立に勤めていた頃も、月に一、二度はバスか汽車に乗って、ご自宅にお邪魔しては、話をうかがったり、市内の繁華街をご一緒に散歩していただいたりしていたが、いつも家族同様にやさしく迎えてくださるのであった。試験当日先生ご夫妻から、温かく励ましていただいて家を出た。

受験場は、東雲《しののめ》の分校舎であったように思うが、詳細は忘れてしまった。今となっては、受験日も科目数もまったく覚えていない。二日間の試験を終えて、昨年よりはいくらか手応えがあったが、自信はもてなかった。殊に数学・英語の出来が悪かったように思う。受験後すぐにそれと気づくようでは、とても合格は覚束ないのだった。二日間の受験科目すべてに、全力を出して頑張ったけれど、蓄積してきたものが乏しくて、まず合格は難しいだろうと思った。多少自信がもてるのは、国語と日本史だけ。後は、不安な要素ばかりであった。

「いったい自分は、どんな受験勉強をしてきたのか。このざまは何だ。これで勉強してきたと言えるのか。この失敗は、何だ。何なんだ」。今度の失敗は、流石に、がっくりと気落ちがした。去年は、まだ軽い気持ちであったから、ショックは割合少なかったが、今度ばかりは、体の芯から応えた。

不安な暗い表情は、隠しきれるものではなかったが、励ましてくださる先生や奥様に、厚くお礼を言って、島に戻った。

広島駅から三原駅まで、一時間半ほど。三原駅から三原港の桟橋までは歩いて十分。

三原港からフェリーで四十分。フェリーのデッキで、遠近《おちこち》の島山を眺めながら、強く冷たい海風に吹かれていると、頬がひりひりと痛く、学生服の下の薄い胸板もぐいぐいと圧される。錆びついた鉄の白塗りの手摺りを強く握っていないと、立っていられないような感覚に襲われる。

空も海も底抜けに青く、島々の島山も深緑の色合いさまざまに、フェリーの進むにつれて、濃淡を変えてゆく。航跡の白波は、激しく過ぎゆく方を残すかに見えて、すぐに淡く消えてゆく。それにしても、紺碧の空がこんなにも虚しいものなのか。群青の海がこんなにも虚しいものなのか。海や空を見て、こんな虚《うつ》ろな思いになることは今まで経験したことがなかった。青い海や空を見れば、いつもおのずと元気が湧いてくるものであったはずだが、今は、たまらなく虚しく、やりきれないほど虚無的であった。私はすっかり気落ちしてしまっていた。広島駅を出るときは、合格か不合格かにまだもやもやした気分があって、もしかしたらぎりぎり受かるかもしれないという曖昧《あいまい》な観測に縋《すが》ろうとしたのであった。だが、フェリーが、島の瀬戸田港に着いた頃には、私の思いはほとほと暗く落ち込んでいた。「やはり、完全に失敗したのだ、それが事実なのだ。この事実は、とても苦いが受け入れなくてはいけない」。

私の町は、瀬戸田港の反対側にあるので、島一周のバスに乗る。二十分ほどで家の前の停留所に着いた。途中、知り合いの人と出会うことがなかったのは、さいわいであった。私は、そのまま家の前の畑に直行した。夕方の四時半頃であったであろうか。冬の日差しはやや弱り加減であった。畑中には母が独りで耕していた。鍬《くわ》で二反ほどの畑を耕しているのであった。畑はほとんど耕し終えていて、母はそのむこうの端の方を耕している。私が立っている畦からは、遠くに感じた。母に声をかけようと思ったが、なんと言えばいいのか、かける言葉がない。まだ耕していない畑であれば、ずかずかと母の所まで行けるのだが、耕したばかりの畑中は、歩けない。もともと歩いてはいけないものなのだ。そうは言っても、もしも合格の手応えがあったなら、かまわずに走って踏み越えて行ったことであろう。だが、失敗だったと落胆し、悄気《しょげ》ている私には、畑中の母がとても遠くに思えて、畦に立ちすくんで、半歩も進めなかった。

私に気づいた母は、鍬を休めて私を見た。そして、微笑みながら、いつものように首を少し傾けて、「おかえり」と言った。力なく「ただいま」と答えたものの、後のことばが出ない。しばしして「どうだった、試験は」と母が尋ねるので、「だめだった」と答えた。「そう、でもきっと、大丈夫よ。うまくいくよ」と慰めてくれる母。だが、私は、「いや、失敗だった。だめだったんよ」と気落ちしたことばを重ねていた。ほんの数十mしか離れていない母との距離が、この時ばかりは、とてつもなく遠くに感じた。あれほど母を困らせて、強引に会社を辞めて、受験した結果が、このざまなのだ。このていたらくなのである。優しい母をこんなに遠く感じるのは、言うまでもなく、悲しませているにちがいない母への申し訳なさからであったと思う。

後日の電報は、やはり「サクラチル」であった。私は、もう一校、二期校の山口大学にも志願届を出しており、すでに受験票は届いていたのだが、もはや、出かける気になれなかった。すべては、仕切り直しだと思った。大学進学を諦めるつもりはさらさら無く、むしろ、ますます志望の熱は増すばかりであったが、今年はもう受験する気力は湧いてこなかった。広島の先生も、電話で受験を勧めてくださったが、私は、その気になれないのであった。

「もっとしっかり受験勉強をしなくてはだめだ。碌に準備もしないで受験しても受かるはずがないのだ。そうだ、もう一年。もう一年間、まるまるかけて励めば、なんとか受かるはずだ」と思うのであった。だがしかし、そのこれからの一年を、どこでどう過ごせるのであろうか。はたと困った。

この納屋で、もう一年、過ごさせてくれれば一番良いのだが、それは、できないことであった。会社を辞めるときに、「受験のために数ヵ月だけ置いてくれ」という約束であったから、出て行かなければならないのである。こんな田舎町で、働き盛りの若い者が、仕事もせずに実家に居続けていることは、世間体が悪く、また、狭い町だけに、すぐにありもしないでたらめな噂が尾ひれを付けて立つに決まっているからであった。

「この先、どうしよう」と考えるが、なにも思い浮かばない。ただ、今、はっきりしていることは、このまま島にいることは出来ない。島を出て行かなければいけない。それだけであった。しかし、どうなるにせよ、来年に向けて勉強は続けなくてはいけない。私は、身の振り方を、案じながらも、すぐにまた参考書を開き問題集をめくって勉強をはじめた。そして、夕方時分になると、浜の土手に出て、海を眺めた。

日の入る頃になると、夕日に紅く染まった海原のかなたに、いくつも重なり合った島々の小高い島山が黒々と翳り、その山際の空は、とてもまぶしく、深紅と金色とを基調にした、赤色や黄色や橙色の光が混じり合って、じつに荘厳な夕焼けであった。

幾日か経って、その浜の土手で、ひさしぶりに小林さんと出会った。彼もまた「受験に失敗した」と言った。しかし、私の惨敗とは違って、彼の場合は、ほんとうに惜敗であったらしい。彼は、このままもう一年、生家で受験勉強をすると言うのであった。長男で、彼の弟は大阪あたりに就職しており、家は母親とふたりきりであったし、彼の母は、相変わらず農作業をしながら、彼を信じて、じっと見守ってくれているようであった。彼の場合は、世間体など全く気にしていない風であった。京都大学の文学部を目指しており、フランス文学を専攻したいと、熱く語ってくれた。

それから、毎夕のように、浜の土手の草生える上で、彼と私は、日が沈むまで、いろんな話をした。私にすれば、三年先輩の眩しい存在であった人とのひと時であったから、受験の失敗も忘れるほど、いつも心弾むのであった。彼は、かつて、尾道のある資産家に見込まれて学資を支援して貰い、尾道商業高校に進学した人である。高校進学を断念させられた頃の私は、その話を聞いて羨ましく思ったものだった。私が、その時のことを、「いいなあ、すごいなあと思いましたよ」と言うと、彼は、しばし、黙ったままであったが、やがて重い口ぶりで、「いやあ、他人《ひと》の世話になるというのは、とてもいやなものですよ」と、つぶやいた。私は、意外な返事に驚いたが、彼は、その辛かった屈辱の日々のことを、ぽつりぽつりと語ってくれた。たしかに学校にはきちんと行かせてくれたが、授業が終われば、急いで帰宅して、掃除・風呂焚き・使い走りなどをさせられ、書生とは名ばかりで、要するに、その資産家の家の小間使いで、とても嫌な辛い日々であったと言うのである。私は、彼の自尊心がどんなに傷ついたことであったかと、胸が痛んだ。そして、書生というものに憧れた自分の愚かさを思った。

ちなみに、小林さんは、そのことばどおり、一年間を生家で勉強して、翌春、京都大学文学部にみごとに合格して、京都に旅立ったと、彼から手紙が来た。

冬耕の母に近づく道あらず　旭

二

会社を辞めて、大学への道を歩み出したものの、受験に失敗した私は、この先どうするか困った。前もって受験に失敗することを予想しなかったわけではないが、失敗したらその後どうするかまでは考えてこなかったのである。「なんとか合格したい」。そればかり念じ続けてこの数ヵ月を過ごしてきた。だから、今こうして不合格の身になってみて、はじめて、「さあこれからどうしようか」と困ったのであった。とはいえ、それは、受験勉強を続けるためにどうすればいいか分からない、というだけのことであって、「何年かかっても大学に合格するまでがんばる」という気持ちとは別問題であった。大学進学への気持ちはますますつのるばかりで、そのことへの迷いはまったくなかった。しかし、受験勉強を続けるためには、それ以前に自活の問題がある。つまり、どこかで働き口を見つけなくてはいけないのである。どこかで働く。とは言うものの、そのどこかとは、いったいどこなのか。どこで働けるのであろう。それに働くとしても、受験勉強ができないような仕事では困るのだが……と、ここまでを何度も繰り返し思い思いして、そしてそこで行き詰まってしまうのであった。ここから先は、自分ひとりで繰り返し考えてみても、まったく分からないのであった。

そこで、私は、母校を訪ねることにした。まずは、大学受験の為に会社を辞めたことを学校にお詫びし、そして、再就職先を斡旋してもらえないか頼んでみようと思ったのである。そこまで、決めて、私は、広島の高田先生に電話を掛けた。「自分のこれからについてご相談に乗っていただきたいのですが……」とお願いした。私は、すぐにでも広島の先生のご自宅まで伺うつもりであった。ところが、先生は、「ああ、そうか。うん、分かった。じゃあね、私もちょうど明後日《あさって》、尾道に行く用事があるんだ。だから、尾道で会おう。そうだね、一時にしようか。一時に、尾道の駅前になんとかいう喫茶店があったね。そこにしよう」と言ってくださった。駅前の喫茶店は「梵」といった。

あとから思えば、あの時、先生は、私のためだけに、わざわざ広島から尾道まで出てきてくださったのであった。「用事があるから」と仰ったけれど、それは恐縮する私の、気持ちの負担を少しでも軽くするための、先生の思いやりから出た言葉であったに違いない。

その日、私は、約束の時刻に間に合うように家を出たのであったが、乗るべき船が瀬戸田港に数十分ほど遅れて来たので、尾道港に着いた時は、すでに一時四十分を過ぎていた。桟橋からは五分ほどであったが、結局、私は、約束の時刻に、五十分近くも遅れてしまったのである。

桟橋から走って行き、喫茶店のドアを押して入ると、右奥のテーブルの椅子に座っておられる先生の後ろ姿が見えた。「先生、遅れてすみません」と言うと、「おお、来たか」

と、仰った。「すみません。船が遅れたものですから。申し訳ありません」と謝った。「うん、そうか。まあ、座りなさい」と仰った。それから「だがね、波戸岡君。約束の時間に遅れるということはね、待たせた相手の時間を盗むということになるんだよ。待たせた分だけ、その人の時間を奪うことになるんだ。だから、約束した時間は必ず守らなくちゃいかん。これからは、そのことを忘れちゃあいかんよ」と優しく諭してくださった。先生は、私の遅刻をさぞ苦々しく思いながら待っておられたはずだが、表情はどこまでも穏やかで、ゆったりと椅子に身をゆだねておられた。前にも記したとおり、先生は、若い頃サッカーなどで体を鍛えておられたから、がっしりとした体格で、いかにも男くさい風貌である。とくに眼がぎょろりと大きいので、一見恐そうなのだが、お人柄は、まったく逆で、いつも優しく朗らかでユーモラスで、その上、ロマンチストであった。少なくとも私に対しては、生涯、一度も怒鳴ったりきつく叱ったりなさることはなかった。それだけに、先生のこの時のことばは、つよく身に応えた。

先生は、私にもすぐ珈琲を頼んでくださって、「君にちょっと洒落た珈琲の飲み方を教えてあげよう。一杯の珈琲で三つの味わいが出来る飲み方なんだよ」と仰る。それは、いきなり砂糖とミルクを入れるのではなくて、まずはじめは珈琲だけで香りを楽しみながら飲む。それから、スプーンでゆっくりと珈琲をかき回しながら、カップの縁からそっとミルクを注ぐ。「するとね、ミルクが渦状になって、いろんな風味が楽しめる。

それから、最後に砂糖を少し落として飲むといいよ」と言って、硬くなっていた私の気持ちをやわらかくほぐしてくださるのであった。しばらくの間は、私が島でどうしていたかなどを尋ねてくださった。

ややあって、先生は、「ところで、君はいったいこれからどうしたいんだい」と尋ねられた。私は、「どこかで働きながら受験勉強をしたいんです」と答えた。「そうか、それならね、方法が二つあると思うんだ。一つはね、来年も広大を受験するとして、広島でアルバイトを探すという方法だ。もし君が広島に出て来たいと言うのなら、僕は知り合いに仕事先などを尋ねてみるし、まあなにかと援助してあげられるだろうと思う。それがひとつだ。そうしてもう一つの方法はだね、思い切って東京に出てみるという手もあるんだよ。君は今すべてがゼロの地点に立っている。だから、どちらの道を選んでも、失う物はないだろうから、思うとおりにやってみたらいいと僕は思うよ。だが、どちらの道を選ぶか、それは君自身が決めなさい」と仰った。先生のお話に、私はあっと思った。「東京」という言葉に驚いたのである。「東京？　東京?!」と、私は胸の内で繰り返していた。漠然と広島の市内あたりでアルバイト口が見つかればいいかなあ、というくらいまでは、ぼんやりとながら頭に浮かんでいた程度であったから、いきなり「東京」という言葉を耳にして驚いたのである。瀬戸内の小さな島に育った私にとって、東京という地名は、子供の頃、三橋美智也の歌謡曲「夕焼とんび」の歌詞の「そこから東京が見えるかい」を歌っていても、ただ歌うばかりで、東京が日本のどこにあるのかさえ思わず、そこが生活をする場であり、働く地であるという現実的なイメージを抱いたことなどまったく無いままに育ってきていたのである。繰り返しになるが、幼い頃は、東京は、まるで夢の町、幻の大都会であって、地図で見てはいても、実際にどのあたりなのかさえ考えたことが無かったのである。

今、先生は、その幻の東京へ実際に私が行って働くという道を教えてくださったのである。思いがけないお話に私は驚いたが、驚いた分だけ、私にとってその東京への道はじつに新鮮であった。そう言えば、先生ご自身も、先生のお父様の反対を押し切って、戦後の荒《すさ》んだ東京に遊学された経験がおありになる。先生は、広島の高等師範学校を卒業されて、一旦は地元の小学校の教師となったが、辞めて上京し、浅草の小学校の教師をしながら、國學院大學と明治大学とに進み、大いに学生生活を満喫されたのち高田家の長男なので広島に帰り、高校の教師をされているのであった。その先生が、ご自身の経験を踏まえて、道を指し示してくださっているのである。私は、広島行きよりも、東京行きに心が傾いた。そうだ、先生の仰るとおりだ。今の私は、まったくのゼロの地点に立っている。失うものは何もない。ゼロほど強いものはない。失敗すれば、またやり直せば良い。どうせ、やるなら日本の真ん中のほうがいい。失敗しても地方でうじうじしているよりはましだ。そして、この時、私の脳裡に、ふとある俚諺が思い浮かんでいたのであった。それは、たしか高校二年の夏の頃だったと思うが、高校の図書館で、なにかのことわざ辞典をめくっていたときに、「田舎の勉強より都会の昼寝」という言葉が目にとまり、なんということなくずっと頭の隅に残っていたのである。この時、その俚諺が、妙に強く私の中に蘇ってきたのである。たしかに、そうかも知れない。都会と田舎とでは、あらゆる物事に関して、その情報量がまったく違っている。学問をするのなら、情報伝達に優れた東京がいいに違いない。私の思いは、一気に固まった。今は、なんのあてもないけれど、どちらに進むにしても今がゼロであるならば、「田舎の勉強より都会の昼寝」に賭けてみよう、と決めたのである。先生は、なにも反対なさらなかった。「そうか、そうするか。やってみるか。そうだねえ。それなら、僕も浅草に教え子たちがいるから、年に一、二度は、東京へは行くことがあるから、むこうでも会えると思うよ」。

二時間余りお話ししたであろうか。その後、先生にお礼を言って、またの連絡をお約束して辞した。私は、その足で、すぐに母校に出かけた。すでに夕方であった。

就職相談室に行くと、数人の男の先生がいた。大学志望のために日立を辞めたことを謝罪し、受験に失敗したことを報告した。せっかく推薦されて入社した会社を辞めるということは、母校の信用を損ねることになり、後輩たちにも迷惑を及ぼすことになりかねないことなのである。けれど、先生たちは、そのことには触れず、受験に失敗したことを慰めてくれ、私の進学志望に対して激励してくださった。ところで、再就職については、今年の就職活動はもうとっくに終わっており、私が東京に就職したいのですがと話すと、「ちょっと、もう今の時期だとねえ、受け入れ先がほとんど無くなっている。それでも、もしなにか情報が入ったら、すぐに連絡をするから、少しの間、自宅で待機しているといいよ」と言ってくださった。私はお礼を言って部屋を出ようと立ち上がった。するとその時、そこへちょうど私が三年の時の担任であった先生が入って来られた。

この先生は野球部の部長でもあったが、明朗磊落《らいらく》で小太りの先生であった。教科は商業であったが、私は教わったことはなく、ホームルームの時間だけの担任であった。就職係の先生が、「先生、波戸岡君が東京の会社に勤めたいと言ってきているんだが、東京に、先生のお知り合いの会社はありませんか」と言ってくださった。すると、「ああ、そう。うんうん、あるよ、あるよ。そうか、波戸岡、分かった。じゃあ、ちょっとおいで」と仰ったので、職員室に一緒に行った。先生は、机の抽斗から一枚の名刺を出して「この会社だがね。僕の友だちが経営しているんだ。ここなら事務員に雇ってもらえるだろう。なかなか頑張っている男でね、いいところだと思うんだ。今、電話してみるよ」と言い、電話をなさると、相手からは、すぐに「承知した、東京によこしてくれ」という返事であった。それで、三月末に上京することに決まった。先生から手渡された名刺には、「興国運輸会社」と書かれていた。それがどんな会社であるかは考えなかった。

とにかく東京への道が一歩具体的になったことを喜んだ。運輸会社とはいっても事務職だと言うのであるから、さほど難しい仕事ではないように思われた。希望を適えてくださった先生にお礼を言い、就職相談室に報告をして、母校を辞した。日立という大きな会社を経験した私は、今度の会社は、まあ日立ほど大きくなくても、先生が薦めてくれた会社だから、それなりの中堅の会社であろう。定時に仕事を終えれば、あとは自由に受験勉強が出来るに違いない。ひょっとしたら予備校だって通えるかもしれないと、独り勝手にあれこれ想像して、胸が膨らみ、ともかくも新たな道が開けたことを喜び、勇んで島に帰った。二月の半ばであった。上京には、まだふた月近くあった。

きさらぎの島々光るもの増えて　旭

三

就職先を東京と決めてから島に帰り、母をはじめ家族にその旨を告げた。そして、広島の高田先生に手紙を書いて就職先が決まって四月に東京に行くことを報告した。出発までにはまだふた月近くあった。私は、納屋の二階で引き続き勉強をした。前にも記したように高校では、商業関係の科目が多く、国語・英語・数学・物理・化学・地理・日本史・世界史どれも教科書は薄く、時間数も少なかった。ことに古典（古文・漢文）は授業すらほとんど無かったので、結局、受験科目すべてについて、受験参考書を片手に、大学の過去問題集と取っ組み、丸かじりするしか方法はなかった。国立大学の受験科目数は多くて困ったが、学費の高い私立大学は経済的に無理だと思っていたから、頑張るしかなかった。それでも、これから一年掛けてやるのだと思うと、気持ちにいささかゆとりらしきものが湧いて、昨年末からの焦燥が薄らいでいた。夕方時分になると、気晴らしに浜の土手に出て、湖水か河川のような青く静かな海面や、島々のなだらかな島山を眺めた。空はいつも晴れ続きで、浜風はいささか冷たいが、日差しが暖かいので、火照った頬には却って心地よかった。私が土手に行く頃、小林さんもやはり散歩に出てこられる時刻らしく、ふたりはよく土手の草の上に座って話をした。フランス文学を専攻するという彼は、さすがによく読んでいて、ユゴー・バルザック・スタンダール・フローベール・ゾラ・ジード・サルトル・カミュなどの魅力について、夢見るように話してくれるのであった。私は、『レ・ミゼラブル』・『谷間の百合』・『赤と黒』・『居酒屋』・『ナナ』・『狭き門』・『異邦人』くらいは、高校三年の時に一気に読んでいたので、彼の文学批評めいた話が面白かった。私は日本文学に進むので専攻分野は異なっても、文学を通じてこれからもずっと話ができることを喜んだ。毎夕の小林さんとのひと時に、私は大いに心が癒されるのであった。

ある日の夕方。私はまたひとり土手に座って、見るともなく間近の海面を見ていた。満ち潮時らしく海面は青く、穏やかな波がいつものようにひたひたと土手の石垣に寄せている。海中には濃い緑の藻場《もば》（甘藻《あまも》・藻塩草《もしおぐさ》のこと）の群がりが、波の動きに連れて皆同じ方向にゆらりゆらりと揺れている。まるでそよ風に吹かれなびいているように揺れている。この海も、昭和二、三十年代頃までは、毎年春先になると、村中総出で小舟を出して、田畑の肥料にするために、藻場刈りをしていた。数十艘の小舟に、それぞれ山のように積まれた緑の藻場が夕日にきらきら光って、なんとものどかな早春の風物詩であった。だが、やがてどこの農家も化学肥料を使うようになってからは、藻場刈りは廃れてしまった。それ以後、近海の海底はどんより曇り、海草はかつてのようには美しくなくなった。

私は、しばらくの間、ぼんやりと足元の海を見ていたのであったが、一瞬、何かはっとするものがあった。揺れている海草。海草が揺れている。「おや、これらの海草たちはゆらゆら揺れていながらずっと同じところにいる。それは当然のことで、海底に根を張っているから流れてゆけないのだ。だが、根を張って、生きている。彼らも生きている。けれど、彼らは私のように悩みながら生きているであろうか。いやとてもそうは見えない。ただ生きているだけにしか見えない。ところが、私の方は、心中つねに暗く澱《よど》んでいるものがあって、その闇は薄らぐことがない。なぜ自分は生きているのか。生きていることにどういう意味があるのだろう。なんのために生きているのだろう。この迷いに囚われると、どうにもこうにもならなくなるのだ。しかし、この海草たちは、おそらくなんのために生きているだろうなんて、考えることもなく生きているにちがいない。そうだとすると、海草たちは、まったく迷いも悩みもない世界に生きているということになるが、はたしてそうなのか。そうでないのか。今の私の目には、どう見ても、海草たちは何の悩みも迷いもない世界に生きているとしか思えない。そうとしか見えない。むろん、それは仏陀の悟りの境地とは異なるものなのであろうが、しかし、無畏・無我・無心という境地は、この海草たちの生き様そのものではないか。いやいや海草はただ生きているのだ。ひたすら生きているのだ。生きるためだけに生きているのだ。だとすると私は、悩まなくてもいいことを悩んで生きているにすぎないのだろうか。苦しまなくてもいいことを苦しんでいるだけなのだろうか。いったい私はこの海草よりも劣る生き方をしているのだろうか。いやいやそんなはずはないと思うのだが……」。波のまにまにゆらゆら揺れる海草をみつめながら、私は、自問自答を繰り返していた。

冬山河友呼ぶ鳥の白つばさ　旭

四

その昔、祖父が元気であった頃は、毎年、十二月前後の数日は、冬支度の一つとして、山の掃除を兼ねて、薪や枯松葉を採りに出かけた。我が家の山林区域は、標高三百m余りの桃立山《ももたちやま》の頂上近くであった。私も小学生の頃は、祖父・母・姉と一緒に、くねくね曲がる細い杣道を登ったものである。山の天辺まで登ると、北の方角には、島々の山越しに、遠く尾道や三原の町が見えた。山陽本線から分岐した呉線は海岸沿いにあるのだが、その鉄路を、時折、汽車が走るのが見えたりした。どの方角を見ても、青い海の上に緑の島があり、島の上にまた海が見えて、美しくしかも不思議な景観であった。

三月の半ば過ぎのある晴れた日。午後二時前頃であったか、私は土手に行くのにも少々飽きていたので、ふと島山に登ってみる気になった。昔のように、頂上から四方を見はるかせば、気分爽快になるだろうと思えたからである。そこで、台所に居た兄嫁に、「ちょっと気晴らしに我家《うち》の山に登ってきます。出来たら、薪に出来るくらいの木を一本くらい持って帰るから」と言い置いて、家を出た。兄嫁も気軽く「気をつけてね」と言った。山路は細いが、折々誰かが手入れをしているらしく、昔のままに歩きやすかった。だが、結構、急勾配な坂路で、でこぼこ大小の溝や谷が幾つもあって、自分の脚力が落ちているらしく、思ったより疲れた。それでも、四、五十分ほどで、我家《うち》の山林区域に到着した。そこから更に五十ｍほども登ると、頂上である。頂上の見晴らしのきく所に立って、東西南北をぐるりと見回すと、かつて子どもの頃に見たままの青々とした瀬戸内海であった。大小さまざまな島山が浮かぶ多島海の大パノラマである。ときおり鳶や鴉の鳴く声がするが、しーんと耳が痛いほど静かである。風もなく日差しは暖かい。気分はすかっと爽やかであった。

その場に座って、ぼんやりと一時間ほども経ったであろうか。私は、用心しながら細い道を下って行き、我家の区画地に入った。あたりを見回すと、一本の立ち枯れの木を見つけた。何の木であるかは分からないが、直径十㎝余り、長さ五、六ｍ余りで、持ち帰るのに手頃で、これなら引き摺りながら家まで持ち帰られると思った。そばに山藤か蔦の細い蔓があったので、これで幹の太い部分をしっかり縛った。それから、その蔓の先を引っ張りつつ、山を下り始めた。手ぶらで行けばなんということもない山路なのだが、一木を引き摺りながら下りるのは、予想をはるかに超えてむずかしいことであった。道は細かにジグザグ曲がっているから、下ろしにくい。その上、岩に木がぶつかったり、藪にひっかかったり、木立につっかかえて動きがとれなくなったりする。小木と侮《あなど》ったことが悔やまれた。予想を超えて扱いにくく、汗が滲んでくる。しかし、やりにくいと思えば思うほど、私は意地になった。この程度の小木は、そのまま放りっぱなしにしても、どうということもないのだったが、手こずれば手こずるほど、私は依怙地になっていった。どうしても家まで持ち帰るぞ、との一念だった。山を下りはじめて、どれほどの時間が経ったであろうか。腕時計もしていないので時刻が分からないが、余程経っていたようであった。山の中の日暮れは早い。もう足元が薄暗くなっていたが、下る角度によっては、夕日の日差しが木立に透けて、あたりが明るく赤く染まった。やがて坂道が緩やかになり、ようやく麓近い所まで下りてきたな、と思った。やれやれと一息ついて、更に歩き出そうとした、と、その時、ずっと下の麓の方から、誰かを呼んでいるような女の人の声がする。低い声を長く伸ばしながら、何かを呼びながら、だんだんと登ってくるらしい。不審に思い、じっと耳を澄ましていると、それは聞き覚えのあるような声であったが、よくは分からない。それは低い声であったが、なにかしら悲痛な響きを帯びている。思わず私も「おーい」と声を出した。そして足を速めて下っていった。向こうでも「おーい、おーい」と呼ぶ。その声は、近づくに連れて、母の声らしく思われた。やがて、下の方の木立の隙間から人影が見えた。母であった。いつもの野良着姿の母であった。その母が、なぜ私を呼びに来たのだろう。なぜあんな悲痛な響きの呼び声を発したのだろう。何か異変が起きたのかしらと訝《いぶか》しみながら、急いで母の所に駆け下った。「いったい、どうしたん？　なにがあったん？」と尋ねた。母の顔は汗まみれになっていて、はあはあ息をきらせていた。が、その息切れする声で、「ああ、良かった。無事で良かった。やれやれほんとに心配したんよ。独りで山に出かけたというから、胸が潰れそうじゃった」と言った。これは、母のとんだ誤解であった。

母は、いつものように、夕方、畑仕事を終えて帰ると、私が居るはずの納屋の二階に声を掛けたが、返事がない。兄嫁に尋ねると、昼過ぎ頃に、「ちょっと山に行ってくる」と言ったという。それなのに、夕暮れ近くになっても帰っていない。兄嫁は、「旭さんは、そんなに暗い顔はしておらんかったし、ちょっと気晴らしに行ってくると言ったんですよ」と母に告げたというが、母の方は「もしや」という胸騒ぎを抑えきれなかったのであろう。「ひょっとして受験の失敗を儚《はかな》んで、山に登ったのではないか。まさか自殺はしないであろうが、それでも万が一ということもある」。母は不吉な胸騒ぎを打ち消し打ち消ししながらも、「もしかしたら」の不安に駆られながら、独りで急ぎ山に登ってきたらしい。きょとんとした私の顔を見て、母は心底安堵した様子であった。

私にしてみれば、ただの気散じでしたことだったが、今が受験に失敗したばかりの身であったがゆえに、殊更、母を心配させてしまったのであった。私の行動は軽率であった。そういえば、この小さな町にも、かつて失恋や失意の果てに海や山中で自殺した青年がいたことは私も覚えてはいた。私にしてみれば、今は大学進学のことで頭がいっぱいで、自死などとは思いもよらないことであったが、子を思う親の心は、子が思う以上に深いものなのであろう。

麓から家まで、私は木を引き摺りながら、母と一緒に帰った。途中、母は、何も言わず、ただ何度か安堵のため息をつきながらも、笑顔に戻っていた。

麓まで海の碧引く枯木立　旭

上京

昭和四十年（一九六五）三月三十日。上京の朝である。私は早々に家を出た。見送る人はいない。家の裏のバス停から島を半周して、三十分ほどで瀬戸田港に着いた。ここから尾道駅行きの巡航船に乗るのだが、尾道駅からの東京行きは夜行の急行列車に乗ることにしていたので、まだ時間はたっぷりあった。港から尾道港行きの船は何便もあるので、昼頃に乗ればいいのである。腕時計を見ると十時少し前。まだ二時間ほど余裕があった。そこで港の近くの小山の上にある向上寺に登ることにした。なんとなく島の風景の見納めのような思いが、ふっと脳裡を掠めた。向上寺の山号は「潮音山」というが、その名のとおり、隣接する高根島《こうねじま》との間を流れる狭い海峡の波音が、すぐ眼下から聞こえるほどの海際の小山である。急な石段を四、五十段ほど登りきると三重塔がある。この島唯一の国宝の建造物（室町初期建立）である。一時黄檗宗であったそうだが、現在は曹洞宗らしい。本堂は小さく境内もさほど広くはないが、周囲に十数本の桜の大樹がある。花は今まさに満開の時で、おりおり花びらがほろりほろりとこぼれた。海からの暖かい日差しを浴びながら、私は、花の木の下にしばし佇んでいた。こんなにすてきな花見日和なのに、境内をぐるりと見回してみても誰一人いない。妙にしーんと静まりかえっていた。

私にとって、この日は、人生二度目の門出の日であったが、むろん晴れがましさなどは微塵も無く、言うなれば屈辱にまみれての旅立ちであった。しかし屈辱ではあるけれど、心はさほど暗くはなく、傷ついてもいなかった。受験失敗の敗北感からはとっくに立ち直っていた。落胆などしている時ではないと、自分を励まし続けていた。だから空しさも寂しさもなかった。見送ってくれる人がいないのは、むしろ、ほんとうによかった。こんな無様な旅立ちの姿など、誰にも見られたくなく、知られたくもなかった。

しかし、この島立ちは、今までの尾道や呉の町と行き来した時とは異なるものであって、もう二度と戻れなくなる島立ちとなるかも知れない。末っ子の私には、もう棲む家も土地もない島となったのである。帰るところはもうないのだ。それぐらいは覚悟しておかなくてはいけない、と思った。心して行け。もう帰るところはない。言うなれば、みずから進んで背水の陣を敷いたのだ。

ところが、そう思い詰めると、急に不安な気持ちが湧いてくるのでもあった。だがそれは不安といえば不安に違いのない、暗い気持ちではあったけれど、同時にふしぎな緊張感を伴うものでもあって、それはなにかしら見えない未来に向かって、闇の中をひたすら手さぐりしながら進むもののごとく、ぴーんと張りつめたものであったように思う。向上寺の境内のこのひと時。私は、ただ桜の花びらが、しずかにほろりほろりとこぼれているさまだけを、見るともなく見ていた。寂しさも悲しさもなかった。

前年（昭和三十九年）には、七月に東海道新幹線が開通し、十月には東京オリンピックが開催されたのであったが、私はすべてまったく無関心であったに等しい。ただ、つい数日前に隣りの因島の映画館で、市川崑監督「東京オリンピック」の映画を独りで観に行ったくらいである。気なぐさみのつもりで行ったのだったが、映像の中の選手たちの試合前の厳しい表情などに感動し、大写しになった「日の丸」に、なぜか涙が止まらなかった。新幹線開通のことなどは、まったく夢の話同然であった。

さて、昼近くなったので、尾道港行きの船に乗った。七十人乗りほどの客船に、二、三十人ほど乗客がいたが、さいわい知り人はいなかった。尾道に着くと、駅裏の医院に行った。昨年の夏、鼻の手術をした医院である。院長の妹御である婦人を呼んでもらい、近くの駅前の喫茶店で一時間余り話をした。年齢は五十歳は過ぎていたかと思うが、心の通じ合える人として、おりおり文通をしていた人である。この後、尾道で会うべき人がいて、その人との顚末《てんまつ》があるのだが、ここでは触れないこととする。駅前の食堂で独り遅い夕食を済ませた。

夜九時半、東京行きの列車に乗る。窓際に肘をのせて、堅い椅子に座り、まんじりともせず窓の外の暗い闇を見つめ続けていた。途中、少しはうたた寝をしたようにも思うのだが、ぼんやりしているうちに車窓から見える空が明るくなった。朝五時五十分、東京駅に着いた。およそ八時間余りの夜汽車の旅であった。窓から丸の内ビルやら東京駅の駅舎の一部がちらりと見えたが、漱石の『三四郎』のような驚きはなかった。

ホームには、就職先の人事課長だという、五十歳前後の男の人が迎えに来てくれていて、そのまま相模大野の社員寮まで電車で連れて行ってくれた。相模大野の駅前は、畑が続いており、畑中の草道を歩いて行った。途中、相模女子大学の校門前を通った。社員寮というのは、定員十人ほどの男子寮で、木造二階建ての小さな家であったが、まだ比較的新しい木の匂いがした。荷物は先に行李一個を送ってあった。寮暮らしは、前の会社でもそうであったから、相部屋も気にならなかった。寮の周辺も畑が広がっていて、もの静かな郊外であった。ここから、品川駅まで通うことになる。ともかくも東京に出てきたのだ。これから、どうなるのか。言うまでもなく働きながら受験勉強をするのだ。できれば夜間の予備校に通いたいとも考えていた。すぐに出勤とはならず、二日ほど休日をくれた。寮の食事も悪くなかった。二十二、三歳の性格の爽やかな人が、いろいろ話し相手になってくれたりした。どこかふわふわして落ち着きどころのない感じで過ごした。なぜだか食堂の壁に、「屠所にひく豚は豚づらうららかに」という俳句らしい文句が貼ってあった。皮肉とも侘びしいとも思える句であるのが変に気になったが、だれの作とも分からず、また寮内に俳句をしている人もいないらしかった。

上京して三日目。品川の会社に出勤した。社長とは初対面である。運輸会社とは聞いていたが、どんな会社なのかはまったく知らなかった。ここが会社だと案内された所は、バラックの二階建ての建物であった。木製の外階段をぎしぎし登って、アルミのドアを開けると、仕切りのないがらんとした部屋に、いきなりぶっきらぼうに社長の物らしい大きな机と椅子とがあって、少し離れた向こう側に事務机が二つずつ向かい合わせに計四つ並び、その椅子に三十代くらいの女子事務員が四人、青い事務服を着て座っていた。

すこしすると、社長が外階段を登って部屋に入って来た。私は、自分の名前を告げて、お辞儀をした。社長という人は、背は私と同じくらいだが、ずんぐりとした体格で、黒く日焼けした顔は土木の現場監督といった風の人に見えた。この建物に案内された直後から、私は、これは間違ったことをしてしまったのではないか、と思い始めていた。というのは、この会社を紹介してくれたのは三年の時の担任の先生である。私のことをよく知っている先生の紹介だから、それ相応の会社を世話してくれたに違いないと、勝手に大甘《おおあま》に想像していたのであった。日立製作所級の大規模会社は無理としても、当然、それに準じる会社くらいを世話してもらえたつもりで上京したのである。ところがこれはどうしたことか、会社には違いないけれど、まるっきり小さな運送会社であった。迂闊であった。これはとんだ勘違いをしてしまったらしい。だが、もはや後の祭りである。

私は、ごつい顔つきながらどこか愛嬌のある五十代半ばらしい社長の顔を見ながら、言葉を待った。社長は、私の手を取って握手して、「やあ、よく来たね。今日から君は、片手に算盤、片手に金槌を持って働いてもらうよ」とにこやかに言った。これはまったく思いがけないことばであった。「カタテニ、ソロバン、カタテニ、カナヅチ……」あまりの意外なことばに、エエッ？　と思った私は、すぐに、「僕は算盤は出来ますが、金槌は持てません」と言ってしまった。社長は、まじまじと私の顔を見つめた。私も見つめ返した。「なに、金槌が持てない？　いったい君は東京に何しに来たんだね」と私に尋ねた。私は、つい、うっかり、「勉強をしにきました」と言った。言ってしまってから、おや、ちょっと言い間違えたぞ、とは思った。だが、そうは思っても、やはり、「金槌は持てない」のである。仕事をするつもりで東京に出てきたのではあったが、金槌はまったく予期せぬことであった。だから、やはり、断らざるを得なかった。社長は、「そうか、勉強をしに、ね。じゃあ、そんな人は雇えないね」と言った。私はその場で首になった。いや、正確には不採用になったというべきであろう。こんな世間知らずな愚か者に、社長は呆れかえったことであろう。だが、私にしてみれば、金槌を持たされるなど夢にも思わなかったことで、正直驚いたのである。とっさの判断であるが、やはりとても金槌を持つ力仕事などできない、そう思った。私は、どうしていいか分からず、しばし呆然と突っ立っていた。社長にしてみれば、ご自分の友人の口利きで、尾道から出てきた若者を、むげにそのまま路頭に迷わせることはできないと思われたのであろうか。ややしばらくして、社長が「せっかく田舎から出てきて、行くあてがないのは困るだろうから、どうだね、アルバイトを紹介してあげようか」と言ってくれた。「そのアルバイトは、金槌を持たなくていいし、力仕事じゃあないから。やれると思うがね」と言ってくれた。私は、そのアルバイト口の紹介をよろこび、お礼を言った。「それじゃあ、せっかく社員寮に入れてあげたけれど、出て行ってもらわないといかん。まあどこか、下宿先を手配してあげよう」と言ってくれたのであった。私は、内心、ほっとした。

桐　咲　い　て　疲　れ　し　時　の　真　顔　か　な　　旭

品川倉庫・浪人

一

紹介されたアルバイト先というのは、日野自動車株式会社の品川倉庫で、仕事の内容は、そこで輸出用の自動車部品を数えるだけの単純作業だと言う。社長はすぐに電話をかけてくれて、「バイトをしたいという若者がいる。今からそちらに行かせるので、よろしく頼む」という旨《むね》のことを言ってすぐに電話を切った。すると、いつの間にか来ていた、先日の課長さんが、「私が一緒に行くから、さあ行こう」と言う。私は社長に入社を断ったお詫びを言い、それから、「アルバイトをご紹介してくださって、ありがとうございます」とお礼を言って課長の後について階段を下りた。日野自動車株式会社の「品川倉庫」という会社は、そこから歩いて十五、六分の所であった。課長さんの話によると、「興国運輸」は「品川倉庫」の下請け業務を主な仕事としているらしい。ここの倉庫にストックされている車の部品を輸出用の荷として梱包して運搬していると言うことであった。

「品川倉庫」は、広大な敷地を有していて門も大きく立派であった。白い門を入ると、まず「興国運輸」の作業場に連れて行かれた。そこは広い敷地内の東北部の一隅であった。広さ約十数m四方・高さほぼ四mくらいの薄暗い小屋があって、その中から盛んに金槌で木に釘を打っているらしい音が聞こえてくる。いきなり覗いたので、暗くてよくは見えないが、五、六人の男女が腰を屈めて作業をしていた。若い男三、四人は金槌を鳴らしており、四、五十代らしい女の人たち二、三人は、まだ蓋をしていない木箱に、大鋸屑《おがくず》か何かを詰め込んでいる。洩れ入る幾筋かの日差しがまだらに映る中に、もうもうと埃がたっていた。課長さんは「ここが、ウチの作業場だよ」と教えてくれた。「ほら、あの中の二人が、君の後輩だよ」と言い、その二人を呼んで私に挨拶をさせた。この三月に母校の尾道商業高校を卒業して、「興国運輸」に正規に就職した後輩たちであった。この二人の後輩は汗まみれの紅潮した顔をくずして笑い、懐かしそうな表情をした。だが私は彼らをまったく知らなかった。在学中、上級生たちの顔は多く見知っていたが、下級生についてはほんの少数しか知らない（学生生活はたいていそんなものである）。その時、彼らの笑顔に応えて、私もにこっと笑って短く励ましのことばをかけたつもりであるが、なんと言ったのかよく覚えていない。正直、私は驚いただけであった。同じ商業高校を出たというのに、彼らの就職先はこんな狭い埃まみれの作業場で梱包作業をしている。

いったいこれはどういうことなのであろう。彼らはこの先ずっとこの肉体労働を続けることになるのであろうか。私の日立製作所でのコンピュータ業務とくらべて、仕事内容にあまりに差があり過ぎるではないか。社長が、「片手に金槌」と言ったのはこの作業のことだったのだ。しかし、そうすると、もう一つの「片手に算盤」というのはなんだろう。何を意味するのであろう。この作業場にはそんな事務所めいた所は見当たらないではないか。たとえばこれが就職六ヵ月間の試用期間中の実地体験としての労働だったとして、はたして彼らはいつか事務能力を活かす別の職種に移るということがあるであろうか。否、それほどの規模のある会社ではなさそうだ。なんだか後輩たちが気の毒になった。が、二言三言話しただけで私たちはその場を去った。その後、彼らとは二度と会うことはなかった。

私は、「興国運輸」に入社しなくてよかったと思った。こんな肉体労働はとても勤まらないのである。なにしろこの頃の私は、身長百六十五㎝、体重四十一、二㎏のひょろひょろの体であった。病身でこそなかったが、体力も腕力にも自信が持てず、その上釘ひとつまともに板に打ちこめないほど不器用だったのである。仕事はしなければいけないに決まっているが、受験勉強ができるだけの余力を確保しなければ、今の私は仕事をする意味がない。そう思ったのであった。

私がアルバイトで働く作業場は、同じ敷地内の数十mほど離れた所であった。周知のとおり日野自動車という会社は、トラックとかバスとかの大型車を扱う会社なので、この倉庫会社も広大な敷地なのであった。事務所は、二階建ての大きく細長い形をしていたが、やはりバラック建てであった。昭和四十年当時、大都市のビル建設は盛んになっていたであろうが、こうした倉庫関係の設備までには、まだ投資が及んでいなかったのであろう。その事務所内の一室で、私は現場の係長を紹介され、「興国運輸」の課長と別れた。現場の倉庫会社の係長は五十代半ばくらいの、小柄でいかにも几帳面な性格の人らしい。ていねいにアルバイトの作業内容とか労働時間・手当などの説明をしてくれた。私の作業内容は、自動車部品の種類と数量が書かれている伝票を受け取り、倉庫に行って倉庫番の人に伝票を渡す。そこで品物を受け取り、その種類と数量とが伝票の内容と合致しているかを確認して、梱包作業場近くの指定の場所に運ぶという、実に単純なものであった。これなら体力を消耗せず、勉強もできるだろうと一安心であった。作業時間は九時から五時の八時間で、手当は一日七百五十円。アルバイトだから交通費の支給は無い。

夕方、品川駅から電車に乗り相模大野の社員寮に帰ると、下宿先が決まっていた。住所は大田区の萩中。その町は京浜蒲田駅から羽田線に乗り換えて一つ目の糀谷《こうじや》だと寮の人が教えてくれた。すぐに行李一個の荷造りをして運送屋に電話をかけ、その下宿先に送って貰った。翌朝、私は寮を出て単身相模大野駅から電車に乗った。新宿駅・品川駅・蒲田駅と乗り換えて、やっと糀谷駅に降り着いた。途中、乗り換え口に迷ったり、電車中の人いきれに悪酔いしそうになったりしたが、なんとか下宿の家に到着した。駅からは小さな商店街を抜けて左に曲がりそのすぐ先の住宅街で、徒歩七、八分の距離である。大家さんに紹介状を渡すと、すぐにその裏のアパートに案内された。古びた粗雑な二階建てで、上下合わせて四部屋あるらしいが、ちょうど二階の一部屋が空いていたのである。板の階段をぎしりぎしりと上がって行くと、ベニヤ板張りの薄いドアがあった。そのドアを開けると、四十cm四方ほどの靴脱ぎ場があって、その先は細長い板張りになっていて、その左側が古畳の三畳の間であった。東側と北側に半間ほどの窓があり、東側の窓の外はすぐ隣家の壁に面していて風通しもよくない。北側の方も家が建て込んでいるが、この窓からは四、五mほど隔たっており、眼下には小さな菜園場があった。部屋の南側はべったりとセメント壁である。表面はざらざらで鼠色のただセメントを打っただけの壁らしいが、よく見るとどす黒い斑点が無数にある。どうやら潰された藪蚊の痕であるらしい。三畳一間の狭くて暗い部屋だが、それでも静かそうなので勉強するにはちょうどよいと思った。炊事場も洗顔場もトイレもすべて一階にあって共同である。食事は商店街の中に何軒か定食屋があるようだし、たしか風呂屋も一軒あった。大家さんはふつうのサラリーマン家庭らしく、ご主人も奥さんもみな優しそうであった。これでひとまず落ち着いた。いよいよ明日から、昼間働きながら夜には勉強が出来る、そう思うと、またむくむくと希望が湧いてくるのであった。部屋代は、たしか三千円だったと思うが、礼金・敷金と前払いの一ヵ月分の部屋代などを支払うと財布には何ほども残っていなかった。上京後の引っ越し代や電車賃なども馬鹿にならない出費だったのである。懐具合は明日からの通勤代もままならないほど逼迫《ひっぱく》していた。夕方、部屋を出て、家から一番近い定食屋に行き食事をした。どんぶり飯と一汁一菜で九十円。帰って畳にごろりと横になった。寮から送った行李はその翌日に届いた。

川風に春の噴水折れ易し　旭

二

いよいよアルバイトが始まった。私と同じ作業をしている人は三人。それに主任が一人であった。主任の名は清水さんと言った。鼠色の作業用の上衣《うわぎ》を配布されて、それを着るとすぐに作業を命じられた。大型のトラックやバスの部品名と個数が列挙してあるリストと伝票を受け取り、運動場のように広い構内を横切って大倉庫に行き、それぞれの係の人に伝票を渡す。その間、自分も中に入って手分けして品物を探す。リストに載っている部品が揃うと、それらをまとめてもとの作業場に持ち帰る。途中、運送トラックやリフト（起重機）がしきりに行き来していて、それを横切るのが厄介であった。作業場で、もう一度個々の部品名と個数とを確認する。それから国名（ほとんどが東南アジアの諸国であった）が刻印されている容器にそれらを個別に入れ、四段ほどの木の棚に並べて置くのである。これが作業の一サイクル。実に単純なものである。ところがこの単純作業がくせもので、同じ作業が一日に数十回続くのである。なにも考えず、ただひたすら運ぶ。部品はさまざまで、豆電球とか二、三ミリの捻子釘《ねじくぎ》のような小さな物から、バスやトラックのスプリングブレーキ・ホイール・車軸などの重たくて大きな物もある。六日間働けば、作業着は機械油が附着したり埃まみれになったりして、手で洗濯するのが大変であった。最も困ったのは重いスプリングや車軸・車輪を運ぶことであった。私の細い体では、引いても押しても動かない。根限《こんかぎ》り引き摺ってやっと五十cm。息を整えてまた引き摺って三十cm。これを繰り返して七、八十mほど離れた所定の場所にやっと辿り着くのである。全身汗だくになる。これほどの重い物の運搬はそう多くはなかったが、それでも一日に三、四回はあって、その都度したたかに汗をかいた。作業の間は誰ともほとんど話すことはない。黙々と荷札にある通りの部品を数えては運び、数えては運びの繰り返しである。「これが永遠に続くのだろうか」と、ふと頭を掠めたが、それについては深くは考えないことにした。やがて十二時にサイレンが鳴って昼休みとなる。私は倉庫の入り口付近の、陽当たりも風通しもよい所に座して、受験参考書を開き、休憩の一時間を過ごす。午後はまた同じ作業の繰り返しである。午後五時、手を洗って退社。十分ほどで品川駅着。蒲田駅で乗り換え、次の糀谷駅で降りて、ちょうど六時頃、定食屋で夕食を済ませ、アパートに帰る。

アパートに着くと、真っ先に広島の高田先生に近況報告の手紙を書く。先生からのお手紙は、日立の会社にいる頃からずっといただいていたが、上京後はさらに頻繁になった。お手紙を出すと、いつも早々にご返事の励ましの葉書か手紙かが届いた。先生からのお便りは、何よりも有難く、嬉しく、そして、励まされ、元気づけられるのであった。先生からのお便りはすべて大切に保存してあるが、以下は、先生の当時の葉書から、二通ほど引用する。

初上京の感想も、いささか淋し気な便りで、気がかりだ。しかし、その気分は、私にも経験がある。目的は遠く、現実はきびしい。毎日の生活が、目的に直結しないため焦燥を感じてやりきれない。が、しかし働きながら学ぼうとするものは、決して短気をおこしてはならないのだ。何年かかってもやり遂げるという強い意志と実践力が、君の将来を決定するし、現在を有意義にするのである。人間には、どんな生活でも無意味と言うことはあり得ない。無意味にするのは、自分自身がするのである。どうか、君も、まず仕事に馴れて、日々に余裕をもたらすことから始めてくれ、余裕は必ず君を豊かにし、目的に近づける時間を与えてくれるであろう。どんなに辛くとも、それが、一つずつ、自分を豊かにする資糧であることを忘れてはならない。――健康に気をつけること――

（40・5／8）

「私にも経験がある」とあるのは、先生が、かつて広島師範学校を卒業後、市内の小学校教諭に就任されたが、間もなく辞して、単身、戦後すぐの東京に出て、大学に入学され、独力で学生生活を送られた。その当初のことを回想されてのことばである。先生は、前年、四月から広島市内の観音寺高校に転任されていた。以下は、そのご多忙の中で、したためてくださった葉書である。

私も新しいところで毎日多忙な日を送っている。世の中のきびしさは、年齢・場所を問わない。しかし、君のことは常に気になっている。頭から離れない。社員でなく、アルバイトだということも、不安だ。社員にしてもらっておいてもよかったのではないか。学問に時間も場所もない。長期の戦いだと思うと。――しかし、思いきって生きているとのこと。目的を忘れず頑張れ、今は只、そればかりが私の願いだ。健康と強い意志さえあれば、生きていけると思う。くれぐれも体に気をつけるよう祈る。

（40・5／14）

上京して、一ヵ月はあっという間に過ぎた。夜間の予備校くらいは通えるかと思っていたが、全くの見当違いであった。まず入学金が必要だというのに驚いた。それに月謝も予想外に高くて、あきらめざるを得なかった。もはや参考書とラジオ講座で頑張るしかない。そうと決めて、毎夜七時から一時過ぎまで、ミカン箱の机に向かった。『文系のための数学』という参考書は親しみやすかったが、繰り返し読んでもなかなか頭に入らない。しかし、始めた以上、やめるわけにはいかない。五教科七科目の受験科目ごとに一週間の時間割りを組んで取り組むのだが、夜の十時頃になると空腹加減がピークに達する。それもそのはずで、朝飯も夕飯もどんぶりに軽く一杯の飯と一汁一菜だけである。その上、昼飯を抜いているのであるから、空腹状態は半端ではなかった。通勤の定期券を購入する金が無くて、毎日切符を買うのが割高で困った。結局、その通勤費を算段するために昼飯を省かざるを得なかったのである。手当も月払いではやりくりができないので、週払いにしてもらい、なんとか食いつなぐことができているのであった。今更、貧乏話を始めるつもりもないが、とにかく昼飯代わりのコッペパン一個二十円すら買えない日々が、かなり長く続いたのである。アルバイトの身分では会社に借金はできなかっただろうし、またそういう考えは、当時、全く思い浮かばなかったのである。夜の十時、十一時頃は腹ぺこが真底応えたが、自分で選んだ道であるから、空腹は生理的には辛いけれど、精神的な苦痛には至らなかった。わりと我慢できたのである。ところが空腹を忘れる頃になると、今度は猛烈な睡魔に襲われる羽目《はめ》となる。そして睡魔と闘ううち、ついに疲れはて、討ち死に同然に布団に倒れこむ。すると暗い夢が待ち受けている。夢の中で闇にもがく自分の痩せた総身が浮かんで見える。なにかしら太い綱のような、かと思うと、逆にすごく細い綱のような、たった一本の太紐を、両手で必死に捉まえて引き寄せようとしている。だが、まったく引き寄せられず、むしろ、反対に何か分からぬ強い力で、果てしない彼方へ引き摺られてゆこうとしている自分が見える。泥と埃にまみれながら、どこまでも引き摺られてゆく自分である。しかし、腕を擦りむいても膝が傷んでも、この綱だけは離してはならない、格好なんて構っていられないのだ。なにがあってもこの綱を手離してはならぬ、決してあきらめるな、と自分に言い聞かせる自分。綱の先には大学の門があるはずなのだが、定かには見えない。綱の先は闇なのであった。暗く怖い夢に魘《うな》される夜もしばしばであった。

沈丁の闇を濃くして独り居る　旭

三

四月も終わる頃、ようやくアルバイトと受験勉強とに集中できるようになった。アパートの住人の人たちも、みな真面目そうな工員や会社員らしく思われた。私は、自分のこれからがどうなるのか、いや、どうすればいいのかを、勉強の合間やアルバイトの昼休み時間などに、ひとり思いを巡らした。なんにもまだ手がかりなど見つかりはしない。もしもどこかの大学に合格できたとしても、その入学金や学費など学資の目当てはまったくないのである。それを思えば暗澹としてしまう。だが、今はまず学力を身につけることが先であろう、なにをおいても今はひたすら勉強に打ち込むべきだ。けれど、そうは言っても、やはり学資の問題は大きな壁である。これを思うと、大学への道は遠い。どんどん遠ざかる。「なんとかなる」ということは、決してありえない。どう考えても、自分で学資を稼ぐしか道はないのである。とすれば、大学進学は長期戦とならざるをえないこととなる。いったい、私は体力的に長期戦に耐えられるであろうか。いや耐えるとか耐えられないとかの問題ではない。自分で始めた道なのだからやるしかないのだ。やりとげるしかないのだ。……だが、学資については、考えれば考えるほど悩ましい問題で、ともすると気落ちしてしまう。そこで、気持ちが暗くなると、取りあえず、この問題を棚上げにして、受験問題を解くことに集中しようと努めるのであった。

私の部屋の真下には、夜な夜な若者たちが集会を開いているらしく、静かであったはずの私の部屋にまで、話し声が響いてくるようになった。なにを言っているのかは分からないが、どうも討論をしているらしい。床板と下の部屋との間が薄いらしく、かなり大きく響いてくる。安アパートの悲哀である。我慢しなくてはいけない。私は、天井のすぐ下の壁に、着物姿で丸坊主の西田幾多郎の半身の写真を貼っていた。これをどこで手に入れたのか忘れたが、黒い丸眼鏡の尊顔が好きであった。雑念が起きるとその顔を見上げて心を静めた。「絶対矛盾の自己同一」がなんであるか、判然としないながらも、見ているだけで心が落ち着いた。

その後、数日すると、私の部屋のベニヤ板の戸をノックする音がした。開けると二十代半ばくらいの男女が立っていた。話がしたいというのである。何事であろうかと思い、中に入ってもらって話を聞くことにした。女の人は、下の部屋に住んでいる人であった。もうひとりの男性は彼女の友人らしい。いきなり、私に「学会をどう思いますか」と言う。創価学会のことである。「どうとも思いません。貴方たちのことは、それはそれで理解できなくもありませんが、いま私自身はまったく関わりたくありません」と、はっきり断った。だが、彼らは簡単には引き下がらない。私を折伏《しゃくぶく》に来たのであった。当時は、この手の折伏運動が猛烈になされていた時期であったようだ。四、五十分も経ったであろうか。私は、「ともかく帰ってください。勉強の邪魔ですから」と言って追い出した。ところが、また、数日をおいて、彼女は、今度は別の男性を連れて上がって来た。いくらかは、彼らの言うところを聞いてやってもみたが、私は彼らと宗教論を戦わしている場合ではないのだから、九時の時刻を目にして出て行ってもらった。しかし、話はこれで終わらなかった。今度は、大家さんに、「ちょっと、お茶を飲みに来てください」と誘われた。無下《むげ》にも断れなくて出かけてみると、大家さん夫婦が二人で盛んに入信を勧めるのである。どうやらこのアパートは大家さんも住人も挙《こぞ》って信者であるらしかった。池田会長の大演説のテープまで聞かされ、「ともかく一度でいいから、近々、この近所にある集会所に一緒に行ってほしい」と言ってきかないのである。悪所に誘われているのではないのだからと思い、つい、「分かりました」と了承した。「行ってきてから断ればいい」と思ったのである。

数日後の土曜日の夜、七時過ぎ頃、大家さんが誘いに来た。個人の家かと思っていたら、そこは大きな集会所で、およそ八十畳敷ほどの大広間であった。正面には、巨大な「南無妙法蓮華経」の髭文字が据えてあり、それに向かって百人ほどの老若男女が一心不乱にお題目をあげている。大家さん夫婦に背中を押されて、前に進み出るように言われたが、固辞して後ろに座った。しばし呆気《あっけ》にとられて正面の方を見つめていると、お題目の大合唱がわんわん唸って耳奥にまでがんがん響く。一心不乱の大勢の姿は、なんともやりきれなくて、とても切なくなって、言わばその反動として、胸にこみ上げてくるものがあり、わけもなく両眼から滂沱として涙が流れ落ちた。けれども、それは、ただ感覚的な反作用のようなものであって、映画や音楽などの鑑賞による感動とか浄化作用とかとも違っていた。だが、なぜ涙が零れるのか自分でも分からない。もちろん、信仰心に目覚めたとかいうようなことではない。それとはまったく異なる情感なのである。ところが、肩を震わせて泣いている私を見た大家さん夫婦は、私がすっかりお題目に感応したものと誤解してしまったらしく、いきなり私の背中をぐんぐん押して、最前列にまで押し出してしまった。そこでは一人の僧侶が、次々に首を垂れている入信者の頭上に巻物を載せては、何かぶつぶつ唱えている。私は、急ぎ後ずさったが、がっちり後ろから大家さん夫婦が押しているので、どうにも動きがとれない。すると、僧侶はさっと私の頭に巻物（法華経の経典であろう）を載せてしまった。儀式はそれだけで、経本と数珠とを渡された。大家さん夫婦は、「良かった、良かった」と喜んだ。これで私は入信したことになってしまったらしい。しかし、私には、まったくその気はないのであったから、翌日、すぐに大家さん宅に伺って、「入信の意志はないので、数珠と経本はお返しします」と言った。「いやいや、それを返されたら困ります。第一、そんなことをしたらどんな不幸が起こるか分かりませんよ。それに、貴方は、あんなに大きく心を動かされたではないですか。お導きがあったのですよ」と言って聞く耳を持たない。数日の間、下の部屋の女の人も押しかけてきて、またまた話し込もうとする。一週間後、私は、また大家さん宅に行き、「とにかく、これは返上します。私は信者にはなりませんので」と断固、断った。「それなら、どうか経本と数珠は持つだけは持っていてください」と言うのも遮《さえぎ》って、無理矢理、差し出して、置いて帰った。これで、流石の大家さん夫婦も諦めたらしく、やっと平静な暮らしに戻った。それにしても、あの時のあの衝撃的な涙はいったいなんだったのだろう。なにゆえの悲哀だったのか。時々思い出しては考えてみるが、未だに分からない。

もう五月もあとわずかになった。アルバイトはまずまずこなしているが、単純作業にも根気が要る。作業着が汗ばみ、足腰、両腕がだるく痛む。夜は空腹と睡魔に襲われて、思うように勉強に没頭できない。しかし、道は一つしかない。これを続けるしかない。自分で選んだ道なのだから、やるしかない。そこに迷いはなかった。迷いがない分だけ、身体的な苦痛にもなんとか耐えることができているのであろう、と思うのであった。

当時の高田先生からのお便りから——

下宿先に出した便りが戻ってきて心配していたところだ。

飯はどうなっているのだろうか。栄養失調は私も経験のあるところ、気をつけよ。特に野菜・果物類を少しずつでも続けてとるようにしなければならない。次ぎに、宗教論も文学に必須の条件、必要なことではあるが、第一目的の受験勉強に全力を挙げることを忘れてはならない。さもなければ、現在の生活のすべてが「無」に帰一する。

東京は学ぶによいところだが、街の文学者にならんとして上京したのではないのだから、先ず有資格者になることが、先決。（文学を正規に学び、客観的な知識を得るため

にも）学校を選び目的に沿う生活をくれぐれも祈る。――　（40・6／3）

先生からのお便りは、このように、いつも私の思いを温かく包み、支え、指針を示してくれるものであった。

満員の電車より花柘榴見ゆ　旭

四

朝は八時に定食屋に行く。どんぶり飯（八分目）に一汁一菜。それにかならず納豆が付いている。田舎では納豆を食べる習慣がなかったので食べ方が分からない。見るからに硬くて臭くて気味が悪いので、何日かは手をつけなかった。だが、他に副菜が無いので食べるしかない。そこで、となりのテーブルの人が醤油を注いでかき回しているのを横目で見て、真似てやってみた。すると粘りが出て白くなり、まるで蜘蛛の糸のような不気味なかたちとなって、よけいに気持ちが悪くなった。それでも自分の目と鼻を騙《だま》して、どんぶりにかけて一気に食べてみた。日を追って慣れてくると案外にうまいものだと分かった。その後は納豆が大好きになったのは言うまでもない。

簡単に食事を済ませると、そのまま電車に乗って出勤する。通勤の人混みの流れに押されるようにして、電車を二度ほど乗り換えると品川の駅に着く。五月も半ば過ぎになると、日差しが暑い。自分の影を見つめるように視線を落として歩き始める。すると、突然、また例の軽い発作のような現象に陥る。これに嵌《は》まると足が前に出せなくなり、しばらく立ち止まってしまう。目眩《めまい》ではないのだが、急にどうしていいか分からなくなるのである。「あ、またか。また、妙な具合になってしまった」と思う。自分の心が二つになって、しきりに問答をし始めるのである。何かしら結論を出そうとするのだが、いつも途中で途切れてしまう、厄介な自問自答なのである。それは、たとえば、以下のような具合になるのである。

「いったい、今、自分は何をしているのか」と自問する。「今は、会社に向かっているじゃないか」と答える。「じゃあなぜ今止まっているんだ」「今、なにかとても大事なことが分かりかけているんだ。それが分かるまでは、足を動かせないんだ。ちょっとでいいんだ。ちょっと今、何かが分かりかけているんだ。だから、ちょっと待て。ちょっとでいいから、この瞬間を逃がしてはいけないんだ。とても大事なことがね、分かりかけているんだ」「なにが大事なことだよ。大事なことなんかあるもんか。そんなのは、ただの気の迷いだよ。それよりも足を動かせ。動けよ。動かなければ、遅刻してしまうぞ。歩くことはなんでもないじゃあないか。さあ歩け」「いや、だめだ。この瞬間を逃がしてはいけないんだ。今何かが分かりかけている。大事なことが分かりかけているんだ。これが分かれば、何かが見えてくるんだ。いつも、一時の気の迷いだと思ってやめるから、この大問題が解けないんだ。ちょっと待て。ちょっと待って」「ほらまたそうやって、つまらんことにつまずいている。さっさと歩け。歩けば何でもなくなるさ」「いやいや、そうやって自分をごまかすから、大事な事が分からなくなるんだ。今、今、この今。何かとっても大事なことが、分かりかけているんだ。とてつもなく大事なことが。この一歩、この足を一歩前に出すことの、その真の意味が分かりさえすれば、人生のとても大事なことがおのずと解けるんだよ」「よせよせ、そんなばかげたことがあるもんか。ただの気の迷いだよ。こんなことに手間取っていたら、遅刻してしまうぞ。もう、よせ」「いや、だめだ。この時を逃がしてはだめだ。ほんとうの何かが、今見えようとしているんだ……」。こんな調子が際限なくつづくのである。

駅頭で、青ざめた二十歳の青年の私が、真顔に冷や汗をかいて茫然と佇んでいる。やがて、どきどきしていた胸の動悸が鎮まり、ふっと意識がふだんの状態に戻り、何ごともなかったかのように歩き出し、会社の門をくぐる。五月に入って、この状態に陥ることが増してきていたように思う。

じつは、これに似た症状は、以前から、時々、起きてはいた。自分のやっていることが、突然、分からなくなって、ぐるぐる迷路に迷い込むような症状である。もっと遡れば、高校一年の頃から、短距離走などで全力で走ると、途中で、頭の中が真っ白になり、両足が宙に浮いたような感覚と共に、地面を蹴る力が抜けてしまって、気持ちだけ持続させて、やっとゴールに辿り着くということが、始終《しょっちゅう》あった。おそらくそれは軽い貧血症状だったのであろう。

この日のこのある種の錯乱も、かつての貧血症状の延長であったのであろうが、それがかなり昂じていたのであった。やや誇張して言えば、疲労と空腹と睡眠不足とによって、知らず知らずのうちに、体力・気力が奪われ、意識が異常に鋭くなったり混濁したりしはじめていたのであったのかも知れない。仕事場には、私と同じ作業をしているバイトの人がいた。彼は二十四、五歳くらいで、私より十㎝ほど背が高く、色白で顔立ちよく、口数の少ない男であった。噂では東北大学の理工系を出ているそうであったが、口数が少ないわりには、口調はいつも皮肉っぽく、人嫌いのようであった。変わった男だなあと思ったけれど、私も無口を決めこんでいたので、それはそれでよかったのである。私は、相変わらず、重い部品に悩まされながらも、自分にあてがわれた繰り返しの作業をただ黙々とやり続け、短い昼休みは涼しい所で本を読み、また夕方まで作業を繰り返し続ける毎日であった。ほとんど人と話をすることのない日も少なくなかった。

ところがある日の午後、その日も晴天で気温も上がっていたように思う。清水さんという上司の人が、少し声を荒げて「お前、ちょっと来い」と言う。仕事熱心な人で、いつも汗びっしょりかいて働いている人である。なにか手伝うのであろうかと思いつつ、後について行った。すると、作業場の端の柵の前まで来ると、私に「足を開け」と言った。「おや?」と思った。案の定、「歯を食いしばれ」ときた。彼は私を殴る気なのである。しかし、私は彼に殴られる理由が思い当たらないので、「なんですか」と尋ねた。殴る理由を尋ねたのである。「お前は、俺の何が気に入らないんだ!!」「え? 別に気に入らないことなんかありませんよ」「いいや、何が不満なんだよ。言ってみろ」「いいえ、何もありません」「じゃあ、さっきの態度はなんだ。え? なんなんだよ!」私は、彼とのやりとりを思い返してみた。すると、さきほど、彼から作業上のことで、指図された時のことを思い出した。その時、私はたしか彼に聞こえるか聞こえないか程度の生返事をしたような気がしたのであった。その気だるそうな生返事に、生真面目で幾分短気な彼は、自分が舐められたと思い、頭にきたらしいのである。私の方は、まるで反抗する気持ちなどはないから、すぐさま謝った。「すみません。気に障ったのなら、謝ります。ついい、立っているのがやっとなので、返事の仕方が悪かったのだと思います。ごめんなさい」と言った。「なに? どこか体が悪いのか?」「いや、べつにどこも悪くはありません。ただ、あまり眠っていないので。すみません。態度が悪かったのは、謝ります。以後、気をつけます」と謝った。すると、彼は幾分私に同情するようにやさしい口調になって、「そうか。分かった。じゃあ、仕事に戻れ」と、納得してくれたらしく、去って行った。

五時、作業着を脱いで、シャツに着替えていると、先ほどの清水さんが、またやって来た。言い忘れていたが、彼の風貌は日焼けした赤ら顔で、眉が太くて黒く、ぎょろりとした目で、いかつい顔つきである。それが、今は精一杯にこやかな笑顔をして、「よお、波戸岡君。今晩、俺とつき合ってくれよ。俺の家に行こう。俺の家ですき焼きでも食おうよ」と言うのである。痩せて青白い私を気づかって、おそらく食事も碌にとっていないのだろうと、見透かされたような気がして、私はひやりとした。と同時に、昼間の態度と打って変わった彼の様子に驚き、かつまた彼の情の温かさに胸打たれた。うれしかった。彼のおもいやりをありがたいと思った。すなおに、「ありがとうございます」と礼を言った。けれども、その厚意を受けるわけにはいかなかった。「お気持ちは、とてもありがたいのですけれど、でも。そのお気持ちだけで充分です。ほんとに、ありがとうございます」と重ねて礼を述べた。彼はなおも勧めてくれたが、私は固辞した。清水さんは残念そうであった。なおも遠慮をするので、依怙地《いこじ》な奴、偏屈な奴だと思われたかもしれない。けれども、断らなければならなかった。咄嗟《とっさ》にそう判断したのであった。私は情に脆《もろ》い人間である。だいたいが意気地無しに近い男なのである。だからここで厚意に甘えたら、後がつらくなるのである。気の弱い私は、厚かましい人間にも、卑屈な人間にもなりたくない。そう思うのであった。帰りの電車中、ずうっと私は清水さんのお気持ちがうれしく、じーんと胸が熱くなり、うつむいて涙ぐんでいた。

しかし、それにしても、彼を憤らせた私の態度はなんだったのだろう、と思い返してみた。すると、「あっ」と声が出るほど驚いたのであった。私は、笑顔というものを忘れていたのである。久しい間、じつに久しい間。笑うことを忘れていたのである。声を出して笑った最後はいつだったたであろう。いつも真顔で、いつも眉をひそめて真面目顔だけであった。それはおのずから疲れた顔なのであり、不機嫌な顔なのでもあった。これでは、だめだ。苦学する意味がない。周囲の人を不快にさせるような人間ではだめだ、そう気づいたことであった。

八分目といふ人の智恵立葵　旭

五

いつの頃からか、久しく私は笑うことを忘れていた。人に笑顔を見せなくなってどのくらい経ったのか。いくら思い返してみても思い出せない。いつも真顔か無表情であったように思えてくる。これはよくないことだと反省した。そう言えば、いつだったたか高田先生は私にこう説いてくださったことがあった。「君はこれからいわゆる苦学生の道を歩むことになるんだが。しかしね、どんなに勉強しても、苦学したことが君の顔に残るようでは、せっかくの苦学が何もならなくなるんだよ。苦学したことが他人《ひと》に悟られるようでは、苦学した甲斐がないんだよ。時々、俺は苦学したんだという暗い表情の人を見かけることがあるが、それは間違っていると思うんだ」。このお言葉は、つよく私の心に響いて肝に銘じたことであったのだが、今になって、ああ、先生が仰ったのは、このことだったんだ、と気がついたのであった。

翌日から、私は自分の態度を改めるようにした。仕事場の周りの人たちと行き違ったりするとき、目が合えば軽く笑顔で会釈をするようにした。当たり前のことながら、そんなことすらいつしか忘れていたのである。この日以後、それとなく周りを観察していると、いろんな性格の人がいることに気がついた。私と同じ場所で同じ作業をしている東北大出身の皮肉屋の青年などは、まだふつうの部類であった。

大きな倉庫の中はいつもぼんやりと暗く、たくさんの部品が何段もの棚にびっしりと積まれている。その縦長の暗く広い空間には、四、五ヵ所の部署があって、それぞれに男の人が一人ずつ付いていて、部品の管理・運搬をしていた。その多くは五十代半ばのおっさんたちであったが、どのおっさんも一癖も二癖もありそうな感じであった。なかでもひときわ偏屈なおっさんがいた。誰とも口をきかず、いつもひとりぶつぶつ文句を言い続けている。伝票を出して品物の注文をしても、ロクすっぽ返事もせず、無愛想を決めこんでいて、そのたびにひどく困らされた。彼はどこか内臓でも悪いのか、顔色がひどく青黒かった。のっぽで痩せていて、無口で、いつも誰に対しても不機嫌であった。それもそのはず、おそらく彼は彼自身に対して最も不機嫌だったのであったろうと思われる。彼の不機嫌の原因とか理由がどこにあるかは知らなかったし、また知りたいとも思わなかったが、私は私なりに彼の不機嫌に同情するところはあった。おそらく彼は、これまで、やることなすこと、どれもこれもうまくいかなかったのではなかったか。とどまることのない不平不満をみずから押し潰《つぶ》し押し潰しして、つまらない仕事ながら、日々、食うために働いているのであろう。この仕事をやるしかないから、仕方なくやっているのであろう。自分の人生に嫌気が差しているのであろう。そう思えるので、彼の不機嫌な態度に対しても、私はむかっとするよりも、むしろ不機嫌でしかいられない彼の心持ちに同情したくなるのであった。だから、彼の突慳貪《つっけんどん》な物言いにも、おとなしく返事をした。用事が済むと「ありがとうございました」と礼を言ってその場を離れるようにした。すると数週間のうちに、彼の依怙地《いこじ》な態度が少しずつ変化してきて、やがて私にだけは、なんとなくやさしい眼差しが返ってくるようになった。気持ちが通じ合えるのはうれしいことであった。しかしそれだけで充分であった。彼とは無駄話をすることはなかった。

昼休みの時間には、時折、他のおっさんたちと話をすることがあった。ある人は、長い間、競走馬の厩務員《きゅうむいん》をしていたという。調教師のもとで、厩舎の競走馬の飼養・手入れなどの世話をする仕事である。馬と共に暮らす毎日で、馬の体調が悪いと夜中添い寝をしたこともしばしばであったなど、懐かしそうに話してくれた。どこか私の祖父の優しさに似通うところがあったが、いつもにこやかな表情の人であった。また、日雇いの土方をやっていたけれど、大きな事故で足を怪我してここに転職してきた人とか、あるいは、どう見ても遊び人風で、ここに来るまで何をしていたのか皆目分からないおっさんもいた。その他、彼らの身の上話をひとりひとり書き出したら、どの人も波瀾万丈の身の上だから収拾がつかなくなる。若いアルバイトたちは、しょっちゅう入れ替わっていたが、たとえば、いつも軽口を叩き、ほら吹きで、調子が良くて、ちょっとジャン＝ポール・ベルモンド似の少年は、嘘をついていると分かっていても、なんとなく憎めない奴だったが、仕事をさぼってばかりだったので首になった。そうかと思うと、生真面目で一応仕事はするが、まったく融通の利かない性格で、何かというと聖書の文句を言い立てる二十歳くらいの変な奴もいた。彼はまるごと聖書の何章かを暗記しているらしく、聖書に書かれている奇蹟をまるごと信じており、当たり前の会話ができなかった。案の定、ものの二、三ヵ月も経たない内に辞めていなくなった。他には、やたら陽気で汗っかきで、独楽鼠《こまねずみ》のようにちょこまか働く二十五、六歳の男がいた。私が雇用された後に入った人で、彼は辞めるどころか、なんとかして正規採用者になりたいと願って、だれかれにゴマを擂っている風なところがあった。

こうして、周囲の人たちの様子がすこしは見えるようになって、職場の方は働きやすくなっていったが、六月に入っても肝腎の受験勉強の方は、一向に捗らず、相変わらず、毎夜、空腹と睡魔に襲われるばかりで、少々行き詰まりを覚えるようになった。なによりも先行きがまったく読めないことが苦しいのであった。

仕事場の外気は、ぐっと蒸し暑くなっていた。その日も、汗まみれ・重油まみれになって、重い車軸や大型車のスプリングなどを幾度となく運んだ所為で、ぐったり疲れていた。やっと昼休みになった。私はなんとなくいつもの倉庫の入り口の方には行かないで、広場のはずれに横たわる黒い運河のほとりまで、とぼとぼ歩いて行き、転がっていた岩かなにかの上に腰を下ろした。運河のほとりだと少しは涼しいかと思ったのだが、まったく風がなくて、むしろどす黒く濁った河面からの悪臭にいっそう蒸し暑さを覚えて、たらたら汗がしたたった。その時、なぜか急にぐうっと胸にこみ上げてくるものがあって、不覚にも涙ぐんでしまった。すると同時に自分自身が情けなくなった。これまでずっと張りつめてきていた強気のどこかに、ちょっと小さな穴が開いたらしく、そこから弱気の虫が首を出したらしい。「俺は何をしているんだ。なんのためにこんなことをしているんだ」と、その弱気の虫が自分を苛《さいな》む。そうなのである。世迷い言をつぶやくのである。しかし、今になってこんな世迷い言を呟《つぶや》くなんて、まったく意外であったから、すぐに私は弱気の虫を追い払いにかかった。「何を言うか。これは大学進学のために自分から選んだ道ではないか。進学のためにはこの道しかないではないか」とこれまでどおり、自分に言い聞かせようとした。ところが、そう言い聞かせようとした途端、ふと「ほんとうにそうか？　この道しかなかったのか？　ほかにもあったんじゃあないのか」という疑念がむくむくと頭をもたげてきた。

いったい自分は痩せた体でなぜこんなきつい力仕事をしているんだ。もっと自分の能力を活かせる道があったのではないのか。第一、自分はなんのために商業高校にまで行かせてもらったのだ。こんな肉体労働をするのが嫌で、事務系の仕事がしたいためにも、わざわざ商業高校に行かせてもらったのではなかったのか。せっかく得た高卒の資格を活かせば、もっと自分の能力に向いた仕事に就けたはずではないか。そうすれば経済的にも楽だし、受験勉強も捗ったはずなのに。どうして、今までそこに気づかなかったのか。早道をしようと焦りすぎたあまり、道を誤って、却って遠回りになっているのではないのか。もっと別の、進学に直結する道があったのではないか……。

この疑念に抗しきれず、むしろ圧倒されてしまった私は、己の思慮の浅はかさ、洞察力の無さ、機転の利かなさを思い知って、つくづく情けなくなった。迷いが出てくると、人は途端に弱くなるものである。今日までこれしか方法はないと信じてきたからこそ、強気で来ることができたのである。ところがいったん迷いが生じると、これまでのすべてが間違っていた気になり、弱気の虫が勢いづいてあふれ出てくるのであった。ちょうど周りに人がいないのをさいわいに、私は運河の対岸を見つめている風を装いながら、しばし涙に暮れた。ぽとぽと落ちる涙に足元のコンクリートが濡れる。

だが、その感傷も束の間のことであった。照りつける太陽の暑さが私を現実に引き戻したのであろう。これはだめだ。今こうして自分が泣いていたって、だれもなんとも思いはしない。泣きつくところもなければ、助けの手をさしのべてくれる人などいるはずもないのだ。これは泣いている場合ではない。今は泣くときではないぞ。泣くくらいなら、これからどうすればよいか、それを考えるべきだ。間違っていると気づいたのだから、思いきって道を修正するべきだ。そうだ、そうしよう。だが、しかし、すぐに変更はできない。やり始めたこの道は、とにもかくにも次の道が定まるまでは続けなくてはいけない。

立ち直りは早かった。もう一度、次の道を練り直そう。私は、空を仰いで、深呼吸をして気を鎮め、それからその場を離れて、またいつもの倉庫の入り口付近に戻って、本を開いた。

その夜、私は、これからの道をどうすればいいか考えた。とにかくもっと現実を見つめて計画を立て直さないといけない。目標はより具体的且つ現実的でないといけない。このままでは望み倒れになって、現実の闇に足を掬われて沈没してしまいかねない。そう思った。つまり、ようやくにして私は自分の目で自分の足元を見つめることに気づいたのである。言い換えれば、これまでの歩みは、まるで浮き足だっていたということなのであった。

高卒の資格を活かす道を考え始めて、すぐに思いついたのは地方公務員になることであった。東京の公務員になれれば生活が安定し、夜も土曜・日曜も腰を据えて受験勉強ができる。学費を貯めて、二部の大学を受験する。これが堅実な道だ、と即決した。東京都は今年も公務員試験の募集をしているはずなのだ。翌日、昼の休み時間に、電話で都庁に問い合わせると、試験日程が分かったので、すぐに受験申し込みの手続きをした。

それから、もうひとつの決断は、国立大学の受験を諦め、私立大学を受験することにしたということである。今のこんな状態での勉強では、七科目を受験することは無理だと分かったからである。もともと暗記が苦手で、受験勉強が苦痛な自分なのである。だから、ここはつまらぬ虚栄心などは捨てて、自分に正直になって、私立大向きの三科目に絞ることにしよう。私立大の学費は高すぎるけれど、公務員になりさえすれば、いずれ賄えるであろう。蓄えもできるであろうから、なんとでもなるにちがいない。

ここまで、決めてみて、やっとすこしは自分の行くべき道が現実味を帯びてきたように思えた。公務員に受かれば、来年四月からは事務職に就けるのだ。どこかの区役所くらいは勤められるにちがいない。それまでを今のこのアルバイトで頑張ればいい。こう決めてみると、やっと暗闇に現実のひとすじの光明が見えてきたような心地になれた。

弱気になったのは、ほんのひと時であったが、そのお蔭で、却って、今後の道が少し拓けてきたように思えた。だが、自分の前向きの意志とは反対に、日々のアルバイトは、まるで手に持つ荷物が歩むにつれて持ち重りしてゆくように疲労が溜まってゆくらしく、痩軀を苛《さいな》むのであった。通勤途中での例の立ちくらみの症状も相変わらずであった。ただし、この「立ちくらみ」は、嫌いではなかった。陥る寸前は無重力のような感覚がはたらいて、「あっ、来るぞ。来るぞ。陥るぞ」と分かる。そしてそのまま、その真空状態の中で、生きていることの意味・今動いていることの意味・今考えていることの意味の、その手がかりを、自分の意識の中を駆け巡るがごとく必死に探すのである。むろん、これは一時の錯乱に過ぎないと、自問自答そのものを即座に全否定もするのである。が、否定する直後に、またもや自問自答が始まるのであった。何かが悟れそうな錯覚からなかなか離れられないのであった。

蒸し暑い日々が続いた六月末、伸びた頭髪にもうんざりした私は、散髪代の節約も兼ねて、床屋で五分刈りの坊主頭にした。刈り上がったばかりの鏡の中の私は、さながら青びょうたん。頭も顔も蒼白く、猪首《いくび》の下は、汗ばんで痩せぎすのくすんだ体軀。どう見ても、よくて病み上がり者、悪くすると少年鑑別所から出てきたばかりの若者といった風であった。しかしながら、外見を取り繕うという気持ちはさらさら無かった。清々しくなったと思ったのは、決して負け惜しみからだけではなかった。

首筋に日の脂《あぶら》ぎる百日紅　旭

六

昭和四十年当時、私が住んでいた大田区萩中という町は小さな町工場の多い所であった。商店街の通りは狭くごみごみしており、町並みも安普請の家がごたごた建て込んでいた。けれども往来の人々は汗臭い身なりながら、いかにも労働者の町らしく、それなりに活気に満ちていた。

七月になると、夜になっても部屋の蒸し暑さはおさまらず、タオルを濡らして頭に巻いたり首に掛けたりしても、頭はぼーっとして思考力がぐんと低下した。二十歳という若さではあったが、空腹と寝不足と仕事の疲れに、辛うじて気力は持続できていても、今にして思えば体力的には黄色の信号が点滅していたようであった。風通しの悪い部屋で、頼りになるのは日立に勤めていた頃に買った扇風機一台があるだけである。二ヵ所の窓は全開にしているが、外風はそよりともせず、人声や雑音がやたらと反響する。耳に栓をして机にしがみつくが、なかなか集中できない。そうした日々が続いていたある夜のこと。北側の窓と向き合っている隣りのアパートの一階の部屋から、けたたましい痴話喧嘩が巻き起こった。その騒ぎの大声と物音はあたりに反響して、私の部屋にも男女のわめき声が飛び込んでくる。その大声のために、いやでも騒動の一部始終が分かった。なんでも子供三人を抱えた未亡人の所に転がり込んで、一緒に暮らし始めた中年の男を、その妻らしい女性が怒鳴り込んで来て、男を連れ帰ろうとしてわめいている。夫らしいその男は、自分は帰らず、女性を追い返そうとしている。果てしなくわめき声が続いて、あまりにもうるさいので、私は外出しようと思って立ち上がると、向かいの階下のその部屋が丸見えであった。蒸し暑い夜なのでどの家の窓も全開なのである。その窓辺には、上半身裸でステテコ一枚の大きな男がごろりと寝転がっている。妻らしい女性は、部屋の入り口あたりで叫んでいるらしく、声ばかりで姿はよく見えない。仲裁者はいないらしい。男は時折り怒声を張り上げてなにか罵《ののし》るが、大方は、女性のすさまじい剣幕に押され気味で、言われっぱなし状態である。だが男はふてくされていて妻の言い分を聞き入れる様子はないらしい。この騒動はまだ当分止みそうもない。もうすでに夜の九時半を過ぎている。

階段を下りて外に出た私は、あてもなく商店街の方に向かって歩いた。長くもない商店街を抜けて、糀谷《こうじや》駅の踏切を通り過ぎ、どこまでも歩いた。しばらく歩いていると、なんだか先方の右手の空がやけに赤く明るい。変だと思ってずんずん早足でその方角に向かった。すると、なんと火の手が見える。声は出さなかったが、「火事だ!!」と胸が騒いだ。私は足を速めた。だが、行き交う人はだれもその火には気がつかないらしい。駆け出す人はひとりもいない。しかし、大きく伸びたまっ赤な炎からは火花まで散っているではないか。けれどだれも騒がない。みんなふつうに歩いている。あたりがあまりにも平然としている。それが不思議でならない。そこで、「おやおや?」と立ち止まって思い直してみた。それで、やっと気がついた。ああ、そうか、あれは鉄工所かもしくは鍛冶屋の煙突から噴き出る炎なのだろう。なんだそうか、そうにちがいない。そういえばこの町は、町工場の多い所だ。だからこうした仕事の火は、町の人は見慣れているのだ。けれども、そう分かってからもしばらくは動悸がおさまらなかった。この夜はそこで引き返してアパートに戻った。十時をとっくに過ぎているので、さすがに隣家のアパートの騒ぎもおさまっていた。ところが、また二、三日すると、今度は宵の口からその口喧嘩が始まるのであった。戻らない夫を取り返そうと妻がまたまた押しかけてきているのである。男は妻のもとに帰る気はないらしく、二人の罵声怒声が行き交う。私は耳を塞いで参考書をめくり問題集に取り組もうとするが、どうにも息苦しくなってきて、たまらずまた外に出た。これが毎晩のように続いた。時には一晩中街中を歩き回ったこともあった。この騒ぎはどう決着したか分からないが、そのうちにいつとはなく静かになった。しかし、ほっとしたのも束の間で、またまた困ったことが生じた。私の真下の部屋では、相変わらず毎夜若者たちの話し声が絶えない。それは我慢するしかないので、少しラジオの音を大きくして堪《こら》えていた。だが問題はその後なのである。十時過ぎ頃にはすこし静かになるのであったが、それから男女二人だけになるらしく、話し声が絶えると、こんどは女の人の妖しい喘《あえ》ぎ声が延々と響くのである。周りにはばかるようすもなく響くその悩ましい声にはほとほと困り果てた。これが毎夜のことなので、ついに私は堪えられなくなった。そこで、ある日の夕方、階下でその女の人と出会《でく》わしたので、「すみませんが、このアパートは壁も床も薄いので、夜、あなた方の話し声が私の部屋に響くのです。できたらもうすこし声を落としてくれませんか」と頼んだ。すると彼女は、すぐにそれと分かったらしく、顔を赤らめながら、「ごめんなさい。分かりました」と言ってくれた。やはり我慢しないで、言うべきことは口に出して言うもんだ、と内心ほっとした。その夜以降、階下の雑音はうんと低くなった。やがて数週間後には、まったく物音もしなくなった。どうやら引っ越したらしい。引っ越しさせたのは申し訳なかったが、やっと静けさを取り戻すことができた。けれども、連日の熱帯夜と藪蚊には、避けようもなく苛《さいな》まれ続けるのであった。セメント壁の赤黒い無数の小さな血痕は、すべて以前この部屋に仮住まいしていた人たちのものであるが、彼らの苛立《いらだ》ちと懊悩《おうのう》はそのまま今の私の苛立ちと懊悩であった。藪蚊の襲撃はしつこくなるばかりであった。

　こうした日々を送りながら、私は一週間か十日置きくらいには、先生と母とに元気でがんばっている旨の手紙を送った。先生からも母からも、その都度励ましの便りが届いた。それを読んで私は勇気づけられ、また元気を取り戻すのであった。

アパートから南に十分ほど歩くと、多摩川下流の六郷川《ろくごうがわ》に出る。日曜日など、たまの息抜きに、夕方その土手道をよく歩いた。対岸も此岸もどこにもさして高い建造物はなくて、広々とした空が広がっている。鬱屈した気分を晴らすのに最適であった。さすがに広大な関東平野だ。見渡すかぎりの大空だと感動した。川をさかのぼるように土手道を歩くと、はるか西のかなたに薄青く霞んだ低い山並が見える。山並の左端はすこし高くなっており、そこから続く山並のその真ん中あたりに、小さな三角形のハッカ菓子のような色をした山がちょこんと出ている。その低い山並の左端が伊勢原の大山（阿夫利山）であり、山並は丹沢山系、そして小さな三角形の山が富士山であることは、だいぶん後になって知った。その時は、あの小さな突起した三角の山は、なんという山だろう。富士山によく似ているが、まさか東京の大田区から遠い静岡の富士山が見えるなどとは、思いもしなかったことで、それと知ったときは大変驚いた。当時は六郷川にまだ渡し場があった。対岸のゴルフ場に人を運ぶための舟であるらしい。

この夏、七月三十日に谷崎潤一郎が亡くなった。私はそのことを定食屋のテレビを観て知った。「巨星堕《お》つ」ということばが頭を過ぎった。

八月初旬、広島の高田先生が上京された。その昔、先生は大学に在学中、ずっと浅草の小学校の教師をされていたが、そのときの教え子さんたちが、毎夏のように先生を東京に招待するので、今夏も上京されたとのことであった。その上京の日々の中のまる一日を私のために充ててくださった。先生は教え子さんたちと会うこともちろんうれしいことであったが、今夏は、むしろ私のことが心配で上京されたのではなかったかと後で気がつき、申し訳なく思った。その日、どこの駅で先生と待ち合わせたのであったかまでは思い出せないが、夕方、浅草のとある食堂で食事をした後、喫茶店でしばらく近況のお話をした。公務員試験を受けることなどをお話すると、ずいぶん安堵してくださったように思えた。喫茶店では静かに小声で話したのであったが、その後、夜の山手線の電車に乗ってからは、私はすぐ隣りに座っているのに、先生は急に大きな声で話されるのであった。「君は、ひとりで上京して苦学しているんだが、身体に気をつけて頑張らないといかんなあ。僕は君の身体のことが心配でならんのだよ」と、先ほどの喫茶店の中でなんども話してくださった同じことを、電車の車輪の軋み音に負けないくらい大きな声で繰り返されるのであった。先生はさっきの食事の折りに少しはお酒を飲まれたようで、やや頬が赤みを帯びてはいたが、酔いのせいとも思われなかった。その時の先生の大きな声は、ちょっと不自然だったので、お別れした後もずっとふしぎに思っていた。先生が広島に帰られた後のある日の暮れ方、私はいつものように通勤電車の吊革にぶら下がっていると、真正面の車窓のガラスに映っている顔が目に入って愕然とした。

そこにはまったく別の自分の顔があった。丸坊主のはずの頭髪がかなり伸びており、頬も目もへこっと凹んで、まるで青びょうたんのような生気のない顔である。痩せた薄い胸板を包む洗いざらしの半袖のくすんだ白シャツ姿も変だ。どう見てもふつうではない。ああそれであの時、先生は、一緒に座っている私への周囲の乗客の視線を気にされて、いくぶんあわて気味に、あのように大きな声を出されて、私をかばわれたのであろう。きっとそれに違いない。この痩せて顔色悪く、そのくせ凹んだ眼窩《がんか》の奥の目は異様にぎらついている。こんな異様な風体《ふうてい》は、どう見ても精神を病んだ者か少年院から出てきたばかりの者のようにしか見えないではないか。先生はそんな私をかばおうとされたに違いない。そう気がつくと、先生に申し訳なくて、いたたまれない思いがするのであった。当時の私は、ただ自分の意志を貫こうと努めることで精一杯で、職場の人への気配りは別として、それ以外の周囲の人々の目を気にする気持ちのゆとりなどは全くなかった。あの時の先生のお気持ちをお察しすると、ひとり赤面しどっと冷汗がでる。

東京都の公務員試験は、さほど難しくはなかった。合格通知はきっと来ると確信できた。しかし、合格してどこかの区役所に就職できたとしても、来年の春の大学入学は、たとえ試験に合格しても金銭的に無理である。学資を作るのに数年はかかるであろう。それは辛いことだが、現実なのだからしかたがない。それならば、その間、ともかく力試しとして毎年受験することにしよう。そう計画を立て直した。こうしてまた決意を新たに、受験に必要な英・国・日本史の三科目に集中した。それにしても、昼間の汗まみれの労働・昼夜の空腹・寝苦しい夜々の睡眠不足という三重苦に、もともと虚弱体質で生まれ落ちたはずの私の身体がよく耐えられたことだと思う。けれども、むろん当時はそんな客観的な自己観察をする余裕すらなかった。昼食を抜くのには慣れたとはいうものの、一個二十円のコッペパンすら滅多に買えないのは辛かった。夜も十時頃になると空腹が身に応えた。どうにも耐えられない時は、それでも散々迷った末に、近所の小店で一個三十円のブドウパンを買って帰り、むさぼり食いながら、食欲という煩悩に負けてしまった自身の愚劣を恥じた。

八月も半ば過ぎのある日のこと。幾分暑さも和らいだかのような日であったが、先生から思いもよらない朗報が届いた。読売新聞社が育英奨学生を募集しているので応募してはどうかというお手紙であった。先日、先生が、先生の前任校でもあり、私の母校である尾道商業高校に立ち寄られた時、事務員の人がその情報を伝えてくれたのだそうである。この奨学制度は昨年に発足したばかりで、今年が二期生の募集だとのことであった。募集要項の書類も同封されていた。書類選考の他に筆記試験と面接試験がある。これに合格すれば、新聞販売員として働くかわりに、大学の入学金・四年間の授業料のすべてを読売新聞社が出してくれて、しかもその返済はいっさい不要だとある。さらに、その奨学金とは別に、毎月の給料は働いた分だけ、他の従業員並みに支給するという内容なのである。

まったく思いがけない吉報であった。この奨学制度に合格すれば、一気に大学の門に近づけるのだ。こんなうれしいことはない。わずか半月前に、公務員の職に就いて学費を貯め、それから二部の大学受験云々といった長期戦を覚悟したばかりであったが、この制度の出現によって、その暗く長い道のりの受験計画は吹っ飛んだ。新聞配達がどの程度大変な仕事であるか、今までやったことがないのでよくは分からないが、この倉庫会社の作業と比べれば、労力的には大差ないであろう。毎日、早朝三時・四時の起床というのは辛いだろうけれど、十代の少年だってやれるのだから、私にやれないはずがない。この制度こそ私にとって千載一遇のチャンスであった。これこそ救いの糸というものだ。この糸をたぐり寄せれば、一気に前途が開けるにちがいない。まさに僥倖《ぎょうこう》だと思った。さっそく応募することとし、田舎から戸籍抄本を取り寄せ、高校から諸々の証明書を送ってもらい、嬉々として要項に従って書類に必要事項を書き込んだ。

青芭蕉破れてよりのこころざし　旭

七

読売奨学生の「募集要項」に従って、私は嬉々として提出書類に必要事項を書き込んでいった。ところが保証人欄ではたと手が止まった。保証人が必要だったのである。しかも二人連署とある。いったい保証人というのは、なにをどのように保証することなのか。私はまた「募集要項」全文を読み返した。肝腎なのは、「入学金及び四年間の授業料は、本社が奨学金として付与するものであって返済は不要」というくだりからである。これに続いて但し書きがあって、「必ず四年間勤務し卒業すること」とある。これは当然のことである。だが、問題はその後である。「もしも途中退学した場合は、年数の如何《いかん》、理由の如何を問わず、それまでの間に本人が受給した入学金・授業料の全額を返還しなければならない」と書かれている。保証というのはこれを言うのであろう。たとえば私が大病を患ったり大きな事故に遭ったりして、中途で退学せざるを得なくなった場合、私自身はもとより、保証人にも全額返済の責任が生じることになるのである。私自身は、不撓不屈《ふとうふくつ》の気構えなのであって、大学に入学すれば必ず四年間で卒業するという意志は堅固であったから、中途退学などはてんから考えておらず、決してありえぬことなのである。しかし、それでも「なにかしら不慮の出来事によって卒業できなくなることがありはしないか」という不安が全然なかったわけではない。だが、そんな万が一のことを気にしていたら切りがない。まったく前に進めなくなる。若さのゆえであろう、そんな小さな不安は泡の如くたちどころに吹っ飛んで消えた。とにかく私は必ず四年間で卒業する。だからこの全額返済などという「もしも」の条項は、私には無関係なのである。そう決断した上で、まず保証人の一人は、長兄に頼むことにした。すぐに母に手紙を書いて兄に説明をしてもらい、その後、直接長兄に電話をして承諾してもらった。後一人の保証人は、次兄に頼めればいいのだが、昨年暮れに日立の会社を勝手に辞めた時点で、次兄は、高校入学時の約束を破った私を許さず、ほぼ絶縁状態になっているのであったから、頼むわけにはいかない。なんとか頼みたいとは思ったけれど、やはり頼める筋ではないと思い諦めた。そこで、私は、なんとも厚かましいとは思ったが、これまでずっと温かく励まし見守っていてくださる高田先生にお願いしようと決めた。なにがあろうと卒業まで頑張り通すと固く決意している私は、先生にご迷惑をかけることはありえないと思い込み、書類も同封してお願いの手紙を書いたのであった（言うまでもなく保証人になるということ自体が、大変な迷惑事であり、大きな負担を強いることなのであるが、そんなことさえ気がつかないほど、当時の私は度を超した世間知らずであった）。

それから数日後、先生から手紙が届いた。いつものように温かい激励のお言葉とともに、保証人欄には、署名捺印をしてくださっていた。有難かった。お蔭で、提出書類はきちんと整い、期日までに投函できたのであった。

それにしてもである。私は、高田先生にとんでもないことをお願いしたものであった。若気の至りとは言いながら、「卒業できないときは全額を返済する」という条件付きの保証人になるのは、とてもたいへんなことだったに違いないのである。その全額というのは凡そ四百万円であり、昭和四十年代の頃のふつうのサラリーマンにとっては大金であるが、金額の問題以上に、保証すること自体、先生にとって精神的に大きなご負担であったはずなのである。当時、先生には、高校受験を控えた長女と中学受験の双子の男の子の三人の御子様がいて、経済的にも苦しい時代であられたのに、その上に、私は、とてつもなく重い精神的なご負担をおかけしてしまったのである。

教え子とは言いながら、身内でもなんでもない赤の他人のために保証人になるというのは、誰だって二の足を踏むであろうし、断って当たり前なのである。けれども、先生は、なにも仰らず、しかも間を置かずにお手紙をくださって、保証人欄に署名捺印をし、励ましのお言葉をそえて私の願いを叶えてくださったのであった。

「何事も我が身に代えて考えてみよ」ということばがあるが、当時の私はそうした思慮にまったく欠けていた。読売奨学制度は、先生が勧めてくれた道だから、ここは甘えて先生に保証人になっていただけないものだろうか、単純にそれだけを考えた。なにしろ自分のことでいっぱいだった私は、世の常識などまるで弁えず、保証人になることの責任の重大さを、知識としては理解しながらも、実は皆目分かっていなかったのである。

先生をどんなに困らせることになるかなど、まるで頭が回らなかった。能天気としか言いようがない。

九月中旬、書類選考合格の通知が郵送されてきた。十月初旬、読売本社で簡単な筆記試験と面接があった（応募者数、およそ千数百人）。合格通知が届いたのは、十月の末頃だったように思う（後で知ったことであるが、合格者は九百六十名であった）。

八月の酷暑の日々が過ぎて、会社の傍《そば》の黒く澱んだ運河のほとりに、コスモスが咲き出した。夜は、相変わらず蚊に苛まれながらも、窓下から虫の音が響いて心慰まれるのであった。志望校は、高田先生が卒業された國學院大學文学部を第一目標として、その他早稲田大学・明治大学・法政大学なども受けることに決めて、受験勉強もやっと軌道に乗ってきたのであった。

十月末には、東京都の公務員試験の合格通知があり、大田区役所の職員に採用するとの旨も郵送されてきたが、むろん、それはすぐに辞退届けを出した。

同じ頃、このアパートの大家の奥さんが私の部屋に来て、「あなたはいつも勉強されているようだから、ついでに家《うち》の小学四年生の男の子の勉強を見てやってくれないか」と頼むのであった。「とてもそんな余裕はないから」と断ったのだが、「手を取って教えてくれなくても、あなたの傍《そば》で一、二時間ほど、勉強させるだけでいいから、引き受けてくれませんか」と言ってなかなか引き下がってくれない。「なにしろ学校から帰ってから、家ではまったく勉強しない子なので、せめて机に向かって勉強する習慣だけでも身につけさせたいのです」と言うのであった。無下《むげ》に断れなくなって、「では、傍で一緒に勉強するということだけでよいのなら」ということで引き受けた。おとなしい子であった。翌日から、私が勉強を始める七時に、男の子は私の部屋に来て、一時間半ほど、私のミカン箱の机の横に彼の小さな机を並べて、一緒に黙々と学習した。彼は主に宿題を済ませるだけであったが、時折は、復習・予習を見てあげたり、雑談もして楽しませたりした。土・日曜日以外の日は毎晩彼はうれしそうに通って来た。私の部屋には、机代わりのミカン箱と本と薄い蒲団・数枚の衣類以外、家具も装飾品も何もない。何かを散らかそうにも何もないのであるから、古く薄汚れた部屋ながら、おのずからいつも整然としている。それが彼にも影響したらしく、「散らかし放題だった自分の部屋を、この頃はよく整頓するようになりました」と大家さんが喜んでくれたのは、嬉しかった。

こうして、十一月、十二月が過ぎていった。

冬川に冬の鳥来てあたたかし　旭

八

二十歳という若さではあったが、生来脆弱《ぜいじゃく》で痩せぎすの体であった私が、上京以後の一年間、空腹と過労と寝不足に耐えて、健康とは言えないまでも、風邪もひかず腹もこわさず、なんとか無病で過ごせたのは、高田先生の激励や母からの手紙のお蔭であったと思う。それに、「強気に、強気に」と、常に気を張り続けていた所為《せい》もあって、どうやら体調を崩さずに済んだのであろう。

貧血のゆえからか、折々、数分の間、例の自問自答によって、意識が溷濁《こんだく》することはあったが、地べたに倒れるほどには至らなかった。他に体の不調について言えば、病気というのではないが、晩夏のある日、虫歯が痛くて歯医者に行くと、かなり悪化していたので麻酔をして虫歯の神経を抜いて貰ったのだが、完全に抜き取っていなかったらしく、医院を出ると間もなく麻酔が切れて激痛が走った。夕刻の羽田線の蒲田駅のホームで電車を待っている間中痛くてたまらず、ホームの端の薄暗い所に蹲《うずくま》って唸った。その日は夜通し痛んで、翌朝、医院に行くまで痛みに苦しんだことがあった。それからもう一つは、前年の夏に尾道で蓄膿の手術をした時、術後、充分に補水しなかったために酷い便秘となり、それがもとで痔疾になっていたのだが、これを治そうと医者にかかると、患部を腐蝕させてから除去する方法がよいと言われ、それに従って通院したところ、埒《らち》が明かず、却って症状を悪化させてしまったということがあったくらいである。

身長百六十五cm、体重四十二kg弱というのは痩せ過ぎで、体力も無い私がなんとか現状維持でこられたのは幸運であった。常時、空腹状態であったことが、却って幸いしたのかもしれない、と今では思う。

勉強については、以前にも記したとおり参考書と過去問題集それにラジオ講座を聴くくらいであったが、代々木駅近くの「代々木予備校」の夜間の夏期講座（国語・英語）を一週間ほど受講できたし、また模擬試験も三回ほど受験した。それらの費用がいくらで、その費用をどうやって捻出したのか、今となってはまったく思い出せない。アルバイトの身分であるから、賞与も諸手当も皆無であったし昇給も無かった。それでもなんとかやりくりできたらしいから不思議である。模擬試験の結果は、三度とも国語は思ったより好成績で、その都度、掲示板に私の名前が十番目くらいの所に載った。しかし、英語は載らなかった。

一月に入るといよいよ受験の時である。大晦日も元日もなく、アパートの部屋に籠もって勉強である。ところが困ったことに、いつもの定食屋が年末年始は営業しないと貼り紙してあった。それなら、パンでも買い込んでしのぐしかないなと決めていた。すると、暮れの二十九日のことであった。夕食を取っていると、定食屋の親父さんがつかつかっと私の所に来て、「正月は、どうするの。家に帰るの？」と聞くので、「いいえ、アパートにいます」と答えた。すると「じゃあ、元日の朝は家においでよ。雑煮を一緒に食べようよ」と言ってくれた。驚いた。この定食屋には、四月からずっと朝夕通っていたのだが、定食を注文する以外は、誰とも会話したことはなく、ましてや無口な親父さんであるから、一度も口をきいたことはなかったのである。その親父さんの一言《ひとこと》は、とてもうれしかった。私はすなおにお礼を述べて、元日は、店の奥の八畳間の置き炬燵に入れてもらって雑煮をいただいた。親父さんの厚意が身にしみた。その日一度だけのことであったが、忘れられない懐かしい思い出となった。

読売奨学生になれたお蔭で、昼間の一部試験を受験できるのが嬉しかった。受験校は、明治・法政・早稲田・國學院の各文学部である。受験の結果は、早稲田大学だけが不合格であった。國學院を受けた時は、校舎がこぢんまりとしていて心地よく、試験の間の休憩時間中に、その狭い中庭を見つめながら、なぜか、「ああ、自分はこの大学に入るんだなあ」と思った。

國學院の合格通知が来ると、真っ先に高田先生に報告した。先生は喜んでくださると共に、さらに激励してくださった。田舎にも連絡をして、三月下旬には、帰郷する旨を母に伝えた。

三月中旬のある日。係長が、仕事場にいた私を別室に呼んで、「君はこの一年アルバイトとして真面目によく働いてくれた。ついては本社員に推薦してあげようと思うんだが、どうかね」と勧められた。私のようなただのアルバイトに過ぎない者に対して本採用の道を設けているというこの会社の方針にちょっと驚いたのであったが、私はそのご好意にお礼を述べたあと、「実は、大学の道が開けたので、今月でアルバイトを辞めさせてもらうつもりなのです」と答えた。「そうかね。それはよかったね。会社としては、残ってもらえなくて残念だが、分かった。じゃあ大学で頑張りなさいね」と励ましてくれた。

いよいよアパートも引き上げることとなり、大家さんの家の男の子にも事情を言い、彼を励まして別れを告げた。三月下旬、一旦、田舎の島に帰った。およそ一年ぶりの海風はたまらなく懐かしく、船の甲板に立って総身に海の香りを浴び続けた。

高校卒業後の丸二年間、仕事と受験勉強との暗い浪人時代は終わった。特にこの昭和四十年四月から四十一年三月までの一年間は、食費にも困る貧しい日々であったし、この世に存在しないに等しいほど拠り所のない身分であったことが苦しかったのだが、それも過ぎてしまえばどうということもない日々に思えてくるのであった。

四月からは、二年遅れの大学生であり、読売奨学生である。母をはじめ兄弟親戚もみな喜んでくれた。神戸の次兄（武士兄）にも手紙で報告をした。次兄からは返事の便りはなかったが、内心では喜んでくれているに違いないと思うことにした。

思い返せば、大学の道が開けたのは、高校三年の時に、高田先生から「大学という所は自分の力で行けるところだよ」というひと言を教えていただいたことがきっかけであった。そのひと言で私の人生の道は開かれたのである。それを思うにつけても、なおその前に感謝すべきは高校に行かせてくれた次兄の恩恵である。全く閉ざされていた高校進学の道を、次兄が学資援助によって開いてくれたのである。次兄の援助のお蔭があったから、その後の大学進学の道が開けたのである。

ところで、その次兄が援助の手を差しのべてくれた時、私はただただ高校に行けるという喜びと感謝だけで頭がいっぱいで、なぜ次兄が私を支援してくれようとしているのか、その理由はなんであるのか。それについて深く考えてみようとはしなかった。それでも、私は、ときどきは、次兄がなぜ私を高校に行かせる気持ちになってくれたのか考えてみたことがあったのであるが、兄弟愛ということよりほかには考えが及ばず、よく分からなかった。当時の兄の年齢をはるかに超えた歳になって、またじっくり考えてみたが、やはり分からなかった。神戸の町の小さな鉄工造船所に勤める二十二、三歳の独身の若者（次兄）は、安い日給月給だったので、自身の生計を立てるだけで精一杯だったはずである。弟の面倒を見る余裕もなければ、ましてや長男ではなく次男なのであるから、親代わりになる義務も責任もないのである。兄弟とは言っても、家を出て独り立ちした者が、実家の弟の面倒をみる義務などありはしないのである。

そもそもこの次兄（武士兄）は、中学を終えるとすぐに兵庫県の家島諸島に渡り、船大工になるためのきびしい徒弟制度の中で自身を鍛え上げた人であった。ところが、兄が一人前の船大工になった頃には、世の造船業界は、皮肉にも木造船から鉄工船の時代に移行していた。次兄は、そこで更にまた溶接などの鉄工技術を習得しながら、島の小さな造船所の工員として働いていたのであった。その後、ある伝手《つて》があって、神戸に出て小さな造船所の工員になった。景気上昇の時であったお蔭で、田舎の手当よりずっと良くなったらしい。いつだったか私は武士兄に将来の夢を尋ねたことがある。すると兄は、何時の日か自分自身の鉄工所を立ち上げることだ、と言った。そんな夢を抱いていた兄がなぜ弟の高校の学資を援助してやろうという気になったのか。そこで、これはただ弟が可愛いからというだけの理由ではないらしいということまでは推測するに至った。どうも、これにはなにか外的な原因か理由が絡んでいるにちがいないと思うようになった。私が、会社を辞めたときは、約束を破った私に憤って、いっさい口をきいてくれなくなったが、とは言っても、ことさら私を叱りつけたり怒りをぶつけたりすることもなかった。ましてや、学資送金中の頃、兄は生活のつらさ苦しさについては、いっさい言わず、毎月きちんきちんと送金してくれたのであった。だが、その学資送金中の三年間、兄は次第に生計が苦しくなったらしく、その事はずっと後になって、次姉（私より三歳上）から聞かされたのであった。ある夜、次兄が次姉の家で酒を飲んで深酔いをしたときに、かつてのどん底暮らしを次姉に洩らしたのであった。どうにも金銭のやりくりがつかなくなって、ついには本気でガス管を咥えるところまで追い詰められたというのである。武士兄がそこまで追い詰められたのには、学資のためだけではなくて、神戸の町工場には暴力団の縄張りがあり、彼らの賭博に誘われると仕事上断れない状況になっており、しかもその賭博は必ず負ける仕組みになっていて、負け金は絶対に払わなければならない掟だった。兄はその穴からどうにも抜けられなくなった時期が続いたらしいのである。それでも兄はその悲惨な状況から何とか這い出して、私への学資援助を途切れさすことなく高校を卒業させてくれたのであった。兄は歯を食いしばって耐え抜き、しかも私にはいっさい愚痴も文句も言わずじまいであった。愚弟の私はそんな兄の実情も知らず、愚かな悩みを抱えて悶々としながら高校生活を続けさせてもらい卒業できたのであった。

それにつけてもである。次兄は、なぜ私を高校に行かせてくれたのか。私は、次姉からの話だけでは分からなかったので、あれはたぶん私が三十二、三歳の頃だったと思うが、帰郷の折のある夜、母に尋ねてみた。すると母の口から驚くべき事実が語られた。

「それはねえ、武士兄《たけし》ちゃんからは口止めされているんだけれどね、こんなことがあったんよ。あんた（私のこと）が中学三年になったとき、神戸の叔父さんの世話で、神戸三菱造船所の養成工になれるという話があったでしょ。その頃、武士兄ちゃんは、叔父さんに呼ばれて一緒に酒を飲んだそうよ。その時、叔父さんが酔っ払って『まあ、旭君は、儂《わし》が世話をして養成工にしてやるけんど、それにしてもお前さんたちは大のおとなの兄弟が二人もいながら、弟ひとりを高校にもやれんのかいねえ』と嗤《わら》ったそうなんよ。武士兄は、そのひと言に心中『なにを‼』と、腹の中から怒りがこみ上げてきたけれど、その場は黙って帰ったんだって。それから、同じ神戸で暮らしている幸子姉さん（長姉・既婚）と相談をして、あんたがほんとうに高校に行きたいというのなら、学資を出して行かせてやろうと相談がまとまった」というのであった。叔父が嫌みな暴言を吐いたとき、何事にも負けん気の強い武士兄はどんなにか悔しく腹立たしく、不快極まりなかったことであろう。その無念さは察するに余りある。元来、亡父の弟であるこの叔父は欲深で小ずるくて嫌みな人柄であったから、私もあまり好きな人ではなかったのだが、次兄の受けた恥辱には、母から話を聞いているだけでも、私は強い憤りを覚えた。けれどもまた、私にしてみれば、他ならぬこの叔父の暴言が、私の高校に行けるきっかけとなったのであるから思いは複雑である。それは置くとして、結局、負けず嫌いの武士兄は、弟可愛さと、叔父に対しての意地を貫き通したわけなのであった。兄への感謝の念は尽きない。

それにまた、高田先生から賜ったご恩もはかりしれないのである。先生からは、高校三年の時からずっと青春の悩み事の相談に乗って下さり、激励してくださり、会社員時代も浪人時代もずっと励まし続けていただいた。それに読売奨学生の保証人まで引き受けていただいた。この間、先生は一度として私を迷惑がることも叱ることもなく、慈父の眼差しで見守り続けてくださった。その先生は、還暦を過ぎられた頃、奥様に先立たれてしまわれた。その頃、私は先生と、よく奥様の思い出話をしたのであったが、その思い出話の中で、先生は、奥様がふだんは寡黙なのだが、自分にも家族にもよく尽くしてくれたと仰って、「君が日立の会社を辞めた時には、私は家内に『あなたはまた、ロマンチックなことを言って、よそさまの子を路頭に迷わせるようなことをしたのよ。もしも波戸岡さんに何かあったら、あなたはいったいどう責任を取るのですか』と何度も叱られたんだよ」と打ち明けてくださった。また、保証人の時も、「『もしも卒業できない場合は全額負担せよ』という条項を見た時は、じつはほんとうに考え込んでしまったんだよ。家内にも心配させてしまったんだけどね、でもせっかく君が頑張っているのだから、まあ、その時はその時のこととして、腹を括って印鑑を捺したんだよ」とも、笑顔のままに当時の困惑された様子の一部を洩らしてくださったのであった。済んでしまったことのご苦労を笑い話にしてお話してくださったのである。

こうして高田先生のご恩と次兄の恩、それから母や兄姉等からの恩のお蔭で、ここにやっと大学の道が開けたのであった。

初鴨のすすむはしづかなる闘志　旭

大学時代

一

昭和四十一年三月三十日。再び上京。昨年春の暗く不安な旅立ちとは、一転して、晴れ晴れと旅立つ。島から尾道までの巡航船の中で偶然にも中学の同期生に出会わした。広島の修道高校に進学した彼である。彼はその後一浪して同志社大学の経済学部に進学していた。船中でいろいろと話をしたが、彼の高校時代は灰色だったと聞かされた。あまりにも厳しい受験勉強に嫌気がさして暗い日々が続き、それでも一念発起して勉強に復帰して同志社大学に入ったのだと言う。けれども大学の講義はさほど面白くないので、下宿先で乱読に耽っているということであった。彼の顔色もあまり冴えてはいなかった。おそらく希望に燃えているはずの私の顔色も、傍《はた》から見れば、痩せて血色悪く、眼ばかりぎらぎらさせていたことであろうと思う。彼とは尾道で別れて、私は尾道の石井医院の先生の妹である婦人（五十代半ば）と、駅近くの喫茶「梵」で、二時間ほど近況の話をした。一昨年、私が蓄膿（軽度）の手術で入院していた時に出会った婦人で、私が入院している間、彼女は水彩の筆で私を描きながら、お互いの悩みなどを話し合ったことのある人である。浪人中も折々手紙のやりとりをしていたので新しい話題もなかったが、彼女は身の回りの花や果物を素材に水彩の静物画を描き続けるのを気慰みにして、以前よりは前向きに生活しているとのことであった。毎年「日本水彩画展」に応募し入選して上野の美術館に出ているらしいが、見に行ったことはないと言うので、これからは私が代わりに見に行きますよと約束した。それから、「いつまでも兄の家で世話になっているのも心苦しいので、なんとか広島の市内に職を見つけて自活しようと思っている」とも語ってくれた。それは元気が出てきた証拠でうれしく思った。お互いに元気でがんばりましょうと言って別れた。

夜行の急行列車は、昨年春の上京の時と同じく、列車内は薄暗く、向かい合わせの椅子に見知らぬ人との相席で、ほとんど不眠状態の長旅は楽ではなかったはずだが、若さと希望とのゆえにさほど苦痛ではなかったらしくほとんど記憶がない。只々うす曇りの窓ガラスの奥の夜の闇を見続けていただけであったように思う。

翌三十一日。早朝に東京駅着。今度の住まいは豊島区駒込五丁目、「読売新聞駒込販売所」であった。山手線の巣鴨駅から徒歩で十五分、駒込駅からだと二十分ほどの地である。住宅街の十字路の角《かど》にある、二階建ての販売所である。道の向かいには薬局があった。このあたりは、むかし染井村とよばれていたところで、江戸時代末期から明治初期にかけて、この染井村に住んでいた造園師や植木職人たちによって「ソメイヨシノ（命名は、一九〇〇年）」が育成された地なのだそうである。販売所の近くには、南に十分ほど歩くと、染井墓地（現在は、都立染井霊園）がある。その一画の慈眼寺《じげんじ》には、二葉亭四迷（長谷川辰之助）・芥川龍之介・谷崎潤一郎・司馬江漢・浦里／時次郎比翼塚（『明烏夢泡雪』の登場人物）・小林平八郎（吉良家家老、赤穂浪士と戦い、斃れる）などの墓標がある。

蒲団などは柳行李《やなぎごうり》に入れて先に送っていたので、手提げ鞄一つで店の戸口を潜った。「お願いしまーす」と声を張った。すると私と同じ年齢くらいの若者が二、三人階段から駆け降りてきた。それから、一階の事務部屋から丸い顔立ちのでっぷり太った色白の三十代後半くらいの男の人が笑顔で出てきた。頭は角刈《かくが》りらしいが、ほとんど丸刈りのように見え、ちょうど上野の西郷さんを優しくしたような顔立ちであった。そしてその後から品の良い小さな丸顔で透きとおるように色の白い奥様が出てこられた。この六十歳くらいの奥様がこの販売所の持ち主であった。ご主人はずっと以前に亡くなられているることを後で知った。柔らかな物腰で、少し掠れた細い声で「頑張ってくださいね」と言って、また奥に去られた。幾分病身らしくいつも臥せっているとのことであった。先ほでっぷりとした男の人は、薗頭《そのがしら》さんといってこの販売所の実質的な所長であった。

どの奥様の長女の方と結婚して入り婿であった。少年の時に鹿児島から出てきて、いろいろ変遷の後、この販売所の配達員となり、やがてお嬢さんと結ばれたということは、後に知ったことである。この薗頭さんはここで長く勤めている人なので、入店したての若者が長続きする奴かそうでないかが直感で分かるということであったが、後に直接薗頭さんから聞かされたことで、「波戸岡君は、一月《ひとつき》持たない。すぐに辞めるだろうと思ったよ。だって、あまりにも痩せてひょろひょろだったからね」と言われて、笑い合ったことであった。そんな風に思われているなどとは夢にも知らず、私は背水の陣を布《し》いて臨んでいるわけで、やる気満々だったのだが、外見はひ弱《よわ》に見えたのであろう。私の他にも三人の新人が入店した。一人は私と同じ読売奨学生。岩手から来た男で東洋大学の経済学部だと言った。後の二人は工業専門学校生であった。販売所の二階は配達員用の部屋になっていて全部で六室。それぞれ二人か三人かの相部屋である。私はすでに二年ほど勤めている寺島君という二十三歳の人との相部屋であった。

四月一日は「よみうりランド」の大集会室のようなところで、読売奨学生の入学式。社長等の祝辞があった後、記念講演として松本清張氏の話を聞いた。『点と線』・『ゼロの焦点』等を読んでいたので、遠くからながらその作者の風貌と声とに接し得て感激一入であった。生い立ちから作家になるまでの話だったように覚えている。訥々と話される様子が今も彷彿と浮かんでくる。思えば、この時が作家という人物を見た最初であった。遠くからでもオーラが出ていたのである。それから、青春映画だからというわけかどうか分からないが、ジェームズ・ディーンの「理由なき反抗」の映画鑑賞があった。「エデンの東」も「理由なき反抗」も高校生の時すでに観ており、私としては「エデンの東」の方が主人公の焦燥感などに共鳴できて良かったのだが、なぜか若者の無法ぶりを描いた「理由なき反抗」なのであった。そして、最後に全員の集合写真を撮って散会となった。後で、送られてきた写真を見ると、読売育英会の幹部連中十人ほどと奨学生九百六十人が小さくプリントされていた。

四月二日。いよいよ仕事開始である。北区西ヶ原三丁目・四丁目辺が私の配達エリアである。初日なので、寺島君と一緒に配達する。前の日に「順路帳」なるものに配達先の苗字を書き入れた。それを片手にもって一軒一軒教えて貰いながら配って行くのであるが、全部で三百五十部余り。配達エリアまではそれを一度に自転車の後ろに載せて行く。朝の四時前である。まだ薄暗い駒込銀座・霜降り橋などを通って、三十分ほどの距離がある。途中、坂道が多く新聞の嵩と重さとでハンドルがぐらぐらする。エリアに着くと二ヵ所ほどアパートの玄関口に百部余りずつ置いて来てから、百部ほどを堅帯《かたおび》の間に挟んで肩から提げて、小走りに配達をして行く。左利きだから左の肩から斜めに提げる。後で分かったことだが半年もすると新聞との摩擦で着ている服の右脇腹の下あたりの布地がすり減っているのであった。セーターなどを着ているとたちどころに薄くなった。全部配り終えると七時近くになった。歩いて自転車を置いてあるところまで行く。夜はすっかり明けて、通勤・通学の人たちとすれ違う。私は働いて帰るところなのだからすっきりと気分が良いはずなのだが、なんとなく気恥ずかしい気持ちが生じたことにいささか慌てた。自転車に乗ってペダルを漕ぎ漕ぎ坂道を登って行く頃になると、やっと気分が晴れた。二日間ほど寺島君が付き添ってくれた後はひとりで配る。つまりこのエリアは私が配る以前まで彼の担当地だったのであり、彼はまた別の新しいエリアに移ったわけである。大学の入学式は十一日であるから、今は仕事だけに専念すれば良いのである。

日記は、四月六日から大学ノートに書き始めている。当時の日記から、

四月七日。雨。

同じ部屋の寺島君から、僕がしばしば寝言を言う旨、聞かされる。突然、びくっとして早口でべらべらしゃべり、ガクリと首を垂れ寝込むのだそうだ。一度などは、びくっとして、にやりと笑い、そのまま眠ったそうである。とにかくなにかひどい夢を見ているのではないか、と言うのだ。また、「俺がやるんだ」とか「そんなことは奴にやらせろ」とかはっきりと言ったそうである。しかし、こんなことを言われても、僕には全然覚えがない。実際気味が悪くなる。起きたときは、さほど異常を覚えない

のだが。けれども、急に足を踏み外してガクリとなったりすることは寝付きのときにしばしばあるし、なにかを紛失した夢もよく見るのだから、彼が言うことは事実かも知れない。どこかが、悪くならねば良いが。疲れているのでもないのに。

僕は、さっきまでルソーの『告白録』を読んでいたのだが、ひょいと夜の町に散歩に出た。そして、巣鴨駅の近くの古本屋に入って、『感情心理学史』(千六百円)と『ダビンチ・ラファエロ』(三百三十円)を購入した。まず店先近くの書棚で『ダビンチ・ラファエロ』を選び、店の奥の哲学の書棚に『感情心理学史』の表題を見るや、とびついたのだった。僕を激しく変動させる何かがあるような気がしてならない。思想よりも感情とは何であるか。「感情」こそ僕の知りたい「自分」であると思うのだ。自然界の森羅万象を、「感情」という基準で比較すればいかなる論ができるだろう。そういう見方・捉え方はなり立つものかどうか。おぼろげながら「万物感情比較論」ということばが思い浮かんだ。

このあたり、なかなか、威勢の良いことを書いている。しかし、十日には、すでにいささか弱音を吐いているのであった。

四月十日。晴。

まだ仕事に慣れていない所為だろうか。それとも、僕自身の考え方が間違っているのだろうか。ああ、僕自身よ！　ルソーは、決して決して哀れみの思いでは、過去を見なかったよ。

あゝ　僕自身よ！
ルソーは決して哀れみの目で過去を蘇らせはしなかったのだよ。
僕はすこし僕の外見に、こだわり過ぎてはいないだろうか。
なにもかも、覚悟のうえだった筈なのに。
逞しさに少しばかり欠けてはいないだろうか。
他人の目が僕を見たって、
他人の手が僕に何をおよぼすものか。
友達がなくたって、僕には僕という友がいるじゃあないか。
他人の例がどうであろうと、僕は僕自身じゃあないか。
さあ、明日は入学式。
僕の目的、僕の野望。僕の希望の始まる時だ。
桜がきれいだね。紅椿もまたきれい。梅もある。

チューリップもある。
名を知らぬ紫のうつぼのような花もある。いろんな花がある。
春だもの。僕にだって春はあるさ。だが、も少し後でね。

時の意識が、細分化され、一日が長くなってゆく。
良い前兆だ。

金に細かで、金を忘れられない人は、可哀想。
欲に目のくらむ人は、不幸。
僕に威張ってみたいお客は、また　あわれ。
僕が何も知らないと思って、かわいそうに。
お客が　僕を何も知らない奴だと思えば、僕は何でも知っている。
お客が　僕を何でも知っている大人と思ったら
僕はうぶな少年。
ひっきょう　他人に何がわかるものか。
世の中のほそぼそとした者どもよ。
そして、僕の心よ。

詩ともつかない繰《く》り言《ごと》であるが、この中にすでに傷つきやすい私自身の自意識過剰ぶりが見え隠れしている。この後、この自意識過剰というやつに、私は四年間苛《さいな》まれ続けることになるのである。

四月十一日。入学式。金田一京助先生の特別講演。

先生は、日本学士院会員で文化勲章受章者の御長老（当時八十三歳）であられたが、まだ國學院の大学院の講座を担当しておられた。先生の記念講演の演題は、「石川啄木との交友」か「アイヌ語研究の話」かのどちらかであったそうだが、この年は、「アイヌ語研究――『ユーカラ』――の話」であった。アイヌ語を勉強するために、まずアイヌの子どもたちと仲良くなったということからはじまり、藤原三代がアイヌ人の血をひくこと（現在では、学術調査の結果、明確に否定されている）を言語学的立場から説かれ、そして、それは日本民族の優秀性を物語るものであるというくだりが殊に印象的であった。そして、最後に、「凡庸の者が、凡庸のことをしたに過ぎないのではあるけれど、それでも世の中の人は、私を認めてくださった」ということばで講演を結ばれた。お話ぶりは女性的なほどに細いお声でていねいな言葉遣い。そのお人柄は小さな子どものような純真さと純粋さとを感じさせた。ひとすじの道を貫き通すことの喜びをお話くださったのであったが、ひとすじの道を貫徹する素直さ純粋さは、そのまま優れた人格を形成するということなのであろうか。

当日の感動を、このように日記につらつら綴っているのであった。

ひとすぢに地の冷えのぼりさくら咲く　旭

二

四月も末の頃、配達に少しは慣れてきたものの、やはり三時半起きはつらい。このまま二度寝ができたらどんなに幸せだろうと思いつつ、蒲団から五体を引きはがすようにして起き出す。晴天続きばかりだとありがたいが、そうもいかず、ことに配達途中に降り出す雨は大弱りである。上着をかぶせて、新聞を濡らさぬようにと思うが、雨は用捨なく降りかかる。雨脚と雨脚の間をすり抜けることができたらどんなにうれしいだろう、などと本気に思ったりする。やっと配達が終わると、販売所の食事室で朝飯（給食センターからの配達）を掻《か》っ込《こ》んで、急ぎ巣鴨駅まで歩き、山手線で渋谷駅。駅から徒歩十分で大学着。ともすると夜更かしが過ぎて、寝ずのままに登校する日が続く。当然、授業中、眠くてたまらない。後ろの席に座ると睡魔が襲ってくる。これではだめだと早々に一番前の席に座ることに決めた。四年間これを通した。教壇のすぐ前だと、さすがに緊張度が増して眠りを防ぐことができた。が、下校時には、もう足元がふらついて、駅のたった二十段余りの階段を登るのがきつかった。ホームで電車を待っている間、首筋から冷や汗が流れ出て背中をつつーっと伝い落ちるのが不快であった。

それでもこの生活にいくぶんなじんできたかなあと思えてきた、そんなある日。いつものように夕刊の配達のために新聞を自転車の後部に載せ、配達区域までペダルを漕ぎだしたのであったが、染井墓地の慈眼寺近くの坂を下ろうとして、ふと西空がまっ赤に夕焼けしているのに気がついて、自転車を停めた。と、その瞬間、「自分は、いまいったいなにをしているのだろう」と、またまた自問自答の自縛《じばく》状態に陥ってしまった。これまでの自分は、ひたすら大学に行きたいという一念で過ごしてきたのであったが、今は大学に入れている。一つの大きな目標は叶えられた。だが、それでいったいこれからどうするつもりなのか。何のために学ぶのか。分かっているつもりだったのに、ガクンといきなり暗い落とし穴に落ちた者のごとく、方向を見失ってしまった。答えが見つからないのである。「文学を学ぶ。日本の文化の歴史を知る。日本人とはなにかを考える。そして、自分とは何か、何の為に生きているのか、こうしたことを考えてゆくためだ」と、一応、答えははっきりしているのだが、この答えが空々漠々として、実感が湧かないのであった。その答えと今のこの自分の心情とはあまりにもかけ離れている、という感覚に襲われているのであった。西空の夕焼けが変にむなしく虚ろに見えるのである。「これでは、いけない。こうしていてはいけない。この空漠たるものを霧消させなくてはいけない。今をがんばれ。そして、配達が終わったらまた考えよう」。この時の自縛はとてつもなく深かったが、目前の急がねばならぬ仕事のために、立ち直りも早かった。その夜からの日記には綿々と観念的なことを綴り続け、日々、自意識と自意識過剰との戦いが続いた。日記を引用すれば止めどがないので、それはここには記さないでおく。

五月になったある日の早朝のこと。四時前に、二階から降りてきて、自分の配達分の新聞を揃えていると、すぐ後から降りてきた年長（二十七、八歳）の男が、いきなり私の胸ぐらを摑んで、「貴様、なぜ掃除をしておかなかった！　俺がやっておけと昨夜《ゆうべ》言っただろうが！　なぜやらなかった！」と言ったとたんに、私の頰を往復ビンタした。「しまった」と思った。そうだった。昨夜、広告の折り込み作業をしていた時、新聞社から配送してきた夕刊の梱包《こんぽう》布をきちんと畳んでおけと言われていたのだった。これは新入りの者たちが毎日毎回当番ですることになっているのである。それなのに、私は折り込み作業が終わった後すぐに二階に上がってしまい、うっかり忘れてしまったのであった。いきなりのビンタに驚いたが、私は黙って新聞を整えながら我慢しようと思った。だが、「まてよ」と思った。「これは我慢するべきではない。ここで我慢してはいけないんだ」と咄嗟に気がついた。いきなり殴るとはなんだ！　同じ従業員同士じゃあないか。先輩後輩はあるけれど、ここは職場なんだ。これはよくない。ここで我慢して、殴られっぱなしになったら、まずい。ずっとこいつに舐められっぱなしになりかねない。それは困る。

かつて私は小学二年生の時にクラスで一番弱い子と喧嘩になって負けたときからは、いっさい殴り合いの喧嘩はやらないと決めてきた。というと格好が良いが、どうせ負ける喧嘩ならはじめからしないに越したことはない。だから殴り合いの喧嘩をすることはなかったのである。けれども、この時ばかりは、「やらないといけない！」と直感がはたらいた。相手は私よりずっと背が高く、わりと気短かで喧嘩っ早い男であったから、到底勝てるとは思わなかったが、この際、勝ち負けが問題ではなかった。私は、身を翻して、持っていた新聞梱包の部厚い袋を彼の背中に投げつけた。彼は驚いて振り向き、私の両肩を鷲摑みに摑もうとした。その手を振り払って私は飛びつくようにして彼の顔を殴った。私が反撃するとは予想だにしなかったであろう彼は、一瞬ひるんだが、「なにを！」とばかりさらに向かってきた。とっくみあいになった。だが、ちょっともみあっている内に、すぐに周りの連中が止めに入ったから大きな騒ぎにはならなかった。私は気を落ちつかせてから、彼に向かって、「忘れてかたづけなかったのは俺が悪かったけれど、だからと言っていきなり殴ることはないだろう」と言うと、彼はすなおに謝《あやま》ってくれた。とっさのことであったが、これで、私はこの販売所での自分の居場所を確保したのであった。
この年、一九六六年から、中華人民共和国では文化大革命が始まった。ある日の朝刊の一面に大きな一枚の写真が載った。人民服を着た中年の男が、どう見てもまだ少年にしか見えないような青年の頭に拳銃の銃口を突きつけて、弾を射った瞬間を撮《うつ》したものであった。目の粗い幾分ぼやけた写真であるが、その青年はあきらかに恐怖と撃たれた衝撃とで顔面が歪んでいる。この写真を掲載した朝刊の束を揃える間中、私の両手はぶるぶる震えっぱなしであった。こんな衝撃的なニュース写真はこれまで見たことがなかった。これが文化大革命なのか。こんなことが革命なのか。驚きを抑えに抑えて配達してまわった。これを手にした人たちは、みな驚愕するのではないか。こんな衝撃的な新聞を配ることになろうとは思ってもみなかった。配達員としては、どんな記事が掲載されていようとも黙々淡々と配らねばならぬものなのだ。あらためてそう自分を納得させるべく努めた。しかし、この衝撃の一枚の写真は、以後、永らく脳裡に焼き付いてしまった。

顳《こめ》顬《かみ》はあたまの関所かき氷　旭

三

新聞屋の仕事は、朝夕の配達だけではない。その他に集金・拡張・広告の折り込みなど諸々の作業がある。これらはすべて配達員に課せられたノルマである。自分の配達区域内で購読者を減らしてはいけない。一人でも多く増やさなくてはいけないのである。だから配達部数が減れば、いやでも「拡張」に出かけなければならない。けれども私はこの「拡張」が最も苦手であった。新規の購読者を得るために、いわゆる「飛び込み」をするのである。ほとんどの家庭はすでにどこかの新聞を購読しているから、朝日や毎日など他の新聞を購読している家に行って、「どうか『読売』をとってください」とは頼みにくい。私自身「ぜひとも拡張してやろう」という気にはなれない。だからうまくいくわけがない。実際、何軒かやってみたけれど、ほとんど断られてしまった。中には返事を曖昧にして「サービスは何か？　その品をもっと持ってこい」と言う者や、購読するふりをしながらさんざん嫌みを言う人などもいて閉口した。けれども販売所としては購読者を増やしたいのであるから、我々配達員に「もっともっと拡張をしてほしい」と言う。商売気のまったくない私は、読みたくない人にまで無理に頼みこむことはないだろうと思うものだから、どうしても積極的にはなれなかった。けれども、自分の得意先が引っ越しや購読中止などによって配達部数が減ると、どうしても「拡張」の仕事をせざるを得なくなる。今はどうか知らないが、当時は各社の新聞販売所同士の購読者獲得競争はかなり激しいものであった。拡張のための景品は、洗剤とかタオル・観劇券・遊園地入場券などさまざまである。これを持参して頼み込むのである。配達員の他に、拡張専門の人もおり、彼らは時たま販売所にやってきて、請負で拡張してくるのだが、テキ屋かヤサグレ染《じ》みた、いかがわしい人が多かった。我々配達員の拡張手当は一部につき百円であったが、拡張専門の彼らへの手当は相当高額であり、その手当だけで生活している連中だったから、勧誘も押し売りまがいに強引だったので、彼らが「契約してきた」という家に配達しにゆくと、「うちは契約した覚えはない」と断られたりすることもあって、しばしばトラブルが生じた。結局、私は、私の配達区域内のアパートやマンションに新しく引っ越してきた世帯があるときだけ、頃合いを見計らって購読を頼みに行く程度で済ませることにした。アパートは引っ越しが多いので、それでなんとか三百前後の部数を維持することができた。

集金は、未払い分があると自己負担しなくてはいけない。すべて自己責任であった。この集金もまたなかなかくせ者であった。何ヵ月も未払いのあげくに、どこかへ引っ越してしまったりされると、その溜まった購読料金は、私の給料から引かれるのである。集金の仕事は、毎週、土日に集中してやった。一日、五時間ほど廻って七十軒ほど集金できる。これを月に四、五回繰り返すのである。たいていの家は、こころよく支払ってくれたし、中には、靴下などをプレゼントしてくれてねぎらってくれる人もいたが、そういう家は稀であった。アパート住まいの購読者の中には、いつ行っても留守で、やむなく早朝とか夜分遅くとか寝込みを襲うようなこともした。そうしてやっと会えても、「来月まで待ってくれ、来月は払うから」と体よく断られる。このテで半年以上も待たされて、ある朝行ってみると、引っ越ししていて部屋はもぬけの殻。ドロンされてしまった。そんなことが四年間のうち、数度あった。購読料が未納の場合は、配達を止めればいいのだが、部数を減らしたくないから、つい続けて配達して次の月まで待つのであった。購読者にはいろんな人がいた。とくにはじめの四月・五月は、前任者の寺島君の担当分の購読者を引き継いだので、家々の事情がまったく不明で飲み込めず、どうすべきか戸惑ってしまう家が何軒もあった。当時の日記に、次のような記事がある。

五月八日（日）快晴

ニッサン石鹸の小箱を、六十幾歳の老婆が暗やみにしゃがみこんで、折っている。手内職なのであろう。ここは、もう四、五回来《こ》さされている家だ。わずか五百八十円が払えないでいる。彼女はボソボソと呟く。「会社が不景気だから、かねを払ってくれない。払ってくれても、二、三ヵ月先の手形なんで……。これじゃあ到底払えない。四、五日後に来ておくれ」。ちょっと見には、しょげているようだけれど、よくよく観察すると、「払えぬのが当然」とばかりの強気の態度なのである。収入が無いということは気の毒に思うけれど、さりとて「ああそうですか」とも言えず、腹を立てるわけにもいかず、しかしさほど同情も湧かず、黙って引きあげるしかない。かねのために、かくも惨めな思いもせにゃならぬ、か。

バタ屋に行く。三ヵ月分が未納なのだ。ゴミ屑ぼろ屑のたまり場の中に、棚もなく、広さがわずか三畳ほどの小屋に、うす汚い顔をした子ども三人。それに親爺さんとぼさぼさ髪のかみさん。親爺さんは、今帰って来たばかりのようす。ぼさぼさ髪のかみさんは、僕が「集金に来ました」と言うやいなや、「ロクロク新聞を入れもせんくせに、三月分《みつきぶん》も出せとはなんじゃ。今は払やあせん」と喰ってかかってきた。「何をしに来た、かねなどあるもんか」といった風である。その剣幕に圧倒されて何も言えない。親爺さんが、小声で「二、三日後に払うから」と言ったから良かったものの、随分、惨めな思いをさせられるところであった。

つまり、僕は、まるで高利貸しのようなあつかいをされているのである。

集金と拡張とどちらも嫌だが、嫌も応も言っておられぬのがいっそう辛い。しかり！　しかり!!　やらねばならぬのだ、やるしかないのだ。どうか今日の空のようにさっぱりとした魂を維持したいものだ。もっと逞しくなくてはいけない。今日は母の日。僕はなにもしてあげられない。

給料はすべて歩合制で、それぞれの仕事に若干の手当がついた。たとえば、配達手当は、一部四十円×配達部数。集金手当は、集金総計×〇・〇四%。その他拡張手当は一部につき百円。折り込み手当少々。これらから食費と健康保険料など諸雑費を引くと、毎月の手取りはおよそ三万円弱であった。金銭的には、昨年のアルバイトの時とは格段の違いであった。日立製作所の時と同じくらいである。ただしボーナスなどの特別手当は一切無かった。食事は、前にも記したように、近くの給食センターから配達されてくるものでみな冷めていて旨くもなかったが、そのかわり腹いっぱい食べることができたし、しかも月五千円弱と格安であった。住居費も不要だし、交通費も通学定期だから安く済んだ。お蔭で私は岩波日本古典文学大系本・新釈漢文大系本・折口信夫全集・柳田國男全集など、どんどん買い揃えることができた。こんなに思うがままに買えることはじつに有難かった。

大学は第二外国語（フランス語・ドイツ語・中国語）の選択によるクラス制であった。私は、『三太郎の日記』の中にドイツ語がよく出てきて気になっていたので、あまり先のことは考えず、ドイツ語を選んだ（これはたいへんな失敗であった。中国語を選ぶべきだったのである）。講義は、睡魔との闘いのために、どの講座も真ん中の一番前の席に座った。大体みんな後ろに座りたがるので、いつも前の席は空いている。どの教室どの講座でも最前列の真ん中に座ると、いやでも目立つのだが、それを気にしてはいられなかった。九十分を眠らずに聴き続けようと努めるための窮余の一策であったのだから。夜もっと睡眠を取らなくてはいけないとは思うのだが、読書や物思いで、ついつい夜更かしをしてしまう。もともと早寝早起きが大の苦手なのである。だいたい一時か二時ごろに蒲団に入って仮眠をして四時には起床しなくてはならなかった。どうかすると一睡もしないまま配達を終えて、朝飯を済ませ、そのまま登校となってしまう。

一年次は、専門科目の講義は少なく概説どまりであったからかなり退屈であった。けれども、どの講師も熱心に話すので、一応こちらも真面目に聴いた。意外だったのは一般教育科目の中に面白い講座がいくつかあった。たとえば「経済学」の講義は、西洋の経済学史の概説であったが、著名な経済学者、アダム・スミスの『国富論』、カール・マルクスの『資本論』、ジョン・メイナード・ケインズの「修正資本主義」などについての話で、理論の詳細は分からないなりに、興味が湧いて傾聴した。そして今更ながら、と言うべきか今にして初めてというべきか、最も驚き感動したことがあった。それは経済学という学問の目的は、人間と人間社会の研究をするものであるということである。高校三年間の「商業」と「経済学」という学問との大きな隔たりにびっくりしたのである。商業高校の「商業」は、すべて実務の技能を習得するものであったから、経済学も単にその延長というくらいにしか考えていなかったのである。それがそうではなくて人間を研究する学問であることに正直驚いたのである。その後、すぐ気がついたのだが、経済学に限らず、すべての学問は、その方法は異なるが、どれもこれも人間及び人間社会を研究するものであるということであった。これはじつに当たり前のことなのである。だが、この当たり前のことに私ははじめて気がついたのであった。人間研究は、哲学や文学でなくてはできないと考えていた自分の愚かさを反省することしきりであった。

大学に入れば、友人が大事である。真の友をもつことは、大きな心の財産になるとは知っていたが、そう簡単に見つかるものでもない。八十人近いクラスだが、それらしい人は見当たらない。なにしろ私は二浪の身でしかも会社勤めをしてきたから、現役入学のまだ高校生気質が残っているような連中とは、話は合わないように思えて、こちらから話す気にはなれなかった。まあそのうち誰か見つかるだろうと思い、考えないことにした。というよりも自分自身の日々の仕事と勉強とをこなすのにあっぷあっぷなのであった。

商業高校では、古文も漢文も科目としては無かった。だから受験参考書でいくらかを習得しただけであった。しかし、國學院の文学は、伝統的に上代・中古・中世が盛んであったし、私自身、自分を知るためには古典を学ばなくてはいけないと思っていたから、まずは古文・漢文の基礎をしっかりやろうと思っていたのである。これについては、特に「漢文学概説」の講義が有難かった。訓読法の基礎からはじめてくれたので、他の学生たちはどうであったか知らないが、私にとっては実に面白く楽しい時間であった。講

師は石田 博という先生で、五十代後半くらいのお歳。薄くなった白髪で、体軀はがっちりとしておられたが、頑丈というほどではなく、幾分神経質そうにも見えた。講義はきわめて丁寧できっちりと話され、よく理解できた。学生に向かう姿勢がつねにまっすぐであった。いつも柔和でいて毅然とした風格は、いかにも漢学者然としておられた。

夏休暇が近づいたころのある日、講義が終わった後、先生が、「君はいつも熱心だね」と声をかけてくださった。思いもしなかったことで、私はびくっとして赤面したように思う。なんと答えていいか分からない。私は立ってお辞儀をした。黙っていると、「漢文が好きかね」と聞かれた。「はい、漢文は大事だと思うので……」と答えた。名前を尋ねられた後、「どうかね。火曜日の放課後に唐詩の研究会を数人でしているから、君も来ませんか」と誘われた。私は夕刊の配達があるので、もともと五時間目以降の講座は受講できないのである。まして放課後となると無理に決まっている。私は仕事の事情を話し、「残念ですが参加するのは難しいです」と言った。「そうかね。もし来れるようだったら、いつでもいいからね。じゃあ、頑張りなさい」と言って教壇を降りて行かれた。私は、まだどきどきしていた。先生からお声をかけてくれるなんて、思いも寄らないことであったから、驚いていたし、うれしくてしかたがなかった。その唐詩研究会には、二年生数名の他に大学院生も二、三人来るとのことであった。半分は諦めたが、それでもせっかくのお誘いであるからなんとかならないかと思案してみた。だが、入所一年目から店主に無理は言えないと諦めた。それでも、そのうちなにかいい方法が見つかるだろうと思った。

若竹の中に佇みゐる師恩　旭

四

前にも記したように、朝夕の配達は、担当区域内をすべて徒歩で配るのだが、その配達先のエリアまでは、三百部全部を自転車の荷台に積んで運ぶ。朝刊のときは自転車の後ろの荷台と前の金網の籠に分けて載せる。夕刊はさほど嵩張《かさば》らないし重くもないので、ハンドルを取られることはないが、朝刊は重心をしっかり計らないとぐらぐら揺れてふらつく。販売所を出て、駒込から霜降り銀座あたりまでは細い急坂を下る。西ヶ原町界《かい》隈《わい》は大小の坂道が多く、しかも通りは人も車も多い。二十分ほど漕いで自分のエリアに着くと、その出発点の脇の路地の隅に自転車を停め、そこから肩紐でかついで配り始める。夕刊はひと息に全部を担げるのであるが、朝刊の場合はとても一度には担げない。一部が部厚くてしかも折り込み広告の紙が五、六枚も入っているから、百五十部程度を担ぐのがやっとである。それゆえ、あらかじめ半分の百五十部を中継点に置いてくる。

その中継点は某アパートの玄関先に決めていた。アパートの玄関は常時鍵をかけていないから、どんなに早朝でも玄関内の端に置けるのである。はじめの百五十部を配り終えると、そのアパートの玄関先で残りの百五十部を新たに担いで配る。ところが困ったことにときどき新聞が足りなくなることがあった。たぶんアパートの住人のだれかが早朝に玄関脇のトイレで用を済ませた後、抜いてゆくのであろう。それで私の方もいつも用心のために読売新聞は二、三部余計に持って出ることにしていた。ところが、購読者の中には、少数ながら読売の他に報知新聞とか日刊スポーツ新聞を購読する人がいる。この種の新聞は販売所がぎりぎりの部数しか仕入れていないので、かってに余分には持ち出せない。だからそれを抜き盗られたらたまらないのである。しかたなく、全部を配り終わってから自転車で販売所にまでもどり、販売所に残部があれば急いでそれだけを届けに行く。だが販売所に残っていないときは、駅の売店まで行って買って届けるのであった。この新聞紛失にはほとほと困らされたのである。他の配達員にたずねると、みんな多かれ少なかれ同様の憂き目に遭っていることが分かったが、さしたる対策はないらしい。「置く場所を替えたら」と言ってくれる者もいたが、そうそう格好の場所は見つからない。私はせいぜい報知や日刊が目立たないようにと、読売の中に深く押し隠すように工夫するくらいしか思いつかなかった。

ところで、このアパートのすぐ近くに、通りに面して、間口が一間ほどの縦長二階建ての小さな借家造りの家があった。六十代半ば過ぎくらいのご夫婦は、いつもこざっぱりとした着物すがたであった。岡田さんというその家には、ご夫婦しか住んでいないらしいのだが、なぜか表札は、「岡田」・「桃川」・「神田」と三つもかかっていた。戸口には郵便受けも新聞受けもないので、いつも直接ガラス戸の隙間から差し入れるのだが、新聞は決まってすーっと吸い込まれるように入った。ある朝、いつものように新聞を差し入れようとしたら、手先にすこし力が入りすぎたらしく、戸がガラリと開いてしまった。奥の部屋にまで響いたはずだ。まだ四時そこそこなのに、大きな音をたてて申し訳ないことをしたと思ったが、あとのまつり。しかたなくそのままそおっと戸を閉じて立ち去った。配達を続けながら、ふと先ほどのことを思い返した。「あの戸の開きようからすると、もしかしたらあの家はいつも玄関に鍵を掛けていないのではないか。いつもすーっと新聞を差し込めるのは、戸の隙間が大きいからではなく、たぶん鍵を掛けていないからだろう」と思えてくるのであった。しかし、いくらなんでも、玄関がいきなり通りに面しているという家構えで、鍵を掛けないということはあるはずがない。住宅街とはいえ、物騒なこの東京でそんな不用心はありえないことである。田舎の私の生家はふだん昼夜に鍵を掛けたりはしないが、それは田舎暮らしの話であって、東京ではそうはいくまい。いくら江戸っ子気質だとて、鍵を掛けないはずはないのである。しかし、この岡田家は、毎朝・毎夕、戸の隙間から新聞を差し入れるとき、まるで鍵がかかっていないかのようにすうーっと吸い込まれるように入るのであった。

岡田さんは、毎月、集金に行くたび、ねぎらいの言葉までかけてくれるうれしいお家《うち》であった。七月末のある日。戸をすこし開け、「ごめんください。読売新聞の者ですが、集金にうかがいました」と言った。二階から奥さんが降りてこられて戸を開けてくれる。戸口からすぐ下足脱ぎの三和土《たたき》があって、取っ付きは四畳半。その奥は襖を隔てて六畳の間。襖は開いていて、布団が見える。そこにご主人が臥せっておられる。先月も先々月の時も臥せっておられたので、この時は、失礼だとは思ったが、「ご主人は、どこかお体がお悪いのですか」とたずねてみた。すると、「いいえね、内の人は、仕事が無いときは、一日中ああして布団に腹ばって、枕越しに新聞や読み物を読んでいるんです。どっこも悪くはないんですよ」と微笑みながら教えてくれた。「学生さんかね」と、奥からご主人が声を掛けてくださった。「はい、読売の奨学生です。いま大学の一年です」と答えた。すると、ご主人は布団からむっくり起き上がって、そのままあぐらをかかれた。「ほう、そうですか。がんばりなさいね」とこちらを向いてにっこり笑ってくださる。縕袍《どてら》を羽織って、屈託なくこちらを見ておられる。骨格ががっしりしておられ、頭は短く刈り上げていて丸顔。黒縁の、度の強い近眼の眼鏡をかけておられるが、お顔立ちはちょっと映画俳優の山村 聡似で、あの顔をもう少し頑固そうにした輪郭。古風でりっぱな風貌である。奥さんもまた色白の小顔で、ごくあっさりとしておられる。このご夫婦のたたずまいは、家構えと言い、着もの姿と言い、おふたりの話し方、物腰まで、どことなく江戸の下町情緒というのはこういうものだろうかと思わせられたことであった。

　ちょっとのつもりが、話が弾んで、郷里のことなども聞かれるがままにお話しした。お茶までいただき、すっかり長居をしてしまったが、とても心地よいひとときであった。その帰り際、立ち上がってお礼を述べたあと、私は、つい、以前から気になっていたことをたずねてみた。「あのう、実はですね、こちらのお家では、戸口の鍵は掛けないいんでしょうか」と。すると奥さまが、「あら、どうして」と不思議そうに聞き返される。「いや、実は、こちらの戸口は、どんなに早い時間でも、まるで鍵が掛けていないみたいに、いつも新聞がすうっと入るんで不思議に思ったものですから」。「あらまあ、新聞が入り易いのなら、それはなによりですよ」となお好意的な応対である。そこで私は、思いきって、近くの某アパートでの新聞紛失の件を話してみる気になった。手短に説明していると、すぐに私のことばをさえぎるように、奥のご主人が、「ああ、いいですよ。それなら、内の玄関をお使いなさい。内なら大丈夫だから。そうしなさい、そうしなさい」と、いともあっさり引き受けてくださったのであった。私はとても厚かましい願い事であると赤面しながらも、同時にまた、これは大助かりだと喜んだ。田舎者の粗忽だと羞じらいながらも、「これで、これから、ほんとうに安心して配達ができます。ありがとうございます。よろしくお願いします」と、何度も礼を言って、足どり軽く帰途に就いたのであった。

これはまたなんともありがたい中継所が見つかったもんだと喜んで、早速、翌朝から岡田家の玄関に置かせてもらった。ところが、岡田家も当然の事ながら、夜はしっかり鍵を掛けていたのである。それを知ったのは、置かせて貰ってから二、三日後のことであった。その日、いつもより少し早い四時ちょっと過ぎに新聞の束を運び込もうとしたら、玄関の戸が開かない。鍵がかかっている。私は、はっと驚き、同時に、「これはたいへんなご迷惑をおかけしてしまった」と自分の迂闊を恥じた。朝刊を配り終わったら、すぐにこの無礼をお詫びしなくてはいけないと思った。今は、とりあえず玄関の外に新聞の束を置いて、前半の配達に走った。前半を配り終わって、また中継点の岡田家に戻って来ると、戸口が開いており、すぐにご主人が出て来られた。「いやあ、今朝は起きるのが遅くてね。どうも失敬した」と謝られる。つまり、七十近いご主人は、いつも早朝に玄関横の厠で用を足され、そのついでに、「新聞が入り易いように」と玄関の鍵を開けておいてくれるのを日課にしておられたのであった。私は、おのれの粗忽さに身も縮まる思いで、「そんなお手間をとらせていたなんてちっとも知らなくて、申し訳ありませんでした。玄関に置かせてくださいなどと、とんでもないことをお願いしてしまい、ほんとに申し訳ありません」とお詫びした。だが、こちらが恐縮すればするほど、ご主人は、「いやいや、私の方はちっとも面倒でも迷惑でもないんだから、どうか遠慮なく玄関を使ってくださいい。ちっとも構わないんだから。どうぞ置きなさい、置きなさい」と、にこにこ笑って勧めてくださるのであった。結局、私はそのご好意にあまえることにした。

その後、私はあらためて岡田家にお詫び旁々《かたがた》お礼にうかがった。そして、その折りに、前から気になっていた、戸口に表札が三つ掛かっていることについてお尋ねしてみた。私はご主人の話を聞いて、「ええっ」とばかり、驚いた。「『岡田』というのは、本姓。『桃川』というのは、前の芸名の『桃川如燕《じょえん》』。『神田』というのは、今の芸名の『神田伯山』だ」と仰ったのである。郵便の宛名がこのうちのどれで来ても、郵便屋さんがまごつかないようにと、三つとも掲げている。表札に、「桃川如燕」・「神田伯山」などと書けば、それと知られていろいろ町内に迷惑がかかるから、芸人であることを知られないようにしている、とのことであった。ちなみに、それは、たとえば放送局からの送迎の車などでも、決して玄関前には着けさせないで、近くの大通りに停めてもらって人目につかないように、と徹底されているのであった。つまり、このご主人というお方は、講談師・五代目神田伯山先生だったのである。私は、子どものころから浪曲・講談・落語などが大好きだったので、いまその講談の名人の先生に出会えたことに、心底驚き、驚喜した。

膝送りして新涼の畳かな　旭

五代目・神田伯山

明治三十一年（一八九八）四月二十八日生まれ。

昭和五十一年（一九七六）十一月四日没。享年七十八。

本名・岡田秀章（おかだひであき）東京本郷に生まれる。

大正七年（一九一八）、二代目桃川若燕に入門し、桃川若秀。

三代目小金井芦州門下へ移り、小金井桜洲。三代目神田伯山門下へ移り、神田五山。

昭和二十四年（一九四九）、三代目桃川如燕を襲名。

昭和三十二年（一九五七）、五代目神田伯山を襲名。

昭和四十九年（一九七四）、勲四等叙勲の受章を辞退。

得意の演目は、「大菩薩峠」「新吉原百人斬り」「天保水滸伝」「天保六花撰」「関東七人男」「黒須の大五郎」など。

子母沢寛・小島政二郎・画家・鴨下晁湖等と親交があり、また「第三の新人」と称された遠藤周作・有吉佐和子・吉行淳之介・安岡章太郎等や吉村昭といった作家たちの贔屓により、「伯山後援会」が作られていた。

五

一年次の前期、四月から七月末まで、諸々の講義を最前列で熱心に聴講した。講義内容が面白くてもつまらなくてもしっかりノートにとって考えた。そして、空き時間は図書館に行って、専門書をあれこれ借り出して読む。卒業論文は三年次からだが、その研究テーマを決めなくてはいけない。そのためにもいろんな分野を知る必要がある。だが、背筋を立てて頑張っているわりには、どこかしらなにかしら日々空回りをしている感が抜けない。日々の日記は、ごちゃごちゃとびっしり書いているが、その多くは、相変わらず己れの弱さ愚かさに苦しみ、意志の弱さをなんとか克服したいと足掻いているにすぎないものであった。もともとの悩みは、何のために生きているのか、生きるとはなんなのか、自分とは何か、自分は何のために生きるのか、それを知るため考えるための大学進学であったはずなのだが、まったく未解決のままである。運よく大学入学の望みは達したけれど、それは単なるひとつの過程に過ぎない。自分とは何か、これが問題なのだ。この悩みは途絶えることなく続いている。文学科に入学したのは、日本文学の研究を通して、日本文化を知り、日本人とは何かを考え、そうした研究を通して、自分とはなにかが、分かってくるかもしれない、そういうふうに考えていたはずだった。だが、いったい文学とはなんであろうか。そこで、文学と文学科との関係について思いを巡らせてみた。すでに四ヵ月ほどの学生生活が過ぎた。テキストとして読み始めた『古事記』『万葉集』などの作品そのものは面白い。だが、これらの講座の先生の講義からは、文学的な匂いも香りもほとんどただよってはこない。どうも文学を教わっているという気持ちにはなれないのである。いったい私は、文学を学ぶために文学科に入ったのだが、どうやら勘違いしていたらしい。そもそも文学というものは、自分で体験し体得するものであって、人から教わったり人に教えたりするものではないのではなかったか。私は、遅まきながらこのことにやっと気がついた。そうだ、大学は文学を教えるところではない。文学は自分の問題なのだ。それはそうなんだ。だが、そうだとすると、文学科というところは、なにを教えるところであろう。そうか、それは文学について考える方法を学ぶところなのだ。つまり自分が文学について考えるための研究方法を学ぶところなのだ。文学そのものは、あくまでも自分自身の問題なのだ。私は、日々もがきながらも、やっとここまで考えをまとめることができた。だが、そこでまた、自分の前に立ちふさがる大きく厚い壁があることに気づかされた。文学をするにしろ学問をするにしろ才能が必要なのである。「自分の才能はたかが知れているのだ」と、諦めてしまえば楽なのだが、諦めきれない自分があるから苦しい。ここでまた、もとの「生きるとはなにか」という根っこの悩みに戻るのであった。

七月の末、大学は夏期休暇に入ったが、朝夕の配達に休みはない。毎朝、四時に枕元の目覚まし時計が鳴ると、薄布団から眠い身体を引きはがすようにして起き出し、洗面もそこそこに新聞を整え、自転車に積み、区域まで運ぶ。それから暁闇のなかを新聞を肩に担いで小走りに配達する。この間、およそ一時間半余り。夜明けの空は刻々と色を変えてゆく。深い群青色の闇が次第に薄青く透けてゆき、やがてほんの僅かの間だが竜《りん》胆《どう》の花びらのような美しい色に変わり、ああ白んできたなと思う間もなく、かっと燃え上がりまっ赤に輝き始めた朝日を見る。朝刊を配り終えた頃には、すっかり眠気はとれていて清々しく爽快になる。が、爽快感を味わうのも束の間、通勤・通学の人々の中を縫うようにして自転車を走らせて帰るのは、じつに心地悪いものであった。不必要に過敏な自意識が災いして、意味もなく湧いてくる屈辱的な気分に耐えながら懸命にペダルを漕いだ。（以下、日記より）

僕は自分という「人格」を、己の心の奥底から引っ張り出さなくてはならぬ。創りあげんとするものの、基となる一片でもひっつかまえ、己の眼前につきつけて、「自分よ！　こやつがオレだ」と言ってみたい。真の学問はそこからはじまるのではないか。知識を広め、研究の対象を見いだせ。勉強をしよう。ギリギリのところに齧りついて、やがてはそれを食い尽くさんことを願い、苦しみに耐えよ。故知らず震える手で、険しき綱を手繰れよ。真底、僕は僕でありたい。

台風十四号・十五号。けだるい。遠く雷鳴が響く。風鈴の音。雨だれ。みずたまり。僕は、なにを求め、何に会いたがっているのか。身に迫る焦燥の思いとともに、過去の一コマずつが限りなく蘇ってくる。すべてが孤独の姿で蘇ってくる。ぼくは何度となく己の車輪を感傷の沼にのめり込ませてしまう。

八月中、うだる暑さに閉口しながらも、朝夕の仕事をこなしながら、おりおりは、上野の博物館や西洋美術館に出かけた。いつも寝不足気味だから、頭も体もいくぶん朦朧としてしまうのだが、疲れたら椅子に座って休み、展示場を二度・三度廻る。ロダン展の時など、九時から十二時まで観た。ヴィクトル・ユゴーの胸像には強く胸打たれるものがあった。東京は、空気が悪く、騒々しいところだ。だが、文化の中心地である。優れた文化・文物に触れることが、東京に住む者の利点なのである。学生のうちに出来るだけ多く見聞を広めようとは思った。

かの神田伯山先生は、上野御徒町の本牧亭（講談定席の寄席）に、出演なさる時はいつも入場券をくださった。夕刊を配達し終わると、脱兎の如く駒込駅から山手線の電車に乗って、御徒町駅で降りて急ぎ足で行くと、夜の部に間に合った。本牧亭は、定員数二百名ほどだが、いつ行っても三、四十人。ほとんどが年寄りの男連中で、学生は私一人。他に三、四十代の男性がちらほらであった。畳敷で、常連の人たちは、三方の壁際寄りに座っており、前の方の真ん中がぽっかり空いていた。昭和最後の講釈師たちの高座を多く聴くことが出来た。私と講談とは、伯山先生のお蔭で大学院生時代まで御縁があったのであった。

九月。後期が始まった。私は、販売所の所長に頼んで、夕刊の代配をしてもらうことにした。というのは、夕刊だけ配達する子がこの販売所にも数人いたのである。彼らは家庭の手助けのために働いている感心な子たちであった。中には、小学生の時から続いている子もいた。私の給料から夕刊の配達料分を引いて、それをその子に支払えばよいのである。私は奨学生ではあったが、給料は歩合制にしてもらっているので、特に問題はなく、了承してもらえた。これで、五時限目の講座も受講できるし、放課後の研究会活動もできることになる。給料は多少減るけれど、時間には代え難い。石田先生からお話があった、唐詩の研究会にも参加できるし、また、他の研究会（伊勢物語・源氏物語・古事記・平家物語・近代文学等々）も、気になるので覗いてみたい。学生生活の活動範囲が一気に広がった気がしたものである。ただし、夕刊配達がまったく免除になったわけではない。なにかの事情で、配達の子が休む時があれば、自分が配らなくてはいけないのは当然のことなので、油断のならないことではあった。それでも取りあえず、この先数ヵ月間は、余裕が出来たのであった。

鷹狩の歌万葉に有りにけり　旭

六

夕刊の配達が省けて、断然時間のゆとりができたので、勉強に集中できるはずであったが、実際はなにかと雑用が入って日々多忙であった。それでも講義の受講の合間に、諸々の研究会を覗いてみる。大方の研究会は講師か大学院生が指導する輪読型式のもので、それぞれ十数人の学生が参加していた。『古事記』・『源氏物語』・『伊勢物語』などの会にも惹かれたが、これらの古典はまず自分で一通り読み上げることが先だろうと思ったので、二、三回参加してみたが、正規に入会するのはやめた。石田先生からお誘いを受けていた「唐詩輪読会」には、正規に入会し、できる限り出席をした。一年次生は私だけで、二年次生が数人と大学院生が数人の会であった。大学院生は流石に大人であり新進の研究者の雰囲気を漂わせていた。石田先生を中心に王維の五言絶句を輪読する。各自が、自由に感想を述べ意見を交換するのだが、下調べをして臨まないと恥をかく。準備をしていっても見当違いなことを言って恥をかく。緊張続きの二時間であるが、正規の授業とは違って能動的なので、これは面白いと思った。唐詩を読む会ではあるけれど、中国文学専攻の人はひとりもいない。院生の方の一人は、『源氏物語』、もう一人は『万葉集』を専門にしており、学部の二年次生も、一人は国語学専攻、もう一人は神道学専攻であった。私自身も日本文学専攻であり、中国文学を専攻しようとはまったく思っておらず、日本文学を研究するためには中国文学も知っていないといけないと思って入会したのであった（後に、二年次生になってから、学内の漢文学会に入会することになるのだが、この時はまだ漢文学会というものの存在も知らなかったのである）。

石田先生は、幼いころから漢学を学ばれて造詣の深い先生であったが、お若い頃から梅若流の謡曲を嗜まれておられるとのことであった。そのお蔭で、私は毎月のように先生のお供で、水道橋の能楽堂に能や狂言を鑑賞に行けたのであった。故郷広島の恩師高田先生からは、「学生の時にできるだけ多く寄席や舞台の古典芸能を観ておくといいよ」とアドバイスをいただいていたのであったが、もともと私自身が好きであったから、本牧亭も能楽堂も大喜びで出かけた。このほかにも、はやく時間を作って歌舞伎座や国立小劇場の文楽も観たいと思っていた。

このように書くと、毎日がとても充実していたかのように見えてくるのだが、実はまったく正反対で、毎日がただめまぐるしく、忙《せわ》しなくいたずらに過ぎてゆく思いのうちに、どれもこれも空回りするばかりで、徒労感に苛《さいな》まれ続けていたのであった。体力も気力も充分にあるつもりなのだが、寝不足が災いした。いつになっても早寝早起きが出来なくて、どうしても遅寝《おそね》早起きとなってしまい、睡眠時間は二、三時間という日々が続く。だから日中はひたすら眠いのである。体調も芳しくない。午後四時過ぎ頃、大学を出て、帰宅のために山手線の渋谷駅内の階段を登るが、わずか三十段余りの石段ながら、足が重くて心臓が躍って胸苦しくなる。やっと登りきりホームで電車を待つ間も、汗びっしょりで、冷汗が背中をつつーっと伝い落ちて、気持ち悪くなり、軽い立ち眩《くら》みがする。そんなことが始終であった。その上、いつも黒い影のような塊に追いかけられているような不快感が消えないのである。仕事も勉強も自分で追いかけ追い求めているつもりなのだが、意志とは真逆で、絶えず何かしら得体のしれないものに追い立てられ追い立てられしているような焦燥に駆られ、齷齪《あくせく》の連続の日々なのであった。

以下は、当時の日記からの断片。

十月十六日。九時半。自由が丘の石田先生のお宅に伺う。土居光知著『文学序説』、岡崎義恵著『日本文芸学』をお借りする。前にお借りしていた『中国文学における孤独感』、『経書の伝統』をようやくお返しできた。十一時過ぎ、お礼を言って辞し、神田・神保町に行く。なぜか下腹が痛くなって困った。日本書房の親爺さんは休んでいたが、頼んで店を開けてもらい、日本古典文学大系十二冊を買って帰る。夜、『古事記』を読む。

十月十七日。高田先生宛て、お便りを書き、『ルソー』の複製本を小包にして出す。二ヵ月もご無沙汰してしまった。誠に申し訳ない次第だ。だが、この間、虚ろで、辛く苦しい日々であった。お手紙は幾度も幾度も書いては止め、止めては書いて、ついには放らざるを得なかった。決して筆無精の所為ではないのだが、先生にお詫びしよう。言い訳は醜い。お詫びだけ書こう。

十一月四日。(金)。快晴。大学は創立記念日にて休講。ソ連国立美術館近代名画展に行く。ピカソのことば、「人は誰しも絵画を理解しようとする。それならばなぜ小鳥の歌を理解しようとしないのか。なぜ人は、夜や花や、その他自分の周囲のさまざまなものを理解しようとせずに愛するのか」に感銘。

十一月十九日。(土)。焦燥。
一体僕は何に苦しんでいるのか。
何を為さんとし、何を思考せんとしているのか。
かじりくさしの本が並ぶ。かじりくさしの思想が、
この頃の空にみるちぎれ雲の如くに、頭の中に浮かぶ。
『三太郎の日記』を開いて、「ベルメーフ……」「心の影」……閉じる。

『資本論』序を読む。……閉じる。
『西田幾多郎』「読書訓」を拾い読む。……閉じる。薄汚れた蒲団に頭を突っ込む。

こうして悶々とした日々を送るうちにも、妙に活気づく日が続くこともあった。そういう時は、あながち空元気というだけではなく、ほんとうにふつふつと気力が湧いて、やる気満々になり勉強が捗り、あれこれと希望が芽を吹く。だが、長くは続かない。しばらくするとまたまた得体の知れない焦燥感に襲われて、気分が落ちこみ、暗闇となる。まるでそれは荒天の海に浮き沈みする小舟のようであった。私はすっかり笑顔を忘れた人間になっていたようである。いつも真顔なのであった。真顔というのは、ともすると、周りの人たちには不機嫌な顔に見えてさぞ不快であっただろうと思う。

私が、自分の殻の中でもがいているうちにも、街中は、そこここでデモ隊やアジ演説で騒がしくなり、他大学同様に、いよいよわが國學院大學の狭いキャンパスの中も、七十年安保の学生運動で騒然となりつつあった。

銀杏散るところどころの日のかけら　　旭

七

新聞販売所では、数ヵ月に一度、店員会があった。集まりの意図は、購読者獲得に向けての話し合いである。読売本社は各販売所に一定のノルマを課しており、販売所はそのノルマを果たすべく、実際の購読者数の凡そ一割近く多く新聞部数を購入している。とうぜんその数百部は本社のトラックから降ろされると、梱包も解かずにそのまま販売所の物置小屋に放り込まれ古新聞として廃棄される。現今の事情は知らないが、当時の販売所はつねにそうした負担を抱えながら、またそれとは別に、更に年に数回の購読者増強をはかるよう本社から各販売所に要請が来たのである。小さな販売所は、親元である本社の言うことを聞くしかない。ついでに言えば、直接窓口の本社の課長や係長への盆暮れの贈り物をするのも当たり前のことであるらしい。本来、社会の最先端に立って、世の中の不合理や不正を指摘し糾弾することを務めとするはずの新聞社が、裏ではまるで裏社会の親分乾分《こぶん》さながらに、上納金やカスリめいたものをとるようなことをしているらしい。それを知ったときはじつに不愉快であった。それもさることながら、ふだんから本社は購読者を増やすように各販売所に圧力をかけているのに、さらに「増強運動月間」などと称して競わせて利益を上げようと目論むやり方には、いささかうんざりであった。しかしながら、拡張（読売新聞の購読を勧誘すること）も定められた仕事の内であるから、一応、休日などにはそのためのサービス品などを持って出かけることはしたのである。けれども、なかなか積極的に勧誘する気にはなれない。新たに購読者が得られるのはうれしいにちがいないのだが、しつこく頼んだりする気にはどうしてもなれない。だから、当然、私の新しい読者獲得の確率は低いのであった。自分はつくづく商売向きではないのだと思った。だがそう思う一方で、奨学生の務めとしては、もっと本気を出して励むべきではないか、商売向きではないなどと言うのは逃げ口上に過ぎない、新聞屋なら新聞屋らしく勧誘の仕事に徹するべきだ、なぜそれが出来ないのだ、と責める自分がいる。けれども、どう自分を責めてみても、勧誘ばかりは苦手であった。つねに自尊心らしき小さな自我意識が作用してしまい、そこには、ただ戸惑うばかりの自分、中途半端な自分しかいないのであった。

販売所の店員は十六人ほどであった。ある日、二階の八畳の間に全員集められた。例の購読者増強のための店員会である。店員は、大方は二十歳から三十四、五歳くらいだが、ひとり五十歳代の男性もいた。出身は北海道・岩手・福島・茨城・群馬・熊本・鹿児島などさまざまである。関西・四国方面からは、広島出身の私だけであった。出身地の不明な者も数名いた。当然、ひとりひとり異なる事情を抱えてこの店で働いている。金や賭け事や酒などのだらしない男はいたが、性格的に嫌な人はいなかった。目立つ人としては、鹿児島から大志を抱いて出て来た男で、年齢は三十歳に近く、長身の上に体格がラグビーでもしていたかのようにがっちりして、目玉ぐりぐりとして厳《いか》つい。当初は、大学をめざしていたらしいのだが、幾度か躓き、酒に憂さを紛らし、溺れる日々から、いつしか進学の望みは薄れ、時間があれば酒に酔いしれている。仕事をすっぽかすことは無かったが、夜遅くなど、どこで飲んできたのか、したたか飲んで帰って来て大声を上げる。起き出してきた者にひとりひとり因縁をつけては殴りかかる。ことに日頃から気にくわない奴だと思っている人に対しては、大声で階下の板の間まで呼び出しては、したたかに殴り続けたりするのであった。まるで人が変わってしまうわけで、ほとんど酒乱なのである。所長の薗頭さんをはじめ四、五人がかりでやっと押さえ、宥《なだ》めて寝かせるまでがたいへんであった。そんな酒乱の気のある彼も、素面《しらふ》の時は、借りてきた猫のようにすっかりおとなしく生真面目な良い男なのである。

つまり、総じてみんな心根は真面目で優しい人たちであった。私が入所当初に、諍いのあった長身の年上の人とも、その後、すぐに気心が通じ合い仲良しになった。ある時は、後楽園のナイターにふたりで観戦に行ったこともある。彼は、近いうちに店を辞めて、野菜の行商をすると決めていた。しばらく行商で稼いで金を貯め、そのうちに家持ちの八百屋になるのが夢だと言った。

奨学生は、私の他に東洋大学の経済学部に通う者と、工業専門学校に通う者との三人であった。ほかにには、大学や専門学校に入学したい人たちが数人いるのだが、彼らは思うばかりで予備校へも行かず、ほとんど受験勉強をしないで、配達・集金の仕事のほかには、麻雀・賭け事（花札）に明け暮れたり、また酒に誘惑されて夜更かししたりで、ただ無為に過ごしている風であった。

北海道から来ていた、色白で小太りの優しい男の人は、ちょっと変わっていて、歌手をめざしていると言う。彼は、いつもにこにこ顔でおとなしく、楽しそうにしているのだが、とっても内気でほとんど自分から話すことはなかった。が、人から何かたずねられると、恥ずかしそうにしながらも、何でも素直に答えるのであった。今日のような、店の集まりの時には、誰かが必ず、「君は歌手志望なんだから、人前でどしどし歌わないといけない。さあ、今、ここで歌えよ。遠慮しなくていいんだよ」「なあ、歌えよ」と勧める。私は、はじめ、みんなが親切で勧めているのかと思ったのだが、すぐにからかい半分で囃していることに気がついて、可哀想になった。彼はこの販売所のすぐ近くの作曲家の練習所に月謝を払って毎週、何日か通っており、もう数年になるというのだが、「じゃあ、歌います」と言って歌い出したところ、なんとその歌の歌詞も調べも聞き取れないほど彼の声量は小さくて、その上、音程もかなりはずれており、ほとんど褒《ほ》めどころがないのであった。蚊の鳴くような声とは、これであった。私は驚いたが、みんなはもう慣れているらしく、「おお、上手い上手い」と、拍手をして大喝采する。当人はというと、ただ真っ赤になってはにかむだけで、しかもどうやらうれしそうなのであった。みんなのからかいに気づいているはずなのだが、彼の気持ちを推し測ることはできなかった。だれかの話によると、彼は北海道の田舎にいる時、知り合いの人から、「お前は歌が上手い。歌手になれ、歌手になれ」とおだてられたらしい。彼はそのおだての言葉を信じて、上京してきたらしいとのことであった。ちょっと信じがたい話だが、それにしても、だれも彼の進路の相談に乗ってやれなかったのであろうか。北海道の実家には、農業をしている両親と妹がいるという。余計なことだが、彼の行く末が気になるところだ。彼の仕事ぶりは真面目そのものできちんと勤めていたが、彼の唯一の楽しみは、毎月一度、日曜日に有楽町の日劇ホールの踊りを鑑賞することであった。ある時、彼の持ち帰ったパンフレットを見せてもらうと、踊り子たちのプロフィールや華やかなラインダンスなどの場面が載っていた。半裸の踊り子たちは恥ずかしく正視できなかったが、彼はと見ると、まだ夢うつつの面持ちで、にやにやうれしそうであった。幕間に寸劇や漫才・コントなどがあるのだろうが、これはちょっと決まり悪くて一緒につきあえないなあと思った。彼もまた誰を誘うこともせず、いつもひとりで出かけていた。私より、四、五歳年上に見えたがよくは分からない。彼が教わっているという春川一夫という人は、当時から有名な作曲家で、三波春夫の先生にあたる人であるが、月謝さえ払えばだれでも入門が適うものなのか、不思議に思った。それにしても彼の先行きはどうなるのだろう。いつ夢から覚めるのだろう。誰も助言をすることは出来ない。そもそも助言する資格など、身内をのぞいては、誰にもないのであるから。

この他には、四十歳近い男で、たいへんなガリ勉の人がいた。彼は、毎年、東大の医学部と経済学部を受験しては落っこちていた。腕試しに受ける慶応大学の方は必ず合格するのだが、目標は東大一本なのである。立身出世のためには東大を出なくてはだめだと決めこんでおり、浪人暮らしをもう十年近くもやっているらしい。この販売所には最近来たばかりで、これ以前いくつかの販売所で転々と働いてきたらしい。彼も大柄な体軀であったが、痩せていて、四角な顔は髭もじゃもじゃで、頭の髪はぼうぼう。服装など汚れたままで委細かまわない風であった。仕事は朝刊を配るだけという約束だから、手当は安いが、あとはすべて勉強時間に充てていられる。毎日猛烈に勉強しており、合格の手応えもあと一歩らしいのだが、その一歩が遠くて、毎年失敗しているとのことである。彼は予備校へは行かず、ひたすら机に向かっている。一、二度は、話をしてみたが、どこか頑なところがあり、通じ合えないところがあったから、そのまま話すこともなくなった。

五十歳くらいの男というのは、熊本の出身であったが、寡黙でおとなしい人で、以前どんな仕事をしていたのか皆目分からない。この人とは、一時、同室になったこともあったが、ほとんど話題がなく、何を聞いても話は曖昧であった。彼は仕事が終わって、夜ひとりで居酒屋やバーに遊びに行くのが楽しみのようであった。それほど酒好きとも思えなかったが、酒場の雰囲気が好きだったのであろう。おとなしくて風貌が悪くなかったので、バーなどで少しは店の女の人にもてることがあったらしい。時々、朝帰りをすることがあって、そんな時は、殊の外、うれしそうであった。むろん、朝帰りをしてもそのまま朝刊を配達する仕事はきちんとしていた。しかし、この人は、いつまでこうしてふわふわしたひとり暮らしを続けるのだろう。大人しくていい人であったが、ただ、一緒の部屋で暮らしていた日々は、彼の酷い鼾《いびき》に苦しまされて閉口した。

ここで、販売所の全員のことを記す気はないのだが、このほかにも、遊び人風ながら気のいい三十前後の男。世話好きでおしゃべり好きな、二十五、六の男がいた。二人とも私には好意的であったが、どこかに狡《ずる》さが見え隠れするようなところがあるのが、気になった。この二人は、やがて問題を起こして、行方をくらまし消息を絶ってしまった。

奨学生は卒業するまでが定められた勤務期間であったが、他の人たちにはそうした制約はないので、短い間にも急に居なくなったり辞めたりする人がいたが、辞められても、販売所の採用規定は緩くて、すぐに新しい人が採用されるので、人手が足りなくなるということはなかった。この後、四年の間には、諸々の事件や事故があったが、今は触れないでおく。

とまれ販売所というこんな小さな社会にも、さまざまな人間模様がくり広げられていったのである。

落葉して八方に隙あるごとし　旭

八

昭和四十二年。奨学生として初めての正月を迎える。元旦、早暁に起きて、正月特版の大部の朝刊（折込広告紙で厚く膨らんでいる）を、ふだんの倍の時間をかけて配り終える。後は、明後日の朝刊まで、一日半の時間が自由に使える。私は、かねてからこの自由時間に、どこか宛てのない旅がしたいと思っていたので、手ぶら同然のまま、すぐに巣鴨駅に行き、山手線で新宿駅。そこから中央線で立川駅。立川駅から青梅線に乗った。それから車内で線路図を眺めていると、「奥多摩湖」という地名が目についた。宛てもなくとは言いながら、内心、どこかひっそりとした湖の見える所に行きたかったのである。「氷川駅」で降りることにした。駅についたのは正午頃。いつからか雨が降り続いている。傘を持ってこなかったので、かまわず雨に濡れながら湖畔を歩いた。しばらくゆくと、湖に面して深上荘《ふかみそう》という古びた看板の旅館が目にとまった。他には旅館らしい家は見当たらず、この一軒だけのようである。「泊まれますか」と尋ねると、小母さん風の人が「どうぞ。お泊まりください」と言った。ほかには泊まり客はいないようであった。私は、二階の角の八畳の間に案内された。部屋は、前の細い道を挟んで湖に面していて、窓ガラス越しに湖面の全景が見える。雨はかなり本降りになっており、太い雨脚が湖面いっぱいに斜めに降りかかっている。宵闇が深まるにつれて、雨音が高まり、冷えた部屋にぴたぴたと響いた。夕食が部屋に運ばれてくる。鮎か何か焼き魚と少々の刺身と和え物、それに漬物と吸い物。他にとろろ汁が添えられている。湖面に降る雨の音を聞いていると、なんとなく酒を飲んでみたくなって、銚子一本を頼んだ。もともとほとんど飲めない体質なのだが、それでも日立の会社にいた頃は、周りの人に合わせて酒もたばこも少々は嗜んでいたのである。とは言うものの、丸二年ぶりのことで、わずか一合足らずながら飲み終えて、とろろ汁で飯を食べ終わった時分には、もうふらふらになった。まるで宙に浮いたような気分になった。けれども意外に具合は悪くなかった。小一時間ほど経って酔いもさめた時分に風呂に入り、蒲団にふわりと身を横たえると、翌朝は九時過ぎまで熟睡できた。天気は昨日と打って変わって快晴で、明るい湖畔を歩き回る。昨日の朝は雨催いだったのでゴム長靴を履いてきていた。こんなに晴れ上がってみると、アスファルト道はドカドカ足音がうるさかったが、かまわずに歩き回った。友人から借りてきたカメラのシャッターを手あたり次第に切った。途中、日原《にっぱら》の鍾乳洞を覗いた。洞窟のなかには蝙蝠がたくさんぶら下っていた。それから、駅に行き、昨日来たとおりの電車で帰宅した。今年の歩むべき道を考えてみるつもりで一泊の旅に出たのであったが、不覚にもたった一合足らずの酒に酔ってしまい、あれこれ考えるどころか頭がからっぽになったのであった。だが、むしろこれはこれで反って良かったのだと思う。何も考えず久方ぶりに熟睡できたことで、じつに気分がすっきりしている。胸がはればれとしているのであった。結果的には、この一日の旅が、去年と今年の良い区切りになったのだと思ったのである。

元日のこの旅でのすっきりした経験は、そのまま広島の先生に近況報告のつもりで手紙に書いた。だが、相も変わらず、不甲斐ない自分の悩みごと、無様な日々のことなどをも先生に書いていた。その時の手控えの文が日記に残っていたので、その前半部分を抜粋しておこう。

(前文略)……大学に入ってからというもの、勉強のかたわら、自分の世界に中心を見い出すことのみに必死になっていた僕は、その芯のようなものが皆目見つからなくて、ただただ自分でもどうしようもないくらい、自分が見すぼらしく思えて、みじめな一時期がありました。それゆえ、しばらくの間は、友達はおろか、家の方にも、そして先生にまでも、ご無沙汰をしてしまったのでした。大学の講義はしっかり受けて理解もできているつもりですし、仕事も一所懸命にやっているのですが、仕事を終えて、自分の部屋に入ると、全く無気力になってしまい、日記でさえも書けないありさまでした。

――それでも、だんだんと自分の位置が分かるような気がし始めてきたのですが、それは、この新聞配達という毎日の仕事と大学に通って学んでいるという実生活が、教えてくれているように思えるのです。

最近、三木清の『哲学入門』を読み始めてからは、空虚な頭に、まるでお題目を唱えるように、「現実を見つめろ。今の今を考えてみろ」と考えることを強いています。

今年はもっと一所懸命に勉強をして、研究の喜びを自分のものにしたいと思います。今はまだ自分のごく一部でしかないこの喜びを、やがては最高の喜びにすることができるかもしれないと思うのです。

一月三十日から学年試験が始まります。それに仕事。この二つが矛盾することのないよう力をつけたいと思います。

この頃は、「何のために生きているのか」という問題から、「それでは何をするために生きているんだ」「自分はどのように生きたらよいのか」ということを切に考えるときがあります（ただし、前者の問題は依然として未解決のままなのですが）……（後文略）

この手紙は、一月八日付けになっている。この前後、私は、わりとよく寝て、心穏やかだったので、自分の悩みについて、ある程度順序だてて考えてみようと思った。

そもそも「悩み」とは、あれやこれやの不都合が未解決のままにごちゃごちゃに押し寄せてきて苦しむことをいうのであろう。だが、この「悩み」というものは、言い換えれば、わが身にふりかかった「問題」ということなのではないだろうか。ただし、「悩み」というものは、「煩雑で不透明」であるから、悩みの中味を分解して、できるかぎり「明確な問い」にしなくてはいけない。そうして、その「明確な問い」を一つ一つ解いて答えを出してゆけばいい。そうすれば、いつか苦しみから脱出できるはずではないだろうか。とはいうものの、「問題」には、簡単に解けるものと容易には解けないものとがある。それらを含めてまずはごちゃごちゃになっている悩みをできるだけ順に列挙してみよう。

まず私が、暗い重たい悩みを抱いた最初は、記憶にあるかぎりでは、十歳の春の頃であった。何が原因だったかまでは覚えていないが、どうして人は生きているんだろう。こんなつまらない、おもしろくない暮らしをどうして続けるんだろう。自分はどういう人間なんだろう等々、ぼんやりとながら悩み出したのであった。それから、中学になった途端に、母親から高校には行かせられないと言われたことが大きな壁となって、悩みが重なった。「生きていることの不安と不満」という暗くぼんやりした悩みに加えて、「高校進学不可」という重く明確な悩みの壁が視界を遮ってしまった。その三年の間、私は高校に行って勉強したいという願いを押し殺すようにして過ごした。ところが、重く明確な悩みの「高校進学不可」の壁は、思いがけなくも次兄の援助で取り払われた。次兄は私のために自ら重荷を背負い苦渋の道を歩み、私を高校に行かせてくれたのであった。

　しかし、お蔭で、重く明確な悩みの壁は取り払われたが、以前からの「暗くぼんやりした悩み」は、月日を追うごとに「重く深く暗い悩み」に変質していった。「なんのために生きているんだろう」「自分は恵まれた能力の人間ではないらしい」「限られた能力の人間ならば、なにをしても優秀な能力の奴には勝てないだろうし、努力してもしかたがないのではないか」「死の前にはすべてが空しいではないか」と解き難い問題が押し寄せてくるようになった。どうすればよいか。私は自分のことを知りたい。自分という人間がなぜ生きているのか。生きていることに価値があるのか無いのか。もっと自分が知りたい。もっと自分を見つめたい。考えたい。そうか、そのために大学があるのだ。大学で学問をするべきだ。単純にそう思った。大学進学を望み始めたのは、高校に入ってかなり経ってからだった。大学進学への道は紆余曲折しやや長引いたが、高校の恩師・高田吉典先生の教えに導かれ、読売新聞奨学制度のお蔭で、道は拓かれて入学出来たのであった。大学進学の目的は、自分を知ることと、教師になるためであった。

　こうして、大学に入ることができて、九ヵ月が過ぎたのであるが、暗く重たい悩みの方は、ますます自分にのしかかってきているのである。些細な問題は篩《ふるい》にかけて除けておいて（むろん、些細な悩みの中にも深い傷をもつものもあるのだが）、悩みの中の大きな項目だけを、「命題」として掲げてみる。

○人はなんのために生きているのか。生きる目的とは何か。
○生きるための「目的」というものは、有るのか、無いのか。
○自分の能力はたかが知れているようだが、そんな自分をどう扱えばいいのか。
○自分は、いったいどのように生きればよいのか。

どれも難問だが、最もむずかしいのは、やはり「人はなんのために生きているのか。生きる目的とは何か」である。これが心底納得できたら、後の三つの問題も解けそうに思えるのだが。

当時の日記は、いつもこれらの問題を、ああでもない、こうでもないと、くりかえし書きなぐり、書き改めている。答えはもうすぐのように思えた日もなんどかあったが、今一つ得心がいかないのであった。単純な事のようにも思えるこれらの問題に、いつまでも手こずっている自分が、情けなくも思うのであったが、しかし、突き詰めて言えば、これらのことを考えるために、答えを出すために、自分は大学に進学したのであったから、ちっとも情けなく思う必要はないんだと居直りもしてみるのであった。これらの命題は、人や書物から教わって答えをだしてみても、ほとんど意味はないと思われた。自分で考えに考えて、更に考え抜いて、心の底から納得できるものでないといけない。すとんと腑に落ちるところまで極めないと意味がないと思えた。

冬かもめ波ともならず漂へり　　旭

九

昭和四十二年当時、中国の文化大革命・紅衛兵の破壊活動などをはじめとする大動乱、イスラエルとエジプト・シリア・ヨルダンをはじめとする中東のアラブ諸国の間において第三次中東戦争勃発、泥沼化するベトナム戦争等々の世界の動きとともに、都内ではべ平連の街頭運動をはじめ諸々の運動で騒然としており、身辺では大学紛争が日増しに激しくなった。國學院大學も（キャンパスというよりも）中庭程度の狭い空間を、赤・青・黒・白・黄色のヘルメットが、それぞれに隊列を組んで（先頭の十人ほどが横列に長い棒を摑み、そのうしろを七、八十人が押し続く）うねりをなしながら、わっせわっせと声を上げて小走りにデモる。中庭が彼らデモ隊でびっしり埋まり、ヘルメットの色ごとの群れが卍・巴に渦巻くのである。それでも休講する教師はほとんどいなかったように思う。少なくとも私が受講している講座の休講はなかったし、私も欠席はしなかった。このデモの騒音は教室内にも響いたが、前の席に座っていると講義は聴き取れた。このデモに参加している学生はどこからきているのか。むろん國學院生もいるのだろうが、外から来ている学生も多いらしい。私のクラスの学生はほとんど全員授業を受けており、デモに加わっているらしい者はいないようであった。ただ二年次にクラスに転入してきた長岡という学生は、折々、教室を出てデモの連中の中に割って入っては、しきりに論争しているのを、教室の窓から見ることがあった。彼は社青同の一員でオルグ活動をしているとクラスの誰かが言っていたが、私は彼がどういう活動をしているかは直接聞いてもいないし、聞こうとも思わなかった。彼もまた身分を明かさなかった。ただ、昼休みの時間など、よくお互いに読んだ小説やら作家やらについて話し合った。漢文の話などにも興味を持ったようであった。物事を純粋に考え、また逆にどこか老成しているところがあって、良い友ができたと思っていた。彼は一度も私をデモに誘わなかったし、紛争の話もしなかった。もちろん、私もデモに参加する気はさらさらなく、講義の受講と仕事とで手いっぱいであった。とは言え関心が無いわけではない。彼らはなにをどうしたいのか、私なりに考えてもみた。だが、革マルとか中核とか民青その他、ブントだとか全学連そのものの活動など考えてはいられない。周囲の騒乱状態を思うにつけ、私は私自身の問題をもっともっと掘り下げて考えなくてはならない。それになによりも仕事を抜きにしては私の学生生活は成り立たないのである。他大学の紛争も毎日、新聞・テレビに大々的に報道されている。デモに参加しない奴はノンポリだという声も聞こえてくるが、ノンポリで結構だと思った。長岡という男は、私より三、四歳年上らしかったが、ある日、突然「名古屋に行くことになったから」と言って去って行った。それきり彼と会うことはなかった。

クラスの連中は、相変わらず私には幼く見えるので、距離をおいていたが、中に、二・三浪してから入学した男が数名おり、彼らとは少し話が通じたので、一緒に話すようになった。が、親友になれるとまでは思えなかった。彼らとは、『共産党宣言』・『賃労働と資本』・『資本論』とか、『毛沢東語録』などを齧りつつ語りあった。『共産党宣言』には、「経済が社会の土台であること」・「すべての歴史は階級闘争の歴史であること」・「プロレタリア革命は一階級の解放でなく人類全体の解放であること」とある。この内、「経済が社会の土台である」ことだけは、「なるほど」と思った。『賃労働と資本』を読んだときは、「労働力は商品化する」・「労働は商品である」の一文が胸に刺さった。目に見えない「労働」が「労働力」という「商品」として論じ得ることに目を見張った。低賃金にあえいだ母の苦労を今更ながら気の毒に思った。『資本論』は序文のあたりで挫折した。「唯物史観」は面白そうであったが、偏った見方に思えたし、「マルクス経済学」は分かるようで分からない。共産主義も社会主義も隣国に失敗例があるではないかと思った。結局、彼らとの勉強会らしき集まりは、二、三ヵ月で止んだ。

講義の方は、二年次生になってからは、かなり専門科目が増えて面白くなってきた。

そろそろ自分の専攻分野を決めなくてはいけない。岩波の日本古典文学大系をあれこれめくりながら考える。そこから卒業論文のテーマも絞り出さなくてはいけない。専門はやはり古典文学にすべきであろう。古代の文化・文学を究めることで自分が求めている何かが見えてくるはずだ。だが、私はまた近代詩の大手拓次や萩原朔太郎が好きだった。新潮社の『萩原朔太郎全集』は全五巻を購入し、とくに彼の詩論についてノートを取ったりしていたので、朔太郎研究もいいかなあと思ったりした。ところが、ある日、その詩論の本・第三巻『詩の原理』とノートを教室の机の下に置き忘れてしまった。すぐに気がついて捜しに行ったけれど、すでに誰かに持ち去られていた。学生課の紛失係に届けたけれど、ついに出てこなかった。これですっかり嫌気が差してしまい、やはり古典にしようと決めた。いずれにしても日本文学を専攻するつもりでいたのだが、気持ちは次第に漢文学の方に傾いていくようであった。唐詩輪読会は石田先生指導の小規模な活動であったが、友人に誘われるままに國學院漢文学会にも入会した。この学会で、藤野《ふじの》岩友《いわとも》先生という碩学《せきがく》の研究会にも出席できることとなった。藤野先生は、『楚辞』の研究の大家であり、『巫系文学論《ふけいぶんがくろん》』という大著を世に出して、日本中国学会において絶賛された。折口信夫門下の五博士のひとり・藤野先生の学徳からにじみ出る泰然たる空気は、日頃の私の迷妄の靄をさわやかに消え去らせてくれるものがあった。私はますます文学研究の道に憧れてゆくようであった。もしも自分の頭脳がもっと明晰であったら、どんなにすばらしい人生であろう、と思った。けれど、自分の能力について口惜しがり、拘《こだわ》れば拘るほど、疑心が濃霧のように湧いてきて、思考を遮《さえぎ》り、ともすれば無気力に陥りがちになってしまう。

また文学には、創作という道もある。創作か研究か。どちらの道を進むか、ここでもまた躓《つまず》く。何かが決まりそうで、なにも決まらず、二進《にっち》も三進《さっち》も行かない。当時の日記の記事はああでもないこうでもないの連続である。

寝不足でいつも疲れていたが、それでも上野や銀座の美術展には、できるだけ多く足を運んだ。上野の「日本国際美術展」・「二科展」・銀座の画廊の「ユトリロ展」・高島屋の「北斎展」等々。ユトリロの白壁、北斎の渦潮、ともにその独特の色彩は、蒙昧としている我が脳裡に強烈に焼き付いた。それだけでも観に行った甲斐があったと思った。

また、水道橋の能楽堂にも、二、三ヵ月に一度は、石田先生のお誘いで鑑賞に出かけた。たとえば、五月六日の日記の記事。

『羽衣』・『経政』・『班女』。眠い。たいへん眠かったが、荘厳な印象が残っているのは不思議だ。殊に、『羽衣』の天人。向かって左側のやや奥におごそかに立ちませる姿の、いかにも女人らしき丸みを帯びた姿は、その雅びやかな色彩と共に、じつに鮮明である。『羽衣』を観た後、ちょっと廊下に出た。疲れを覚えたからだ。ちょっと中休みをすると、新しい感覚が湧いてきて、はっと感じ入ることがあるのだ。

　　廊下にての妄想
囃子の鼓の音
今のこの時　人々は何をなせるや
窓外を眺むれば　高校の校庭にてバレーボールする男女あり
囃子の笛の音
眼前の坂道を初老婆の登りくるあり
乙女の　涙ながしつつ下るを見る
人は　時々を　何をあくせく生きんとするや
……（中略）……
能とはなんぞ
文学とはなんぞ
云はば遊びの道具にして……
我は再び苦しくなれり
されど激しき情ならず
ただ淡き憂のみ

ああ　我また低迷せりや
かつは　春の憂にこそあらめ

弓なりに考へてゐる今年竹　　旭

十

夕刊を配り終わると、時々、神田伯山先生のお宅にお邪魔した。いつもにこにこ顔で歓迎してくださる。当時は七十歳頃で、講談界の大御所。芸界では、頑固一徹、芸にも人にも厳しいことで知られた先生だが、なぜか私にはとても優しい先生であった。一粒種の大事なご子息を戦争で亡くされた（享年二十）悲憤慷慨《こうがい》は胸奥に潜めておられ、時に世情の堕落を概嘆されることもあったが、概《おおむ》ね文学や古典芸能の話が中心で、私の素朴な疑問も面倒くさがらず、些細な事まで惜しみなく話してくださった。たとえば、「講談は読むもの、落語はかたるもの」「講談は地の文で詳細を描き出す、落語は会話で描き出す」「講談というものは、江戸時代の世相、世情、情緒をしみじみと味わうところに『芸の骨頂』がある」「声を変えて人物を描き分けるのは『声色遣《こわいろづか》い』のすることで、講談や落語では声色は邪道。話芸というものは、『間』と『息』が大事で、この使い分けによって人物を描き分けるもの」などなど、話はいつも尽きなかった。先生は大変な吃音であったが（ただし、高座に上がるとまったく吃らない）、言葉を選び、ゆっくり間を置いて、話を続けられる。奥さまは、いつも傍に黙って座っておられ、時折、お茶を注いでくださるか、縫い物などをしているかであった。ある時、「テレビが古くなったので、この際、カラーテレビを買おうと思っているんだが」と仰るので、すぐに電器屋に行って交渉してくると、ひどく恐縮しながらも喜んでくださったことは嬉しかった。

先生には「伯山後援会」という会があって、吉行淳之介・有吉佐和子・遠藤周作・吉村昭等が名を連ねて二百名ほど会員がいたが、その会にも私をすぐ加えてくださった。しかも「まだ学生だから会費はいらない」と仰って受け取られないのであった。年に四回、会の機関紙「伯山」が出た。この後援会の会合には一度も参加できなかったが、上野・御徒町の本牧亭に出演されるときには、必ず招待券をくださった。本牧亭の夜席には、夕刊を配り終えて、そのまま山手線に乗れば充分間に合ったのである。当時、講談師の総数は激減してはいたが、宝井馬琴・小金井芦州・神田伯龍・服部伸・一龍斎貞丈・一龍斎貞鳳・一龍斎貞水・神田山陽など錚々たる大家がいた。聴きに来ているのは、ほとんど老爺ばかりであったが、重々しくひっそりとした空気は悪くなかった。講談を多く聴くことができたのは得がたく貴重であったが、ただ、後になって少し悔やまれたのは、講談に肩入れしすぎて、落語の高座に足を運ばなかったことである。

講談の他には、文楽を観るために国立小劇場に足繁く通った。当時は、文楽は人気がなくて、開催の月には、予約なしでいつ行っても学生割引で入れたのである。その点、歌舞伎の方は、予約なしで当日切符がとれるかどうか分からなかったので、なかなか行く機会が訪れなかった。

六月十八日（日）の日記を見ると、上野「日本水彩展」に出かけている。尾道の婦人の絵を観るためである。婦人の絵は、去年十二室であったが、今年は十一室になっていた。いつものように花の静物画であった。昨年よりは洗練されている。地味な中にも線は生きていて、真の色合いを求めて丹念に絵の具を重ねている。静物画はバックが難しいというが、薄い黄土色は、空気感が感じられる色調で好もしい。しばらく眺めたのち、同室の絵画を歩きながら見て行った。すると別の部屋に、白髪痩身の黒の背広姿の人が、絵をじっと見つめ、また隣の絵を見つめておられ、少しずつ横に横に歩いて来るのが目に留まった。胸の下あたりに白色の花リボンが下がっている。審査員の先生だと思った。私はそっとその先生に近づいて行った。尾道の婦人の絵の感想を一言でも貰えたら、彼女も励みになるだろうと思ったからである。審査はもう過日に終わっているはずだから、話しかけても大丈夫だろうと、勝手に決めて、声をかけた。「先生、私の友人の絵について、なにかアドバイスしていただけないでしょうか。尾道の人で、本人は遠くて東京に来れないものですから」と小声で言うと、「ああ、いいですよ。その方の絵はどこにありますか」と答えてくださった。私は、十一室の彼女の絵の前まで案内した。小顔の先生であった。唇が薄くきゅっと締まって、左上にひん曲がるように吊り上がっている。この先生は、何かに打ち込むとき、その気迫の余り、余程口元に力が入るのであろう、と思われた。リボンに書かれてあった名前を見て、驚いた。「石井鶴三」とある。あの吉川英治の『宮本武蔵』の挿絵を描いた先生なのである。じっと絵を見つめておられた先生。やがて細い声だが、はっきりと「この絵にはごまかしがないですね。じっと花を見つめて、ありのままの花の色を出そうと努力していることが分かります。うそがないですね。それが絵を描くのには大事ですね」と言ってくださった。尾道の婦人はどんなにか喜ぶことだろうと思い、お礼を言った。それから、私は、「先生は、吉川英治の『宮本武蔵』の挿絵をお描きになった先生ですね」と恐る恐る尋ねた。先生は、一瞬、遠くを見るような風であったが、「ああ、そうですね。描きましたね」と幾分懐かしそうな口ぶりである。「私は、『宮本武蔵』の本を読んだとき、先生と矢野喬村氏の挿絵を見るのがとても楽しみでした」と言葉を足した。見るからに寡黙なお人柄の先生のようであったが、訥々《とつとつ》と『宮本武蔵』の挿絵を描かれた頃の話を小声ながら力強く語ってくださった。六月の少々暑い日であったが、私はいつものように学生服であった。田舎出の質朴そうな若者の真剣な眼差しを感じてくださったのかどうか、思いがけず有難い体験であった。先生の話のあらましは以下のようであった。「先方から挿絵の申し込みがあった時、いくつかの取り決めをしたんだが、とりわけ原稿は遅くとも必ず一と月前には届くようにすることを条件としたんだよ。一と月前くらいに届いていないと、小説の展開に添った絵は描けないからね。小説の本文を読んで、その中から感じとったところを絵にするのだからね。どうしても最低一と月分くらいの原稿を読んでおく必要があるんだ。だから、このことは強く念を押してから引き受けたんだ。ところが、その約束が守られたのはわずか数ヵ月で、だんだん遅延してゆき、ついに一週間前になっても来なくなった。腹が立って彼の家まで出かけて門前で声を荒げたこともある。だが、埒があかなかった。ついには翌日分さえ滞るようになってしまい、ほとほと描くのに困った。時には火鉢と鉄瓶だけを描いて仕上げたこともあるよ。……吉川というのはじつにけしからん男だよ。彼はエラくなってから人間が変わったね。人間は成功してもエラくなっちゃいかん。威張っちゃだめだよ。人間は変わってはいけないんだよ」と、諭すように話された。先生は、私に向かって話すというよりは、ずっと胸中に眠らせていたかつての憤りが目覚めて頭を擡《もた》げたかのようで、私とは直接顔を合わせず、絵画を展示している壁に向かったままの状態で話し続けられた。周囲にはだれもいない。だから、私に話してくださっているのには違いないのだけれど、寡黙そうな先生にしては随分長広舌であった。心中は相当激しておられるはずで、幾分お顔に赤みがさしていたけれど、表情は淡々としておられる。ふと私の方にお顔を向けられて、「君は、画家が志望かね」と尋ねられた。「いいえ、文学志望です」「そうかね。がんばりたまえ。しかし、人間は、出世しても有名になっても、偉ぶっちゃあだめだよ。偉ぶる奴はだめだねえ」と結ばれた。思いがけない立ち話。小一時間も経ったであろうか。高校生の時、なけなしの小遣いを叩《はた》いて買った中央公論社刊の『愛蔵版　宮本武蔵』全六巻。かつて胸わくわくして読みかつ眺めた挿絵である。その画家の先生とお話ができたのである。興奮冷めやらぬ一日であった。先生にお礼を言ってその部屋を出てから、審査員の先生方の展示室に行った。石井鶴三先生の絵は、「相撲風景」という題で、稽古場の土俵で組み合っている力士とそれを取り巻く他の力士たちが描かれた小品であった。ほのぼのとした水彩画だが、相撲場の空気の漲る緊張感が伝わってくる絵であった。私は、それまで石井鶴三という先生については、高名な挿絵画家だということしか知らなかった。後ですこし調べたところによると、先生の本業は彫刻家で、東京芸術大学教授・日本芸術院会員。また洋画家・版画家・挿絵画家だとあった。芸大では、いっさい講義はせず、教室に行くとただひたすら黙々と彫刻するだけであり、学生たちは彫っている先生を囲んで皆てんでに自らも彫るという教授法だったそうである。石井家は、代々画家の家柄で、兄に洋画家の石井柏亭がいる。また、挿絵の話では、大正末年、中里介山の新聞小説『大菩薩峠』の挿絵を描いたが、介山との間で著作権問題が生じて事件となった。裁判の結果は、石井鶴三先生側の勝訴となったとある。制作に対する厳しい心情は、周囲から時に頑固一徹の変人扱いをされることもあったそうであるが、和して同ぜずの信条を貫いた孤高の芸術家であった、との世評は高い。

それにつけても、田舎出の学生である私は、つくづく東京というところは、面白い街だと思った。騙《だま》し騙され、ずるく立ち回ってどうしようもない人間がごまんといる中に、極々たまにではあるが、驚くべき立派な人間がいたりする。玉石混淆とはいうけれど、九十九・九九九％が石屑の集まりである「東京」という世俗の中に宝玉が紛れて存在していて、ごく稀にそれが垣間見えたり、それとすれ違ったりする。そんな出会いは滅多にあるものではないが、この日の私は夜通し興奮したことであった。

ところで、この前日（十七日）、中国が水爆実験を行ったことが報道された。三、四日後には、その放射能が日本上空に及ぶ懸念があるとのことであった。

以下は、六月二十二日の日記から。

昨夜、眠りについたのは一時頃であったように思う。今朝は五時半に目が覚めた。いつもは四時前であるから、ずっと遅い。大急ぎで新聞を揃えて出たのだが、もう少しで三百枚を配り終える頃には、すでに八時近くなっていた。大黒星である。あたふたあたふた大急ぎで走り回ったのだけれど、すっかり遅くなってしまった。気になっていた空模様が崩れてきた。暗い雲がいっそう黒くなったと思うと、まるで雑巾を絞ったような勢いでざあざあ雨が降り出した。だが、雨宿りをしている暇はない。早く帰らないと学校に遅れてしまう。自転車を飛ばす。ばさばさと雨が頭を打つ。うすっぺらな服やズボンに雨がしみて、膝がびしょびしょになっても、これ以上急ぐことはできない。焦ってもしかたがないが、さりとて悠々ともしておられず、ただギッチョンギッチョンひたすらペダルを踏む。中国の核実験の報道を知らぬ者はいないので、行き交う人々はみな傘をさしており、傘のない人は家々の軒先に避難している。私の目前を濡れながら歩いていた二人の男の人は、ちょうど通りかかったタクシーを止めて乗り込んだ。雨に濡れているのは自分だけである。交差点にさしかかった。信号は青。それでも自分はここで右折しなければならないので、スピードを落とす。その途端、二台の自転車が私の横をすうーっと追い越していった。土方風の男たちであったが、その内の一人が、すれ違いざまに、いとも気味悪げな声で、「シンブンヤさーん」と言った。ただ声をかけたばかりで、それは呼びかけたのでもないらしく、会話の主語にも目的語にもなるような響きでもなかった。ただ私を見かけたから、そして私がずぶ濡れだから言ってみただけのこと。その男たちも黒い雨が気になりながら、でも急がねばならないからしかたなくずぶ濡れになっていて、そういうずぶ濡れ同士だから、いわば同類のよしみで声をかけたような、そんな感じの声であった。次の角を曲がった時、それまで通りの家の軒先に雨宿りをしていたらしい若いサラリーマン風の男が、私のずぶ濡れに勇気を得たのか、あるいは避難しているのを臆病と見られたくないからか、さっと飛び出して雨の中をずんずん歩きだした。やがて、私が販売所に着いた頃、雨は小降りになった。着替えて朝飯を済ませ、登校する時分にはすっかり雨は止んでいた。

……放射能が含まれているかもしれないという雨降りの朝の笑うに笑えない一コマである。

翌日の新聞によると、放射能は日本の上空をとっくに過ぎており、この日の雨には放射能は含まれていなかったとあった。

稲妻のとらへし山の巨《おほ》いなる　旭

十一

郷里の先輩で、昨年（昭和四十一年）、京都大学に入学した小林さんから久しぶりに手紙が来た。今年（四十二年）の三月に転部試験を受けて、経済学部に移ったとある。彼はフランス文学を研究すると言って文学部に入ったのに、転部したとはなんだか残念に思った。関西方面の大学紛争も激しく、殊に京都大学の荒れ様はマスコミで報道されているとおり凄絶なのであろう。彼はその紛争の渦中にあって、今は文学よりも経済学を究めねばならないと、決断したのであろうか。郷里で共に浪人中であった頃、私に熱く文学を語っていたのに、大学紛争のただ中において彼を突き動かすものがあり、方向を転換せざるを得なくなったのであろう。だが私は彼のその方向転換がなぜかさみしく感じられた。彼は彼自身で決めた道を進むのであるから、私が残念に思うことはまったくないのであるが、なぜか惜しい気がした。たぶん、それは、私と同じ文学の道でなくなるという淡い喪失感によるもので、とるにたりない浅はかなセンチメンタルに過ぎないものであったろう。私自身はといえば、「大学紛争の成り行きには関心を払い続けなければいけないが、自分自身は紛争には巻き込まれはしない」と、いつの頃からか決めていた。東大、日大に劣らず、國學院大學も紛争は過激さを増してきており、幾多の左翼団体が渦巻き、加えて右翼の学生たちも不気味な動きをしているらしく、学内はむろん渋谷駅周辺までも騒然としていた。

ところで、今年（昭和四十二年）の四月には、この駒込販売所に、また二人の奨学生が入って来ていた。駒沢大学と日本大学の学生である。二人とも入所当初は真面目に働いていたが、やがて日大生の方が紛争に加わるようになった。するとすぐに彼の仕事ぶりは乱れ、なにかと聞きかじりの屁理屈を並べては周囲のだれかれに食ってかかるようになった。群馬県の安中出身のこの若者は、素直で朴訥な性格であったのだが、百八十度ひっくり返り、生意気で依怙地で強情な怠け者に変貌してしまった。これでは、奨学生として勤まるはずがなく、間もなく仕事も大学も辞めてどこかに消えてしまった。

前にも記したように、私の新聞の配達区域は北区西ヶ原三・四丁目であるが、なにしろ坂の多いところである。ある朝、坂道を下ろうとして、自転車の車輪が道路上の小石かなにかを踏んで、ハンドルを取られ、新聞を後ろに積んだまま路上に横転した。したたかに足と腕を打ち、顔面の左側をアスファルトで擦りむいてしまった。さいわいに骨折はせず、手足の痛みもさほどではなかったが、顔がひりひりして、血がにじみ出た。急いで配り終わって、近くの外科で診てもらったが、ぐるぐる顔に包帯を巻かれてしまった。多少、足を引きずる程度で、特に身体に異常もなかったので、当日も翌日も包帯をしたまま登校した。すると、一週間ほど経った頃、クラスのわりと親しい奴から、「お前、デモに行ったんだろう。その顔はどうしたんだ。クラスの連中は、波戸岡はきっとデモに行ってやられたにちがいない、と言ってるぜ」と囁《ささや》かれた。むろん、怪我は仕事で転んだからだと、事情を話したのだが、ふだん、くそまじめで、滅多に笑顔も見せず、ほとんど級友たちと話もしなかった私であったから、あらぬうわさがたったのであろう。それとまた、そういう妙な風聞がすぐにたちやすいほどに、キャンパス内全体が荒れていたのである。私は、デモに参加することはもとより、デモを見に行くことすら思いもしないことで、時間の余裕ができれば、もっぱら美術展か講談の本牧亭もしくは文楽（「国立小劇場」）に出かけていた。

六月二十七日（火）。夜、国立小劇場の文楽に行く。五列の二十番。一等席であるが、金額は千円。しかも学生は三割引なので、七百円。演目は、「夏祭浪花鑑《なつまつりなにわかがみ》」と「道行《みちゆき》恋苧環《こいのおだまき》」。文楽は、舞台装置・人形遣い・義太夫・三味線、どれを取っても見事なもので、優れた古典芸能で面白い。（以下、観劇メモ……省略）。歌舞伎も観たいが、なかなか機会がない。

だが、この十日ほど後、思いがけず、歌舞伎座ではじめて歌舞伎を観劇する時がやってきた。

七月八日（土）。今日は、一二時半から大学で漢文学会の前期の納会がある。これに出席するために、夕刊の配達をS君に頼んだ。あいにく雨模様なので、彼は渋ったが、わけを言って頼むと、「クソ真面目なヤツめ」と呆れつつも承知してくれた。十一時、販売所を出る。雨が降ったり止んだりで、連日わずらわしい。十二時、大学着。一時過ぎまで図書館で王維の詩「皇甫岳の雲渓雑題　五首」を考える。詩語の出典を調べようとするが、原典の白文（句読・訓点を施さない漢文）はなかなか読みづらい。一時半、教室に行き、会場設営の手助けをする。二時半、開会。はじめての参加なので多少緊張していたが、いつまで経っても何も始まらない。ジュースとケーキが配られてただ雑談するばかり。教室の外は、また雨がしょぼしょぼとしょぼつきだした。四時近くなったが、なんの話題も出ない。こんなことでは、代配を頼んだS君に申し訳ないから、急いで帰って配達をしようと思い、退出することに決めた。退出する前に石田先生のところに行き、十五日の能の鑑賞に、学生数人を連れて行くことについての打ち合わせを済ませて、教室を出た。退出はしたものの、このまま急ぎ帰るかどうか迷った。帰って配達するためには、すぐにS君に電話をかけなければいけない。構内の電話ボックスに急いだ。だが、もう四時を過ぎている。すでに配り始めているかもしれない。電話をかけるのはやめにした。せっかく引き受けてもらったのだから、帰らないで、この時間を使って、何かするなり、行くなりしよう。友人のところに行ってもつまらない。どうしよう。そうだ、歌舞伎を観に行こう。それがいい。さっそく国立劇場に電話する。今月は興行しておらぬ由。されば、歌舞伎座に電話。五時から夜の部があるとのこと。ふところ具合をかえりみて、うん、よし。出発。地下鉄銀座線。銀座で降りる。大通りを行き交う人の多いこと。大勢も大勢……。土曜日とは知らなんだ。

今月の歌舞伎座は「七代目三津五郎七回忌追善興行」と銘打っていた。窓口で、三階席を買う。「と‐10」、四百円。初めて歌舞伎座に入る。『蘭平物狂《らんぺいものぐるい》』（簑助・八十助）。『口上』、『積恋雪関扉《つもるこいゆきのせきのと》』（左団次・芝翫・梅幸・三津五郎）、『伊勢音頭恋寝刃《いせおんどこいのねたば》』（勘弥・三津五郎・芝翫・多賀之丞）。三階席は天井に近くかなり高所で舞台が遠く小さい。人物もずいぶん小さいが、役者の衣裳がどれも派手で鮮やかな色彩なのに驚いた。白黒のテレビでは予想もつかなかった。能の衣裳の品格に比べるとややけばけばしくて、見劣りがすると思ったけれど、それにもすぐ慣れて、むしろ鮮明な色彩であり、しかも色の配合が面白く冴えていて印象的である。まず最初の『蘭平物狂』に目が釘付けになる。幕が開くと、黄色の簾の下りた御殿の庭を三人の奴が箒で掃いている。彼らは黒白のたて縞の着物を尻っぱしょり、赤の折り返しに、派手な黄色の帯を締めている。この幕開きだけで、目を奪う色彩。そして、迫力満点の立ち回り。極め付けは、花道に五mの大はしごを使っての大立ち回り。捕り手がしきりにとんぼを切る。

この日の日記の鑑賞メモは、演目ごとに延々と続くが、省略。

私は、この日から歌舞伎に嵌《はま》ってしまった。一週間後の能の鑑賞の日の翌日、十六日（日）には、朝刊を配り終えると歌舞伎座に直行し、十一時から夜の十時ちかくまで、昼夜ぶっとおしで観た。昼の部は立見席にした。一幕五十円三枚で百五十円。

立見席とはいうものの椅子があり、三階席とさして変わらない。演し物《だしもの》は、『舌出三番叟』（簑助）、『壺坂霊験記』（左団次・芝翫）、『勧進帳』（三津五郎・勘弥）、『豊志賀《とよしが》の死』（梅幸）、『三人形』（辰之助・新之助・菊之助）であった。三津五郎の弁慶は、初役だというが、勘弥の富樫ともども、緊迫したすばらしい出来であった。『壺坂』は、綾太郎の浪曲で筋は知っていたが、芝居で観るとまた味わい深い。観音様が、子役というのは、能の神仏も子役であることと通じている。

夜の部は、思い切って、一階席を買った。「ね－40」、千二百円のところ学割で千四十円。一等にしては、後ろの席だが、花道のすぐ側であった。舞台が間近く、役者が迫って見えた。眼前で観る『蘭平物狂』の立ち回りの迫力は、三階席とは比較にならない。役者たちの汗がきらきら光り、その息遣いが身に迫って聞き取れる。『口上』は、幹部俳優の勢揃いで、七代目三津五郎の思い出を語る。殊に踊りの名人と称される役者だったそうだが、芸には厳しいが温和な人柄であったことがよく分かった。『伊勢音頭恋寝刃』は、夏芝居らしい涼しさと凄惨な殺し場が見どころ。勘弥という役者の二枚目ぶりが、すてきである。福岡貢《ふくおかみつぎ》（主人公）役の勘弥が花道をさっさと音をたてて出て来た途端、何か事を起こすにちがいないという、殺気とまではいかないが、容易ならざる気配を感じさせた。歩き方ひとつで、空気が変わる役者の演技力に驚いた。小顔の二枚目の整った容姿といい、高音の澄んだ声も好もしく、勘弥に一目惚れしてしまった。

しかし、歌舞伎の一等席は、やはり高い。この日、ためしに一度だけ買って観てみたが、学生であるから贅沢はやめよう。今後は三階席か立見席で観ることに決めた。この日以降、私は毎月一回は、歌舞伎座か新橋演舞場に足を運ぶようになった。

殺し場となる幕が開き蛙鳴く　旭

十二

大学に入ってから、一年と四ヵ月が過ぎた。少しは体重が増えて四十三kgほどにはなったが痩せており、足らぬ体力を気力でなんとか補っている日々であった。食事は相変わらず近くの給食センターからの仕出しで旨くはなかったが、安い食事代で腹いっぱい食えるのがなによりであった。時々は腹を下したり、風邪を引いたりすることもあったが、寝込むほどではなく、仕事に支障をきたすような病気や怪我はしないできた。とはいうもののまったく無事だったわけでもない。前年の十月末、大学祭（若木祭）等で休講日が続いた折りを見計らって痔疾の手術をして四日ほど配達を休ませてもらったことがあったのである。これは二年越しの疾患で、自転車に乗るのが頓《とみ》に苦痛になってきたので、思い切って手術することにしたのである。販売所の所長から近所の病院を教えて貰い、ためらわずそこに出かけた。ところが、この医者がけっこう乱暴な男で、私の患部を診るなり、「うむ、こりゃ切らんといかん」と独り言をつぶやいたかと思うと、すぐ隣の手術室に移れと言う。手術室とは名ばかりで、白いカーテンで仕切っただけの狭い部屋の中央にベッドがあるのみであった。医者は何かごそごそしていたが、突然、一人合点したかのように、「麻酔の注射を打つと、治りが遅くなるから、麻酔は使わん」と言い捨てるが早いか、私の意向などまったく聞こうともせず、いきなりメスをふるった（らしい）。悶絶寸前とはこのことであった。この時の激痛は、筆舌に尽くしがたいもので、「大地が引き裂かれる」どころの痛みではなかった。痛いやら苦しいやら心底腹が立つやらであったが、すべては後の祭りである。後日の話によると、かの五十がらみの医者は、「彼はもともと獣医で、戦時中は軍馬を診る役だった」そうである。とんだ医者にかかったものだ。がまあ、ともかくもその荒療治のお蔭（？）で治りはいくぶん早かったように思う。

ところで、もともと夜型の私は、どう頑張ってみても早寝早起きができない。つい寝床に就くのが朝の一時、二時になり、それで四時起きなのであるから、ほとんど寝ていないのも同然である。むろん空いた時間には寝溜《ねだ》めもするのだが、いつも寝不足状態なので、両眼の奥に鈍痛を覚えるようになり、肩が張り、たえず頭痛気味であった。眼科で診てもらうと、「眼精疲労」だと言われ、目薬を出してくれたが、さして効果はなく、痛みは増すばかりであった。寝不足は身体に悪いと思うから、睡眠時間を確保すべく、いろいろ工夫してみたが、どれも長続きしない。こんな状態でいては、どこか身体が変調をきたすに違いないとも思うのだが、改めることができないで、日が過ぎて行った。

そうこうしているうちに、大学はやっと夏期休暇に入って、ほっとした。最初の一週間ほどは、朝夕の配達の他は、たっぷり眠った。狭い部屋の日中は暑くて寝苦しいのだが、死んだようになって眠りこけた。

八月に入ると、すっかり元気になった。

八月四日（金）

夜間、新聞の拡張の仕事を了えての帰途、染井銀座通りの中ほどの書店で、「馬酔木」とゴーゴリの『死せる魂』上下（新潮文庫）を買う。「馬酔木」のページを繰っていると、次第に作句欲が湧いてきた。俳句は、高校三年の秋頃から詠んでいたのであるが、日立の会社勤めや品川でのアルバイトの間は作ったりやめたりであった。大学に入ってからはピタリとやめていたのである。スケッチ・俳句・短歌・詩等少しずつできることをして、創る喜びが味わいたい。対象はいくらでもある。自然と社会がある限り、対象の尽き果てることはない。枯れ果てるとしたら、自分の心である。自分の心が枯れ果てるのは、希望なき心のためである。モーパッサン『脂肪の塊』・『ベラミ』を読む。

運動神経がさしてよくない私は、総じてスポーツ観戦は好きなほうではない。人に誘われても、野球とかボクシングなどを観に行きたいとは思わないのだが、それでも、プロと名のつくものは、一度は観ておきたい。いや観ておくべきだと思っていた。それで、販売所の先輩に誘われた時、すぐにその気になって、後楽園球場のナイターを観に出かけた。その先輩というのは、入所当初に、掃除がもとで揉み合いになった人である。彼は私より六、七歳年上で、多少気短かだだが、真面目で責任感が強く、気性はさっぱりしていた。将来は八百屋の店をもつという志を強く抱いていた。試合は、東映対南海。三塁側の自由席。観戦券は、店の新聞拡張に使うサービス券である。グラウンドがずいぶん遠くて、選手たちは豆粒ほどにしか見えない。もともと選手のことは知らないのだが、マイクで名前が呼ばれても、だれがだれだか分からない。それでも、三回、四回と回を重ねるにつれて、場内の熱気が上がってゆくのがよく分かった。草切り鎌のような細い月が、すぐ近くに見えていたが、八時過ぎには隠れてしまった。試合に見入っている観客の間を、コーラ・ジュース・あんパン・ポップコーンなどを売って歩く少年たちの右往左往する姿が、なんともいじらしく見えた。隣席の先輩は、ビールを飲みながら観戦していた。広瀬・野村がホームランを打った。試合結果は、東映〇点―南海五点。夜空の爽やかな空気感だけが記憶に残った。ナイターの外野席の解放感は、悪くなかったが、結局、プロ野球を球場で観戦したのはこの時だけであった。

ついでに、プロボクシングの方は、販売所の所長さんが後楽園ジムに連れて行ってくれたことが、これも一度だけあった。当日のメインエベントが、「ガッツ石松（当時のリング名は鈴木石松）の試合だから行こう」と言われたが、そのボクサーの凄さはまったく知らず、ただなんとなく見ておいたほうがいいように思われたので、お供をした。ガッツ石松の試合の前の、前座の少年たちの試合は、殴り合いのけんかを見ているのと同じで、生臭さが強烈であった。互いに殴られた部分が、みるみる真っ赤になってゆく。顔が脹れる。膨れる。鼻血が出る。血が流れる。痛々しさが先に立ってしまう。二試合が終わって、さてガッツ石松の登場。森の石松に倣って三度笠と縞の旅合羽を片手に出てくると大喚声。昨年プロデビューしたばかりだが、この話題のボクサー（一九七四年四月、WBC世界ライト級チャンピオン奪取・五度防衛）は、全身オーラがでており、迫力満点であった。彼を眼前で見たのは、この時だけであるが、強烈な印象を受けたことであった。

鶏頭のまともに立つてゐるふしぎ　　旭

十三

新聞の配達員はつねに不足気味であった。たまに「募集広告を見た」と言って来る人がいると、所長が面談をして、おおむね真面目で健康そうであれば、すぐに採用した。本籍地や家族なども一応確認しているとのことであるが、多少曖昧なところや嘘が交じったりしていても、細かには詮索しなかったようである。それゆえに、時には、事務所の金銭箱からこっそり金を盗んでは遊興に費やす者や、或いは自分で集金して廻った購読代金をそっくり持ち逃げして行方をくらます者もいたりした。もっと酷《ひど》いのは、自分の配達区域内の若い女性購読者を誑《たぶら》かし、その女性から妊娠したと告げられるや、夜逃げ同然、すぐに販売所から姿を消してしまった男がいた。この男は、妙に人懐《ひとなつ》っこく、口達者で、すこぶる調子の良いところがあった。いつも目がきょろきょろしていて気弱そうに見えたのだが、なにかと目敏《めざと》く立ち回る所があった。むろん、恋仲などというのは嘘っぱちで、はじめから小狡《こずる》く翫《もてあそ》ぼうとしたのであろう。この男は狡いところもあるけれど憎めない奴だ程度に思ってつきあってきたのだったが、このあまりにも無責任な行為には、驚き呆れ、度しがたい奴だと思った。配達員の不始末に所長もほとほと困ったであろうが、なにしろ当人は行方知れずであり、本籍地も曖昧で連絡の取りようがないのであった。結局、その女性は泣き寝入りするしかなかった。「生き馬の目を抜く都会」という俚諺《りげん》は知ってはいたが、それにしても、人間の一人や二人くらいは簡単に跡形も無く姿を消し去ってしまうことができる（らしい）「東京という大きな闇」が、いまさらに怖いと思った。

怖いといえば、配達時の車も怖い。雨や雪の日は殊に怖い。路面配達に交通事故はつきものである。

販売所には自転車は十数台あるが、バイクは一台しかなかった。バイクで配達できれば楽であろうが、自転車と歩きとが当たり前の時代であったから、バイクで配りたいなどとは思いもしなかった。第一、免許を取る気などまったくなかったのである。販売員の中には、五十ccのバイクの免許を持っている人が数人いた。その中に、前に記した北海道から来た歌手志望の彼も、かつて田舎にいるときに取得したらしく免許を持っていた。彼は一週間の内三日ほど、近くの教室に歌を習いに行くだけで、後の多くは販売所に居た。だれかが配達し損なったりすると、「届いていないぞ」と叱りの電話がかかってくる。すぐに届けなくてはいけないのだが、当事者の配達員が居ないときは、販売所に居る者が代わりに届けなくてはいけない。

その時、運悪く、販売所にいたのが、歌手志望の彼だけであったらしい。おとなしくこころやさしい彼は、自分の配達ミスではなかったのだが、所長に頼まれるとすぐバイクに乗って届けに出た。ところが、バイクを走らせて五、六分、彼は大型トラックに撥ねられてしまったのである。即死状態だったという。救急車で病院に運ばれて行き、その後、北海道から両親が迎えに来て遺体を連れ帰り、北海道の生家での葬儀には読売本社の人や所長が出席したそうである。我々販売所員は、彼の遺体には会えずじまいであった。後日、警察からの報告によると、彼自身は制限速度内でゆっくりバイクを運転していたのだが、すぐ前に商用車のバンが停車した。彼はそれを避《よ》けようとして右寄りに走らせた。バンの右横をすり抜けようと接近した直後、急にバンの運転席のドアが開いた。そこで更にハンドルを右に切って、そのドアを避《よ》けようと道路の中央に出た。すると、すぐそこへ反対車線いっぱいに、大型トラックが向かって来た。突然のことで、バイクの方もトラックの方も避けきれず正面衝突し、バイクの彼だけが亡くなったというのである。話を聞いて、なんとも彼が気の毒でならなかった。それに、これはまた他人事《ひとごと》とも思えないことであり、身震いがした。遠く北海道から出てきて、二十五、六歳の若さにして、この事故死とは、なんともあっけなく、悲惨であり、ただただ気の毒としか言いようがないのであった。

交通事故とはつねに背中合わせのような新聞配達であるが、しかしながら、ふだんは車が怖いなどということは忘れて働いている。殊に私のごときは、いつもいわれなき羞恥心を抱きつつ、すこしでもはやく配り終えたいと焦るのみであった。雨の日は新聞を濡らさぬように気配りが大変である。また大雪の日は長靴の中に入った雪のために足が冷たさを通り越してたまらなく痛いのであった。

ところで、当時の日記をめくってみても、この大事故のことはまったく記していない。私の日記は、ほとんどが内省のための日記で、相も変わらず自分自身の無能と怠慢を嘆き、もがき苦しむ記事ばかりで、日々の出来事の記録はきわめて少ない。

幼児期から本に飢えていた私は、毎月の給料の大部分を使って書籍を買い集めた。大学の生協の書籍部でも買ったし、神保町にも時間さえあれば出かけて、両手にいっぱい買って帰った。六畳ばかりの部屋では、机の周りに幾山も積み上げたけれど収拾しきれないで困っていた。ちょうどそんな時であった。配達先に大工の棟梁の家があって、ある日曜日、購読料の集金に行くと、奥から棟梁が出て来て、「まあ、ちょっと上がりなさい」と座敷に招かれた。六十歳前後と思われるこの棟梁とは、これまでまったく話をしたこともなかった。滅多に会うこともないのだが、たまに出会っても、棟梁はむすっとしていて、私がお辞儀をすると、こくりと頷いてくれるくらいであった。その棟梁が手ずからお茶を淹れてくれた。そして、「いつもごくろうさん」と労《ねぎら》ってくれ、田舎はどこかねとか、どうして新聞配達をしているのかなどというようなことを尋ねられるのであった。私は、「今、大学生で読売奨学生として働いています」と答えた。すると、「ほう、そうかね。すると、本などいっぱいあるんだろうなあ」と言う。「はあ、まあそうです」と答えると、「そうか、それじゃあその本を置く棚板をあげよう。松の木ですこし節目が多いが、棚板にするのにちょうどいいのがある。あとで削って仕上げておくから来週にでも取りに来なさい。二枚ほどでいいかね」と言うのであった。無愛想に見えた棟梁のこのご好意は、思いがけないことであった。

今、棟梁は無愛想だったと記したが、じつは、私自身、ふだんほとんど笑顔を忘れてしまっており、配達先の家の人々に出会えば、ぺこりとお辞儀をして小声で挨拶するかしないかで、走り去る日々であった。三百軒ほどの配達先は、言うまでもなく、いろんな種類の人たちがいて、愛想よく、「ごくろうさん」と声を掛けてくれたり、時には「これを使って」と靴下をくれたりする家もあった。だが、プレゼントは有難いとは思ったが、二度目の時は、「ありがたいのですが」と言って辞退した。偏屈で依怙地な奴だと思われても仕方がないのであるが、なにかしら憐れみを受けるようで、素直に受け取れないのであった。

そんな偏屈な私であったが、この棟梁のご好意にたいしては、とても素直な自分になっていて、ありがたい気持ちになった。棟梁の気持ちは憐れみではなく、共感と激励なのだと思われたし、「人生、意気に感ず」に似たような思いが交わせたように思えたのであった。言うまでもなく、配達先の中には、こちらを見下す人も少なくない。まるでその人の裏側の顔を見せられているかのような嫌な思いをすることもしばしばであった。やたらサービス品を持ってこいとか、支払いを渋ったり、嫌みをいったり、新聞代を半年以上も払わないままアパートからとんずらしてしまったりする人もいる。

ともかくいろんな人に出会って、いろんな経験をさせられることであった。おりおり、内省的な悩み苦しみの波とこの新聞配達の仕事上の波とがぶつかり合うと、寝不足による気の弱りも手伝って、どうしようもなくなるのであったが、そんな時は、少しでも睡眠を取るのが一番なのであった。それにつけても母親譲りなのかずっと以前から肩の凝りがひどい。睡眠不足で余計に神経がこるのであろう。そして、目が堪《たま》らなく痛い。視力はずっと一・五であったのだが、幼時から太陽が眩しくて、日光の下では目を細めてしまうほど目が弱い質《たち》であったが、この秋頃から、太陽が眩しすぎて眼球が痛くて堪らなくなった。それに、歌舞伎座や新橋演舞場の三階席から、役者の姿がぼやけて以前のようにくっきり見ることができなくなってきた。眼科に診てもらっても、ただ眼精疲労というだけであったが、ある日、「そんなに眩しいのなら、サングラスでもかけたら」と言われたので、青い濃いめのサングラスを買った。これで杖を持ったらまるで昔の按摩さんスタイルである。しかし、はずかしいとは言っていられなくて、この先、一年くらい、室外ではサングラスをかけて痛みに耐えた。

棟梁から貰った本棚二枚のお蔭で本の整理ができた。神保町通いは続いた。日曜の午後など時間に余裕がある時は、「日本書房」の並びにある「白鳥」という喫茶で、珈琲を飲みながら、買ってきた本を読むのは嬉しいひと時であった。が、ある時、珈琲カップを取りあげようとして、ふと手首を見ると、掌の側面がインクの墨で黒ずんでおり、指先や爪の間も薄黒いのであった。新聞のインクが染みついているのである。白いカップだから余計目に付いたのであろう。そして、飲み終わって、椅子から立ち上がりかけて、ふと右脇腹に目がいくと、焦げ茶のセーターの編み目が粗く透けて見えた。どきっとしてよく見つめてみると、その部分だけ磨り減っているのである。左利きの私は、左肩から配達紐をかけて、右脇に新聞を抱えるので、その重みで右脇腹部分が摩耗しているのであった。だれが見ているわけでもないのだが、恥ずかしくて思わず両頬が火照った。

一日を照葉のごとき浪費かな　旭

十四

七十年安保反対の大学紛争は日増しに激して、狭いキャンパス内をヘルメットのデモ隊が渦巻状にわっしょいわっしょいと走り回り、絶えず怒号が乱れ飛ぶ。その喧噪のなか、それでも國學院大學の文学科は、休講はほとんどない。私は相も変わらず一番前の真ん中の席でノートを取り続けた。いつも睡魔との闘いであったが、真面目さを崩すことはなかった。

前にも記したことだが、文学科の講義であっても「文学」そのものを教わることはできないのである。受講の目的は、どこまでも文学に関する諸々について教わることでしかない。つまりは、「文学研究について」学ぶことなのである。講義というものを、このように納得できてからは、私は、いっそう熱心に受講した。時には砂を嚙むような退屈な講義でさえも耐えられるようになった。所詮、「文学とは何か」という問題は、自分で解明し自得するものであって、人から教わるものではない。要するにそれは、「自分にとって文学とは何か」ということなのであるから、自分で考え、自分で感じてゆけばいいのである。

それにしても、この当時の日記は、青臭く苦悶するばかりの、言わば内省的な記事で埋まっている。暗いトンネルはまだ続いていたのである。曰く、自分という人間が分からない。何のために生きているのか分からない。考えては悩み、悩んでは考え、自分の非力を嘆き続けているのであった。なんとかして、トンネルから抜け出したいと思い続けていたのである。

（ある日の日記から）

何のためにいきているのか。こう僕が僕に問いかけるとき、僕は生きているということを、つまり自分の生命を、何か自分以上のもののための「手段」と見なそうとしていることにならないだろうか。その場合、自分の生命を「手段」とするならば、それによって自分以外の何かを充足させなくてはならない、ということになるのだろうか。あるいはまた、生まれてきたことが、単に生物学的な因果によるだけでなく、ずっと形而上学的な意味合いをもつ因果関係によっているということなのであろうか。果たしてそうなのか。もしもそうであるならば、人生の目的は、幸福の追求とか、人格の完成とか、世のため人のためとかにあるのではなく、もっと崇高なもの、言うなれば、死の恐怖さえ凌駕してしまうような絶対的なものであるべきだろう。だが、そのような考え方は、僕という人間を分裂させて二つの人格を創造するか、そうでなければ、此の世の創造主、神を引っ張り出してこないかぎり、成り立たないのではないか。しかし、自分の中にもうひとりの価値ある自分を想像することも、神というような絶対的な存在を認めることも、僕には出来ないことなのである。

だとすると、この「なんのために生きているのか」という問題自体が間違っているのではないだろうか。少なくとも「なんのために」という問いは、自分以外に「目的」を求めていることになるのである。それは、すなわち、自分をなにかのための「手段」

とみなすことになってしまうであろう。自分が何かのための「手段」として生きている、そんなばかなことがありうるだろうか。いや、ありえない。あってはならないことだ。

たとえば、ここに一個の蜜柑があるとする。この蜜柑は何のためにあるのか。「それは、誰かに食べられるためにある」という答えはあきらかに間違っている。少なくとも蜜柑の立場に立ってみれば、絶対、ありえない答えである。本来、蜜柑は蜜柑のためにあるのであって、人間に食べられるためにあるのではないのであるから。食べるためにあると思うのは人間側の勝手な解釈である。蜜柑にとってみれば、この上なく迷惑な話である。蜜柑は一個の生命体である。人間も同じ一個の生命体である。してみると、蜜柑が蜜柑自体として存在しているように、人間も人間自体のために存在しているのでしかないのではないか。言い換えれば、自分は自分のために生きているのであり、生きるために生きているだけのことなのである。

要するに、「なんのために生きているのか」という問いかけは、自分自身を自分以外のなにかのための「手段」とみなすことになるのだから、この問いかけ自体が間違っているのだ。

というところまで、考えてみた。だが、この理屈が身に沁みて分かったというところにまでは、まだまだ行き着いていない、とも思う。それにつけても自分とは何ほどの者であろうか。この程度のことまでしか自分の考えは進まないのか。僕の能力はこの程度でしかないのだろうか……。

それは、ある日曜日の午後のことであった。勉強の途中、ある書の本文を確かめようと思って、鴨居の上に並べてある中の一冊の本を取ろうとしたときのことである。手を伸ばしたら、本は指先には触れたが、部厚くて奥まっているので手に取ることができない。踵を上げたがまだ取り下ろせない。私の身長は百六十五㎝。えいっと跳ぶと、咄嗟に本がしっかりつかめて取り下ろすことが出来た。

なんでもない出来事である。なんでもないことなのだが、この時、私は、あれっと何かに気づいたのである。手に取った本をしばらく持ったまま、私はじーんと心に感じるものの正体を知ろうと待った。この一瞬は、かつて幾度か経験した、あの貧血状態気味の朦朧とした心理状態に似ているなと思った。が、それとは明らかに違っている。あの時は、何かつかめそうでつかめないままの幻想でしかなかった。だが、この時は、それとは違っていた。「これだ!」と思った。「これが私なのだ」と分かったのである。私はずっと「何のために生きているのか」という問いと同時に、「自分とは何か」を考えあぐねているのであったが、この時、ふっと自分という人間の能力が分かったように思えたのである。すなわち、自分という人間は、ただこれだけの人間なのだ。たとえてみれば、百六十五㎝の男なのである。百六十五㎝以上でも以下でもないのだ。百六十五㎝の男は、ただ立っているままでは棚の上の本を取ることはできない。だが、跳び上がれば、本が取れたのである。跳び上がれば跳び上がった分だけは、自分の背丈以上の高い所に届いたのである。これが大事だ。これが、生きていることの意味なんだろう、と直感したのである。

私はこれまでずっと自分の能力が高くないことばかりを嘆いていたのであった。優れた能力をもたない人間は、なにをやっても優れた者には勝てず、劣っていることを思い知らされるだけだと悲観してきたのだったが、能力の多寡を悩むよりも、もっている能力を働かしてみることが大事なのだ。そうだ、たとえばコップの水だ。コップの中の水の量を能力とみなすとき、水の量は多いのに越したことはないが、たとえ少なくても、コップを揺すって波立たせれば、揺すった分だけは高く波立ち、コップの側面を濡らすことができる。逆に、揺すらなければ、どんなに水量があっても波立たない。水の量が少なくったってそれは仕方がないことだ。それよりも、自分にあるだけの水の波立ちこそが、大事なのだ。それが生き甲斐というものであろう。それが生きている証しなのであろう。と、ここまでは、理屈でなく、すっと会得できたことであった。

すると、この直後、私はすとんと腑に落ちるものがあって、くるりと私自身に対する見方が変わったのである。言わば、百八十度転換したと言ってもいい。途端に、心身が軽くなった。これまで、何が苦しいのか、どうして苦しむのか、分かっているようで分かっていなかった。自分が苦しいのは、テストにたとえて言うならば、いつも自分自身を百点満点の方からばかり見ていたからなのであった。努力すれば百点取れるはずなのに、努力するふりばかりで、碌《ろく》に努力もせず、挙げ句には、七十点しか取れない、六十点しか取れないなどと慨嘆し、苦しんできたのであった。

ところが、このコップの波立ちの意味を自得したと同時に、私は私自身を〇点から見ることができるようになった。すると、ああ五十点でも六十点でも良いではないか、〇点よりはずっと良いではないか。頑張った分だけはよく頑張ったと認めてやってもよいではないか、と思えるようになったのである。これは、うれしかった。やっと自己肯定ができたのである。

そこで、改めて、「何のために生きているのか」と自問してみた。すると、答えはいとも簡単に出てきた。それは、「生きるために生きている」のだ、と。これは無目的ということではない。ことばを足して言うと、「よく生きるために生きている」ということなのである。人生の目的は、結局、「よく生きる」ということ以外にありえないと思えるのであった。かつて、有名な某作家は、「人生は、生きるために生きているとしか言いようがない」と言い「ぼんやりとした不安」から自殺したけれど、私は、「生きるために生きている」と分かって、それならば、「よく生きるために生きてゆこう」と決めたのであった。

配達先の大工の棟梁から貰った棚板のお蔭で、このように私の転機が生じたのであった。だが、私は、すぐにまた、「これは危ない」とも考えた。こんなことで、人生の何かが分かったと考えるのは、早計である。分かったと思った途端に、堕落への道が開くものであるのだから。もっともっと先に進まないといけない。こんな考えに安住してはいられない、と思うのであった。

大学の二年も早や半ばを過ぎた頃のことである。

いわし雲未来はいつも蒼さもつ　旭

十五

心に転機のようなことがあって、長いトンネルの闇から、やっとすこしだけ抜け出したような気持ちになれた。これまで暗い闇の中で、同じ所をぐるぐるぐるぐる巡るばかりで悩んでいたのが、ひょいと足がかり手がかりになる拠り所に触れることができて、やっと半身ほど闇の外へ出た心地である。心身がみるみる軽く明るくなるのが分かった。

すると、周囲の人々に対する見方・考え方も、すこしずつ明るく前向きに変わってゆくのであった。配達の集金の他には、賭《か》け麻雀や花札に浸っている者、夜ごと飲み屋に出かけては憂さ晴らしをしている者、だが、日々遊び興じていても、彼らもそれぞれ自分の人生を悩みながら懸命に生きているのである。生き甲斐を求めて生きていることにおいては、誰も彼もみんな同じなのだ。○点から見えてくる世界は、みんなみんな活き活きと明るく生きているのだと見えてくるのであった。

とは言うものの、私自身の、卑屈でねじけていて、しかも依怙地《いこじ》で、そのくせすぐに傷つきやすい面の方の性格は、そう簡単には変わるものではないらしい。

ある秋の日曜日の夕方のことである。私はお茶を沸かしたついでに駄菓子を買いたくなって、巣鴨駅の近くのとげぬき地蔵の商店街まで歩いた。散歩のときは、いつも朴歯の高下駄を履く。もうずいぶん履きなれている下駄である。ところが、この日は家を出て百mほど歩くと、がくっと後歯がはずれた。すぐにしゃがんで後歯を嵌《は》め込み、少し用心しながら通りを抜けた。やがて商店街の大通りに出る。すると、ちょうど陶器屋の前あたりで、またポロリと取れた。いつも堅いアスファルトを歩いているからガタがきたのか、そうでなければもともとこの下駄の作りが悪いのか、と苛立った。それでも、嵌めればまたしばらくは大丈夫だろうと思い、片足立ちで歯を嵌めようとしていると、陶器屋の店先にいた中年の女店員さんが、「大丈夫ですか」と言った。少しバツが悪いのと、なんだか余計なことを言う人だとも思ったので、私はちょっとはにかみながら、コクンと肯いただけで、すぐとなりの駄菓子屋に入った。そして、センベイと桃山の小まんじゅうを注文して、それらの菓子が出てくるのを待っていた。すると、また先ほどの女店員が現れて、「大丈夫ですか。バケツに水を入れてあげましょうか」と私に言う。あいだに居る駄菓子屋のお婆さん（赤んぼを背負っている）は、耳が遠いらしく、「はあ、なんですか」と聞く。「いいえ、あの、高下駄を履いてる人の歯がはずれているので……」と声大きく説明しはじめた。なるほど、下駄の歯が抜けたのは空気が乾燥しきっていた所為《せい》なんだ、と、その時、やっと分かった。なんとも迂闊である。物理的な単純なことなのに、頭の働きが鈍く、また下駄の知識にまったく欠けているのであった。私はこんなことにさえ迂闊なほど昔のことを知らないのだ。その点、この店員さんは、昔から下駄になじんだ生活があって、よく知っているのであろう。私はただ苦笑いをするしかなかった。その人は、私の方を向いて、また、「水を貸しましょうか」と言った。私は、つい、「いや、結構です」と答えてしまった。こういう素朴で親切な感情に慣れていなかったのである。ふだん、仕事の上では、とかくこちらの気持ちを逆撫でするような手合いの人と出くわすことが多かったので、いつも見栄を張り、虚栄心をつのらせてしまう。それなのに、こんなふうに親切にされるとどうしていいか分からなくなる……。と言うのはいつわりで、この時は、その店員さんの本意をくみ取ろうとしていたのであったかも知れない。だから、口から出た言葉は、「いや、結構です」なのだった。私は、代金を払って菓子を受け取って店を出た。歩きながら、ちょっと隣の陶器屋を覗いてみた。奥に先ほどの女店員が座っているのが見える。だが、そのまま商店街の大通りを歩き続けた。下駄の歯は外れることなくふつうに歩けた。しばらく歩いて、元の小さな通りに入った。その途端、急に、先ほどの店員さんの親切がほんとうであったように思えてきた。そして、自分の態度が無愛想過ぎていたことにも気づいた。どうもこのまま帰れない気がした。なにかあの店員さんの親切に応えられることはないだろうか、と思いつつ、来た道を引き返す。そういえば、前から茶殻を入れる容器が欲しかったな、と思い出したので、それを買おうと決めた。だがすぐにまた、「今それを買いに行くことは、わざとらしくはないか。第一、それがあの親切な心に応えることになるだろうか。なにか変だ」と思えてきた。それに、あの陶器店にそんなものを置いているかどうかも分からないではないか。ともかく、あのすなおな親切心に対して、いまさらあれこれ姑息《こそく》なことを考えるのはよそう。ただあの親切をうれしいことと思うだけにして、今は帰ることにした。今度は、足早に歩く。下駄の音がカタカタと頭に響く。ひやひやと夜気が冷たく頬に触れた。

枯芝の日曜といふ甘き色　旭

十六

相も変わらず体重は増えることなく痩せたままであった。時に風邪をひくことはあったが寝込むことはなく、風邪薬を飲んで蒲団を被ってひと汗かけば治った。夜更かしと寝不足の不規則な生活が続くわりにはまずまず体調は悪くはない。だが夜更かしをして一睡もせずに登校する日が二、三日続いたりすると、さすがに気力が萎《な》えて、剣道とか書道とかの時間は、気迫が足りず、竹刀《しない》も筆も思うように動かなかった。そしてその寝不足が眼精疲労を慢性化させてしまって、いつも眼の奥が鈍く痛んだ。その上、日中の日差しが眩し過ぎて困った。濃いめのサングラスを掛けると視界が暗くなり陰気でうんざりした。この後、半年ほど経った頃、視力がガクンと落ちて、今まで一・五だったのが〇・七の仮性近視になってしまった。医者から軽い近視用の眼鏡を勧められて掛けると、やっと痛みも眩しさも和らいで、視界が鮮明になった。

部屋は二人ずつの相部屋であるが、秋になって配達員が増えたため、我々は販売所から歩いて十分ほどにある坂下のアパートに移った。建物は安普請ながらさほど古くはない。販売所から離れているのはすこし不便だが、気分転換になって悪くないと思った。

同室の相手は、同期の奨学生の東洋大生（経済学部）。岩手の花巻出身。性格は明るく素直であった。互いに干渉し合うこともなく、可もなく不可もなくであった。

アパートの周囲は狭隘《きょうあい》な家屋が建て込んでいるので、日当たりはよくなかったが、どこの家も昼間は留守らしく静かであったから、机に向かうのには適していた。

ところが、「部屋が替わって快適だ」と思ったのはたった一週間ほどのことで、すぐに酷い目に遭うはめになった。それは夜中の出来事であった。夜ぐっすり眠っていると、突如カチンと背中に衝撃が走った。びくっと目が覚めた。なんだか分からないが、体の一部がとても痛痒いのである。なにか虫に螫《さ》されたらしい。百足《むかで》や蝮《まむし》に噛まれるととんでもなく痛いらしいが、この痛みはそれほどでもない。だが、蚤や虱どころではない痛みである。蒲団をめくってみたが何もいない。いったい何に螫されたのか正体が分からない。今までに何かに噛まれて突如目が覚めるような経験はしたことがないから、しばし呆然となったが、たちまち睡魔に襲われて眠ってしまった。翌朝はもう昨夜のことは忘れており、起きるやすぐに蒲団を押し入れに突っ込んで配達に出かける。そして、その夜、またまた、熟睡中にカチンと来た。今度は臀部《おしり》あたりである。あまりに痛痒いので、肌着を脱いで見ると、皮膚が赤くなっている。よくよく見ると赤みの中央に小さな朱黒い点が二つある。なんだか分からない。この痛痒い攻撃は、その後も毎晩のようにやってきた。販売所のだれかれに聞いてみるうちに、どうやら南京虫の仕業だと判明した。南京虫という虫の名は、どこかで聞いた覚えはあるが、まさかそんな虫が身辺にいるとは思いもよらないことであった。そう言えば、このアパートは坂下のかなり湿気を呼びやすい低地に建っている。我々が引っ越して来るずっと前から押し入れなどに棲息していたのであろう。押し入れの隅々、畳の目、蒲団の端々をくまなく探して、正体を見届けた。体長五㎜、幅三㎜。赤褐色の扁平で楕円形。円い草鞋のような形でごじゃごじゃの不気味な代物《しろもの》であった。近くの薬局で駆除の薬を買ってきてやっきになって部屋中を掃除し駆除したことであった。戦前、戦時中の話として聞いたことはあったが、昭和も四十年を過ぎた今になって、南京虫に噛まれる暮らしをするなんて、わが身が急に落ちぶれた感じがした。

二年も終盤になった。卒業論文の題目を決めないといけないが、まだ、迷いに迷っていた。相部屋の東洋大生の男は、どこにいっているのだか、部屋には寝に帰るだけであったから妨げになることはなかった。講義がない日や空いている時間は、私はひとり机に向かって、自分の時間に集中できたのであった。

ところが、ある日から、この静寂がにわかに破られてしまったのである。原因はアパートの管理人であった。管理人というのは、老夫婦で、世話好きの人当たりのいい人たちであったが、その老主人が隣近所の仲間の老人を呼んで、昼間から麻雀をやりはじめたのである。それも薄壁一枚を隔てた隣の部屋でガラガラやるのであった（隣室はちょうど空き部屋であったらしい)。ゲームの最中は黙々とやっているが、一段落済むと話し声とともに牌《ぱい》を混ぜ返す音がうるさく響く。私は、麻雀も将棋も囲碁も苦手である。将棋と囲碁はルールは分かるが、麻雀はまったく知らない。どれも一勝負に時間がかかりすぎるし、負けると癪だからやりたくないのである。ただし、それらに興じる人の気持ちは分からなくはないし、むしろ充分理解しているつもりでもある。しかし、この狭く粗野な薄い壁一枚隔てた隣室でガラガラやられてはたまらない。私は考えた。アパートで麻雀をすることは、常識の範囲内であろうか。まあ少なくとも違法ではあるまい。一室での娯楽をとがめ立てするのは、いかがなものか。自分の部屋をどう使おうと自由ではないか。とするとこの場合、私の方が我慢するべきだろうか。だが、耳障りである。耳を塞いでもうるさいのである。どうすればいい。部屋で麻雀をするのも自由ならば、勉強をするのも自由である。どちらも自由であるが、はた迷惑なのは麻雀の音である。これは要するにマナーの問題であろう。

三、四日過ぎたある日の午後二時半頃であった。私は、一度、話し合ってみようと思った。そして、出来ればやめてもらえないだろうかと思って、隣室のガラス戸の前に立った。

「こんにちは、すみません。隣の部屋の者ですが」と声をかけた。一度目は、聞こえなかったのか、返事がない。もういちど「すみません。隣の者ですが」と声を大きくして呼んだ。「はい、はい」と返事が返ってきた。戸が開いて、管理人の老人が顔を出した。「ちょっと、お願いがあるんですが」と言うと、中に入れてくれた。そこで、私は「せっかく麻雀を楽しんでおられるのに、言いにくいのですが、私は隣で勉強していて、音がうるさくて集中できません。なんとかなりませんでしょうか」と、いささか強い口調で一息に言ってしまった。管理人はじめ四人の老人は、じっと私を睨んだまま、しばし黙ったままであった。なにか言い返されるだろうと思うから、私も正座したまましっと待った。だが、なんの返事もない。仕方が無いので、私は「どうもお邪魔しました」と言って、ドアを閉め、自分の部屋に戻ってまた机に向かった。それっきり隣室は静かであった。やがて解散したらしくいっそう静かになった。やれやれと思った。ところが、その途端、にわかに私の部屋の前で、老人がなにかしきりにわめきだした。誰に何をわめいているのか分からなくて、無関心でいたのだが、どうやら部屋の中の私に向けて怒っているらしい。そこで、私は立ってドアを開けて、「なんでしょうか。お話があるなら、中に入っておっしゃってください」と言った。癇癪を起こした老管理人は、青筋を立てていて、「他人《ひと》の楽しみを、なんで邪魔するんじゃ。こっちはこっちの部屋で勝手にやっていることを、なんで文句をいうんか。やめろと言えることじゃあないじゃろが」とがなり声をあげてきた。私は、やめてくれないだろうかと頼んだつもりだったが、相手にすれば、やめろと文句をつけられたのと同然で、不愉快であったにちがいない。

私は、老人たちを怒らせてしまったことについては、謝《あやま》った。だが、昼間、部屋で勉強しているこちらの事情を話して、「できれば、日時を限ってするとか、雀荘でするとか工夫してもらえませんか」と頼んでみた。はじめは息巻いていた老管理人だったが、次第に落ち着いてきたらしい。一段落したところで、老人は、声をやわらげて、「じゃあ、まあた。あんたも勉強がんばりんさい」と言い、静かに出て行った。こんな一幕があって後、麻雀の騒ぎは無くなり、再び部屋は静寂な日々に戻った。老人たちには悪いことをしたという後悔もいささかあったが、我を通した爽快感の方が勝っていた。この老管理人とは、時々銭湯でも会うことがあったが、いつしかにこにこと話しかけてくれる間柄になった。

ところで、以前、俳句雑誌「馬酔木」を買ってから、数ヵ月後、定期購読をして雑詠欄に投句することを始めた。はじめて掲載されたのは、「菊一輪外人墓地にしぐれけり」であった。これは十八歳の時の作である。「菊」と「しぐれ」と季重なりであるが、広島市の比治山《ひじやま》の外人墓地の実景である。高校の恩師高田先生も褒めてくれた記念の句である。以後、良くて一句掲載。大方は五句すべてが没《ボツ》の年月が続いた。当時、読売新聞の日曜版の俳句選者は、森　澄雄であった。選者は水原秋桜子に限ると思っていたが、たまには他の選者の選も受けてみようかと思って葉書に書いて投句してみた。すると、一面「紅葉山」のカラーの日曜版の俳句欄に、私の投句した句が特選で掲載された。「秋澄むや盲《めしひ》の人の一つ面《がほ》」で、五行ほどの選評が付されていた。自分の作品が活字になることのうれしさと羞じらいを覚えた瞬間であった。

秋の終わりの頃、田舎の三歳年上の姉が上京してきた。母をはじめ家族の人たちが、私の暮らしぶりがどのようであるのか気がかりで、姉に上京をうながしたのであるらしい。姉はちょうど友達数人が上京するというので、都合よく上京できたのであった。痩せてはいるが元気らしい私を見て、姉は安心した様子であった。一日、私は姉と一緒に浅草・新宿・皇居前広場などを案内して歩いた。その夜は、同室の彼が気を利かしてくれたので、姉は私の部屋に泊まり、一晩、語り明かした。島を出て二年近くにもなる。急に瀬戸内海が恋しくなった。無性に島の風を浴びたくなった。姉の話によると、神戸の武士兄も、私が大学に入学し奨学生になって頑張っていることを知り、「もう怒ってはいない。がんばれ、と応援してくれている」とのことであった。会社を辞めて兄貴を怒らせてしまった私の身勝手は許されることではないが、いつかは分かってもらえると も思い続けていた（高校に行かせてもらえたお蔭で、大学進学の道も拓けたのである。この恩を忘れてはいけない）。

姉は、翌日、上京している友人たちと合流して島へ帰って行った。姉がいなくなった部屋に戻ってみると、朝、姉が部屋を出る前に、窓の干し物用のひもに洗ってかけておいた手拭いが下がっていた。ただの木綿の白手拭いに過ぎないのだが、まだ姉がその辺に居るような気持ちがして、それが妙にさみしさを誘うのであった。

長き夜の身に覚えなき夢の数　旭

十七

（当時の日記から）

昭和四十三年一月一日。今年の正月も独り一泊二日の行きあたりばったりのミニ旅行をする。

元日の朝刊を四時から配り始めて七時半に終え、九時半、巣鴨駅を発つ。代々木駅―千葉駅―太東駅着。午後二時過ぎであった。太東駅は駅舎は古びており閑散としていて乗り降りする人も見あたらない。駅を出ると、すぐ右がわに物置か倉庫のような薄汚い建物のタクシー所があったが、中を覗いても誰もいない。駅前からは海はまるで見えない。岬は遠いかもしれない。しばらくするとどこからかタクシーが戻ってきた。そのタクシーに乗って岬に向かう。意外に近くて駅から数キロ（百六十円）。車は畑中の砂利道をダンダンダンと音をたてて走り、やがて小道に入って狭くなった所で止まった。「ここからあの小山を登った先が岬だよ」と言う。歩いて行くうち小さな池があった。老人が二、三本の竿を立てて独り釣りをしている。空は晴れており浮き雲が流れている。ポトポトと小池の畔《ほとり》を行く。周囲は藁屋根の古い家ばかりである。どの家も生け垣で囲われていて、その垣根越しの障子の白さが懐かしい。椿の花が艶やかな葉の間に点々と見える。音がない。人がいない。ぽかぽかと春のような日和だ。聞こえるのは自分の足音のみ。こんな静けさは久しぶりである。細い道が上り坂になる。左手に玩具《おもちゃ》のような小さくきれいな淡彩色の新しい家が二軒、畑中に見えた。それが最後で、後は松の木々。坂を上りきると両脇にあった野菜畑もなくなった。下り坂になるや、にわかに波の音。風。海の匂い。細道はそこで途切れた。突然、削ぎ落とされたような断崖である。その絶壁に立つ。海風。波の音。白いしぶき。絶え間ない波の運動。青い空。水平線。だが、視野の両端は遠く長い断崖で遮断されている。しばし佇んだ後、右手の山道を登る。雑木から次第に熊笹に替わる。熊笹に覆われて道が見えなくなる。生い茂る熊笹の上に仰向きに寝て空をながめる。目をつむる。少し離れた所を少年たちが何か話しながら過ぎていった。静かである。しばらくするとオートバイの音。またしーんとする。こんな熊笹の中に私がいることはだれも知らない。たとえばここで自死してもだれも気がつかない。松・竹・雑木・熊笹、虫けら。そして、空。そして自分。自然と自分。自分と自然……。

起き上がって、なお右手を見やると、日の光に諸々の草木の葉が透きとおって黄緑色に映えている。その方角に進んでゆくと灯台に出た。砂浜が遠く続いている。山路を降りて、漁家の庭先を行く。屠蘇酔いの男二人とすれ違う。砂浜に降りる。腹は空いてはいないが何か食いたい。鞄から饅頭を出して食べながら歩く。釣り人が点々と十数人もいる。貝殻を拾う。ばかばかしくなってすぐ止める。裸足になる。波打ち際を歩く。じーんと冷たい。足の甲を撫でるように海水が洗う。砂を払って足を拭いて靴を履き、駅に向かって歩く。頭はからっぽ。何も考えない。電線に雀がいっぱいとまっている。遠く乳牛が一頭、草を食んでいる。通りに出て石橋の欄干に座って、遠くを見渡す。枯薄の穂に日が透けて光る。薄の穂群が提灯のように灯る。タクシーが通りかかったので乗る。乗ってみると来た時と同じ運転手の車だった。「どこか観るところはないですか」と聞くと、「小湊《こみなと》の誕生寺が良いだろう」と言う。車はまもなく太東駅に着いたが、小湊《こみなと》への汽車に乗るにはまだ時間がある。駅前の食堂らしき店に入る。名ばかりの店で食事めいたものは何もない。仕方なくコーラと三笠饅頭を二個買って食う。小湊駅に着いた時はもう六時過ぎであった。昨夜は眠っていないので、汽車の中でうとうとした。どうもすっきりしない。小湊に着いて、駅の観光案内で旅館を頼んだが（正月のためなのだろうか）どこもいっぱいだと言う。ユースホステルならあると言うのでそこを予約して貰い、タクシーに乗ろうとすると、観光案内の人が「同じ所に泊まることになったから、この人たちも一緒に乗せてくれ」と言うので、同乗する。中年男と若い女性二人である。前の助手席に中年男。後ろ席の私の横に女二人。「よしこちゃん。男の子で良かったね」と男が振り向いて言った。私の横にいる女は「ふふん」と言い、間を置いてから、「女の子の方が良かったかもよ」と言う。窓側の女が「ふふふ」と笑った。なんだか分からないが彼らの会話は不愉快であった。タクシーの運転手は道が不案内だったらしく、途中、方々の家に寄っては道を尋ねるのだが、要領を得ず、行きつ戻りつしながら散々迷ってようやく目的のユースホステルに着く。ユースホステルとはいうけれど、そこはお寺であった。高生寺という寺である。タクシーを降り、中年男と一緒に玄関に入る。中は見るからに汚ならしく雑然としていた。四度目の「ごめん」でやっと小母さんが出てきた。壁に観光のポスターが貼られているのでそれと知れるが、わけのわからぬ家だ。男は不満らしい。「女の子が二人いるので、部屋を見てみないことには、どうも」と言う。かなり見下した態度で、半ば上がりかけたが、それも止めて、「また引き返して、もう一度旅館を調べてみる」と言って、待たせていたタクシーで三人は去って行った。彼らはまるで私を連れてくるために来たようなものだ。感じの悪い人たちだったから、去ってくれてよかった。「文句を言うような人は泊まらなくていいよ」と憎まれ口をきく小母さん。後で知ったが、この寺の大黒さんであった。本殿の隣の小部屋に通された。壁には寺の世話人等の名前が貼られてある薄暗い小部屋である。それでも、食事は品数が多く新鮮で旨かった。御法水と称する酒を一合。だが、お猪口二、三杯でもう飲む気がしなくなった。飯を食う。魚・章魚《たこ》の刺身、野菜の天ぷら、栄螺、煮染め、蛤のおつゆなど。

食事を終えて部屋にいると、大炬燵のある部屋に来いと言う。今夜は、五、六人泊まっているらしいが、男二人女二人が炬燵に入っていて何か話していた。小母さんが蜜柑を出してくれる。彼らはどうでもいいようなことを話しているので、黙って蜜柑を食べた。食べ終わると部屋に戻り、風呂場に行く。身体が冷めないうちに蒲団に入る。寝つこうとしていた時、だれか部屋の前を通った。すぐ間近で「オホン」と咳払いをした。女だと分かった。隣の部屋の電灯をパチンと消すと帰って行った。眠る。

一月二日。何か夢を見たらしいが、醒めたら忘れていた。七時半起床。よく寝た。九時半、誕生寺行きのバスに乗る。誕生寺前は、漁師町。この磯辺の風景は、なんと故郷の因島の漁師町にじつによく似ている。寺の前には出店が並んでいた。本殿にお参りしてから、宝物館に入る。入館料三十円。加藤清正・水戸光圀・明治天皇・有栖川宮・昭憲皇太后などの筆跡や調度品など。外に出ると参詣人が多くて町を歩く気にならない。仁右衛門島に行こうかと思ったが、時間がない。海岸べりを歩く。すし屋で昼飯をすます。旨くない。

出店でパイナップルと椰子の実を買う。椰子の実はその場で割ってもらって食ったが、中は生臭い水同然で不味かった。別の店で、土産用に鯛と鰒《ふぐ》の干物を買う。

砂浜に降りる。老漁師が小舟にペンキを塗っていた。周りにはだれもいない。私はこの老人と話し込んでみた。話の中で、老人は、「ここの海にはたくさん鯛がいるが、鯛は神の魚であるから、獲ってはならんのだ」と言った。日蓮上人の誕生とこの海の鯛とは深い関係があるらしいのである。私は、この老人が鯛は神の魚であると信じ込んでいて、漁師であるのに鯛はとらぬという、その純朴な心に少なからず驚いた。そして、知らぬ間にずるがしこい男になり下がっている自分の気持ちを恥じた。自分の利のためには手段を選ばぬということが当然のような世の中では、この老人の純朴な心は愚かしいとしか言いようがない。だが、ほんとうに愚かなのか。この老人の純朴をこそ考えるべきではないか、と思った。

鯛はこれ神の魚ぞと老漁夫の
　我に告げけり叱るごとくに

老人の傍を離れて、さらに砂浜を歩く。広々としてまったく人影の見えない白い砂浜。そよそよと浜風がやさしい。仰向けに寝そべっている内に、心地良さに知らぬ間に寝入ったらしい。どのくらい眠ったであろうか。近くで人声がして、目が醒めた。そのまま駅に向かい、上野行きの汽車に乗って帰る。パイナップルは酸っぱくて食えなかった。（下略）

一月三日。夜。歌舞伎座に行く。三津五郎の演技はみごとだが、口を曲げすぎるためか、科白が聞きづらいのには閉口する。雀右衛門は好きだ。じつに美しい女形だ。勘三郎も巧い。帰りは歌舞伎座前から新宿駅行きのバスに乗る。歌舞伎の余韻に浸っている私の耳には、バスの雑音さえが心地よい太鼓や笛などの鳴り物の音に聞こえて、下座音楽の音さながらに響き続けるのであった。

一月四日。夕刊を配り終えて、夜、「お正月だから」と伯山先生宅に呼ばれていたので伺った。先生はまだお帰りになっていなかった。奥さまとふたりである。早速、奥さま手ずから作ってくださった肉入りの雑煮・お汁粉をいただく。どちらも絶品でおいしく、腹いっぱいになった。ちょうど食べ終わった頃、先生が帰宅され、「みやこ古寿司」という有名な寿司屋の寿司を「土産だよ」と出してくださった。美味い物を食べるときは、別腹があるらしくまた食べる。恥ずかしながら、しばし動けないありさま。先生は、酒は一滴も飲まれないが、美食家である。うまい物を食わなくては上手い芸は出来ないということなのであろうか、と勝手に思ってみたりする。それにつけても先生宅でこのようにおいしいものを食べると、もうめったなものは食えなくなりそうだ。

先生宅には、田舎の母に頼んで、島の早生の温州蜜柑を一箱送ってもらった。甘い蜜柑でご夫婦ともに喜んでくださった。美食家の先生は、今年七十歳。

この頃の自分には、心を割って話し合える友というほどの親しい者はいなかったけれど、とりわけ孤独と思うこともなかった。たまさかにこんな楽しい日々もあったけれども、日記のほとんどは、相も変わらず自己の内省的問題のあれこれに悩み苦しみ続けている記事ばかりで、自意識に苛まれている日々であった。

一月や門出でて唇一文字　旭

十八

一月下旬。田舎の姉からの手紙に、私の小・中学時代の友人が精神科の病院に入院したとあった。まじめで優しい性格であった彼が精神的に異常をきたしたのは、好きな人との結婚を母親に反対されたことが主因であるらしい。彼は広島の市内で働いていたのであったが、田舎の町内で発作が起こって一騒動あったのだそうである。あの内気でおとなしい彼が錯乱状態になったというのは、なんとも気の毒で痛ましい。生口島は、美しく静かな瀬戸内の島なのであるが、ふだん静かな島であるだけに、こうした出来事はすぐに近隣に知れわたるのである。

二月、寒い日が続いた。十八日は早暁から大雪であった。この日の日記は、なぜか古文調でしたためてある。

三時半、目覚ましの音に目覚む。起き上がつて窓外を見れば、一面、白銀なり。しかれども、この後、吹雪になりぬらんとはつゆ思はざりき。雪は屋根を覆ひてなほなほ降り積もる気配なり。きのふの町とはおほいに異なりて、雪国の里にも似たる風情なり。服を着け部屋を出でんとして、同室の彼の蒲団をはたと叩けば、「ううーん」と言ひて起くるとも見えざりき。再び声をかけて目覚めさせしのち、合羽を被り長靴を履いて、表に出でんと戸を開くるより、大雪に顔を打ちつけらる。一歩踏み出だせばずぶりと靴の深く沈みてはなはだ心細し。路はただ白々として人の足跡無し。塀の上に林立せる銀杏の枯れ枝は白珊瑚さながらなるも、吹雪に吹きつけられて揺れつつ街灯に当たりをるもわびしげにて、高く積もれる吹き溜まりは砂丘のごとき様をなしたり。吾に言ひかけしか、はた独りごちしか、牛乳配達の大声過ぎて、その後はまた吾のみの路となり、電線のうなる音凄し。販売所に着けば、皆てんでに「折込」入る最中にて、なにやかやと騒ぎつつあり。さても、雪高く積もりつつあれば、自転車を用ゐることあたはず。やむなく、新聞百部を肩掛けの紐にて小脇に提げ抱へ、あとの二百部はビニールの梱包《こんぽう》袋に入れしまま背中に背負ひ販売所を出でけり。はじめは軽しと思ひしが、ものの四、五百m も歩まざるに、どうにも担ぎ進むこと能はず。されど、行かねばと思ひて、なほ歯を食ひしばり数十m 進みしところ、もはや耐えられず雪の上にどうと投げ落とせり。あたりはまだ明けやらぬ薄闇なるも、街灯の方々に反射して届きたる光りの中に、しばし呆然と佇みたり。折りから吹雪強まりて激しく顔を襲ひき。風上に背を向けて強風のやや静まるを待ち、雪の上に落とせし二百部入りの梱包袋をまた両手にて持ち上ぐるも、百m ほど歩きては雪の上に（置くといふより）投げ落として一息つきけり。さらにまた百m ほども歩きては落として一息つくなり。こをば幾たび繰り返せしか判然とはせざりけり。己が配達区域に辿り着きたるまでに、ふだんの幾十倍もかかりたりけり。雪は一向に止む気配なし。やうやくにして配り始む。ずぶりずぶりと砂丘を行くがごとく長靴は深雪に沈み、沙漠を彷徨ふがごとく方位を失ふ。時に池の上をざぶざぶと行くがごとく、また波の中を歩むがごとくにて、ともかくも百部を配り終へ、次の地点に急ぎけり。

いつもはすれ違ひても互ひに相知らざる風にして、声も交はさぬ同業者（他新聞）の、今日はいかに思ひけるにや、吾に「おう」と声かけ行き過ぎにける。

身の痛み分かたんものと思ひしか
　　吹雪の中に呼び寄れる声
電柱の影追ふごときさむしさの
　　影残してや過ぎ去りし人

雪深きところは避けんとしつつ行くも、いつしか雪の靴に入りて歩み難くなるほどに、すぐに靴中の底のぐちよぐちよと水の音してじんじんと冷たさ足指より迫り来たる。すぐにその音もせずなりて、ぎしぎしといふ音となりぬ。さては靴の中に入りし雪の解けてまた凍りたるにやと思はれき。さりながら、ひと時も早く配り終へたく、気の急《せ》くありて、走らば少しは暖《あたた》まりぬらんと思ひて走りしかど、足はますます冷たく凍てきたれば、もしや凍病のごとくなりてはいかがせんとて、とにもかくにも濡れし靴下を脱いで素足の方が良からざらんやとぞ思ひ至りぬ。吹きさらしのアパートの鉄の階段に腰をおろし、長靴を脱がんとす。歩みつつある時は、さながら義肢をはめたる心地して、足先の感覚さらになかりき。鈍き痛みもただ下方にするらしといふほどにて、何処より何処へといふにはあらざりき。まこと我が身の幽霊なりしか、歩めども足の感覚なかりしは。靴の上より押すなれば、ぎしりぎしりと固体の音。こはまさしく氷ならめと思ひしなるも、ただ雪の多く詰まりしのみにてありけり。さてこそ靴中に手袋はめし手を押し込めて、少しづつ少しづつ詰まりし雪を取り出だしき。やがて靴中の雪の減りたれば、後は、片手にて靴を摑み他の片手にて靴下を摑みてぐいぐい引っ張りき。皮膚もともども脱がすがごとく強く引いてやうやく片足を抜き出だせり。靴下を脱ぎて足を擦《こす》れば、しとしとと雪の解けたりけるが、その水、手袋に染みて両手の冷たきことこの上なし。足はなほ誰れの足とも分からぬほど感覚なし。急ぎ他方の足も脱ぎて、しばし足擦《こす》り合ふ吹きさらしの階段の途中。靴に素足を入れて、さてまた配り始む。濡れし手袋冷たければ捨てにけり。さてさて手袋なき手は殊の外冷たかりき……。

ふりむかばふと見ゆるかも雪女

学生運動は激化の一途。街頭闘争も凄まじく、テレビ報道もヘルメットにゲバ棒の学生と機動隊との衝突を連日放映している。反政府・反米運動のデモ隊は、労働者・学生・市民、それをさらに左翼・新左翼の運動家が煽動して、投石・角材・爆発物が使われている。デモ隊の中には、盛んに舗装道路のアスファルトや煉瓦を剝がしては、機動隊めがけて投げつける者などもいて、暴動はエスカレートするばかりのようだ。安保・ベトナム問題に加えて、東大紛争・日大紛争をはじめ各大学内での紛争も山火事のように広がっていった。

だが、こうした騒擾たる世情に対して、私はきわめて消極的であった。諸々の情報にいくらか耳を欹《そばだ》てることはしても、集会にもデモにも参加はせず、もっぱら仕事と勉強とを優先した。社会に目を向けることは大事だが、それよりも今は自分自身の問題でいっぱいなのだ。こういうのをノンポリ学生というのかもしれぬが、それでかまわないと思う。学生運動に参加しなかったことを、後になって後悔などすることはないだろうと思った。

ある日の午後。三時半近くであったろうか。本を買って神保町の「日本書房」のある通りを歩いていたら、歩道と車道の間の棒杭に演説の看板が立て掛けてあった。「三島由紀夫」と書いている。その横のビルの一階のドアが開いている。暗いが人声が洩れてくるようであった。ふと好奇心が湧いて覗いてみると、大勢の人が立ったまま、ずっと奥の下方の演壇で話している男の演説を聴いているところであった。犇《ひし》めくばかりの人の頭が邪魔をしてよくは見えなかったが、ちらっと姿が垣間見えた。演壇に立っている男性は、日焼けをしたように赤く筋肉質で小柄であった。写真で見たことのある三島由紀夫であった。何を言っているか最中だか、まったく分からないが、低くて太く響く声であった。太く響く声と小柄な人というのが、三島の印象として残った。何を演説しているのか聴いてみたいと思ったが、夕刊の配達に遅れてしまうので、仕方なくその場を足早に去った。

三月の半ば過ぎのある夜、夕刊を配り終わって帰ってきた私を、販売所長が、「ちょっと」と言うので、事務室に入って行くと、にこにこ笑みを浮かべながら、「波戸岡君、二年間がんばったから、どう？　ちょっとこの辺で、田舎の家族の人たちに元気な顔を見せに帰ってきたら」と言ってくれるのであった。思ってもみなかったことなので、ちょっと面食らった。私は、奨学生は入学したら卒業するまでは帰られないものだと思っていたし、なにがあっても帰らない！　と心に決めていたから、この話は余りにも思いがけないことで、すぐには返事ができない。しばし戸惑っていると、所長はさらに言葉を足して、「二年間働いた奨学生に帰省のための休暇をというのは、育英奨学会の本部からの要請でもあるんだよ」と言った。そう言えば、奨学会の規則には、四年間勤務しなければならないとは書かれていたが、帰郷できないとは書かれていなかった。帰られないと思っていたのは、私の勝手な誤解だったのである。この帰郷のための休暇というのは、読売育英奨学会及び販売所の奨学生に対するねぎらいであり、思いやりの措置の一つなのであろう。当然、同期の東洋大学の彼も、少し時期をずらして、私同様に帰郷できると言うのであった。

私は、卒業までは、帰られないと思い、また帰らないと心に決めていたのではあったけれど、今、この決心を覆して帰郷したとしても、私の心はなんら動揺もしないし不安も起こらないだろうと思った。むしろ、それよりもこのチャンスを利用すれば、もう一度自分を見つめ直すこともできるし、且つ新たに英気が養えるのではないか、と気づいた。広島の高田先生宅に伺って、直接、近況報告をすることもできるし、また神戸の次兄にも会って詫びを言いたい。そして母をはじめ家族に元気な姿を見てもらおう、という気になったのであった。

私は帰郷することに決め、改めて所長に礼を言った。四日間の休暇を貰うこととなって、その夜、母と先生と次兄とに帰郷の旨の手紙を書いた。上京以来、何度も夢に見た瀬戸内海。帰られるとなると、無性に故郷の海が恋しくなった。一刻も早く海風・浜風に吹かれたいと思った。

海光の金銀のなか耕せり　　旭

十九

三月二十五日。友人から小型のカメラを借りて、帰郷の途に就いた。新幹線ひかりに乗って岡山駅まで。そこから山陽本線に乗り換える。松永駅を過ぎると、もう海の香りがしてくるかのようななつかしさでいっぱいになる。尾道の駅に近づくと、海岸べりの家々の瓦屋根やビル越しに、備後水道の海が見える。林芙美子の『放浪記』さながら「海が見えた。海が見える」の景色である。尾道の造船所、向島の造船所の水色のクレーンもなつかしい。千光寺山が見えた。ロープウェイも見える。振り返れば、備後水道に架かる尾道大橋。駅に降りてまっすぐ正面の百m先に桟橋。因島《いんのしま》行きの船に乗る。濃緑色の瀬戸内の海が無性にうれしい。潮の香りが鼻をくすぐり身にしみてゆく。二年ぶりとは思えないほど、なつかしさがこみあげてきて、目に鼻に顔全体に全身に海風がしみ込んでくる。めったやたらにカメラのシャッターを切っていた。島に生まれてこのかた、十八年間。生口島はもとより尾道の町も呉の町もみな瀬戸内海の見える町で育った私は、海の見える暮らしが当たり前であったのだが、上京後二年間近く、まったく海を見ることがなかったのだから、ずいぶん心が海に飢《かつ》えていたのであった。

乗船時間、一時間二十分。因島港着。乗り換えて原港行きの船に乗る。およそ四十分。桟橋から歩いて十分ほどで帰宅。母をはじめ家族みんな私の健康ぶりに、ひと安堵したようであった。

帰宅して二日目の夜のこと。三つ違いの姉と夜話をした。諸々のことを話している内に、私はずっと以前から不思議に思っていたことを姉に尋ねてみる気になったのである。それは武士兄貴(次兄)は、なぜ私を高校に行かせてくれたのだろう、ということであった。当時の私(十五歳)は、高校に行かせてくれるという幸運を喜び、学資を出してくれるという兄には感謝の気持ちでいっぱいではあったが、ただそればかりで、それ以上のことには頭が働かなかった。だが、二十歳を過ぎて、当時の兄貴の年齢に近づくにつれて、あの時の兄貴の気持ちはどんなだったのだろう、弟の学資を出すという決断は、並大抵のことではなかったはずなのである。兄自身、田舎から神戸に出て、小さな造船所の工員として働き始めたばかりであったから、兄貴自身の生活自体が不安定であり、弟のことにまで物心共に気が回らなくて当然の状況だったはずなのである。今、私は二十二歳。当時の兄貴と同年齢になったが、みずから顧みて、兄貴と同様のことはとてもできるものではないと思う。兄貴とは七歳も違うので、子供の頃もほとんど一緒に遊んだことはなかった。たまに船の絵を描いてくれたり、自分が使わなくなった遊具をくれたりという程度の記憶はあるが、格別可愛がってくれたというほどでもなかったのである。むろん、次兄であるから、父親代わりという義務もない。むしろ、十三歳年上の長兄のほうが、なにかと「わしが親代わりだ」という口をきいていたが、威張るばかりであったし、働きが悪くて収入がなく、弟の面倒を見るどころではなかった。それに対して、まったく弟の面倒などみる必要も余裕もなかった次兄は、自分自身の生活もままならないのに、なぜ私の面倒を見てくれたのであろう。勉強を続けたい弟がかわいそうだから、兄貴としてなんとかしてやりたいという気持ち。むろん、その気持ちがあったればこそであろうけれど、それにしても、兄のこれほどの犠牲的な行為には、どうもそれだけではない何か格別なわけがあったのではないだろうか、とずっと気がかりだったのである。それと言うのも、これまで私は私自身のことでいつも頭がいっぱいで、エゴの塊《かたまり》のままで生きてきたのだったが、なんとか大学にまで進むことができて、やっと自分を生かせてくれている人たちに対して、いくらか心の配慮ができるようになっていたのであろう。高校に行かせてくれる話は、私が中学を卒業する直前になって、急に神戸に呼び出されて、武士兄の口からでたものであった。その突然さも、不思議であった。これについても、おそらく兄貴の身の上になにかがあったからではないか、と思えるのであった。

私は、姉に、兄貴が私に学資を送金してくれていた頃の兄貴の情況を尋ねた。兄貴は、私が高校を卒業するまでの三年間、毎月学資をきちんと送金してくれた。そのお蔭で私は何不自由なく無事に高校生活ができたのであった。卒業の時も、日立製作所に入社した時も、兄貴はむろんのこと家族みんなが、私の卒業を祝い、入社を喜んでくれた。この間、兄貴は、学資送金がどれほど大変だったか、いっさいだれにも話さなかった。それどころか、一度も遅滞することなく送金してくれた上に、卒業の時は、腕時計をプレゼントしてくれ、就職の時は、家族みんなで背広を作ってくれたのだった。ところが、それほどまでしてもらった私は、たった十ヵ月で会社を辞めてしまった。その時から、兄貴は約束（卒業したら会社に勤めて母親を安心させる）を破った私を義絶した。凄まじく怒っていたにちがいなかった。ところが、激怒していながらも、学資を出してくれたことに関しては、ひと言も苦情を洩らさなかった。「どんな思いで行かせてやったか」などというような罵言や愚痴はいっさい言わなかったのであった。母にさえも何も言わなかったらしいのである。

姉からの話は、予想を超えるものであった。「旭君が高校二年生だった時の秋、私《うち》が（神戸の）武士兄さんの所に遊びに行った時にね、とっても驚いたんよ。兄さんの住んでいたところはね、薄汚い家の地下にある部屋なんよ。そして兄さんは前よりも痩せて顔色も悪くてね、憂鬱そうじゃった。兄さんは、『田舎に帰ってから、こんな暮らしをしていたなんて、母さんにも誰にも言うなよ』と言ってからね、『お前（暉代子姉）だけに言うんじゃが、実は、何度かガス管を咥えて死のうと思ったことがあるんじゃ。借金が重なって、それが払えなくて、どうにもならなくなったことが、何度かあったんだ。借金が溜まったのは、勤めている造船所を縄張りにしている神戸の地元の（やくざの）

チンピラたちに博打（花札）に誘われて、負けが込んでしまったからなんじゃが、奴らの誘いを断ると、始終《しょっちゅう》なにかとやって来てはいやがらせをされたり、暴力を振るわれたりして避けられず、やらざるを得ないようになっとるんじゃ。最後は必ず負けると分かっとっても、やっているうちには勝ちたいと必死になって、勝っても負けてもやめられなくなる。溜まった借金には期限があって、その期限には絶対払わなくてはいかん決まりがあるんじゃ。その都度、ぎりぎりなんとか凌《しの》いでいたんじゃが、何度も追い詰められて、死のうとしたのは一度や二度ではなかった』と言うんよ。それでね、私《うち》は、『そんな辛い思いをしながら、どうして旭君を高校に行かせているんね』と聞いたんよ。そしたら、兄ちゃんはね、『旭を高校に行かせることにしたことについては、いろいろわけがあったんじゃ』と言うのよ」。姉はここまで一気に喋《しゃべ》った。それから、涙声まじりにそのわけというのを、縷々《るる》話してくれた。姉との話は、朝方まで続いた。

咳込みてこの世の深き闇を見し　旭

二十

武士兄が、学資を出して私を高校に行かせてやろうと決意したのは、私が中学三年の夏休み中のことである。その頃の私は、神戸の叔父（亡父のすぐ下の弟）の世話で、中学卒業後は神戸造船所の養成工になることにほぼ決まっていた。三月早々に入社試験があるがまず問題なく合格し入社できると叔父は言っていた。私自身は前にも記したとおり気乗りはしなかったが、母親はじめ家族みんなが勧めもするので、やむをえないことだとほぼ諦めていたのであった。叔父は、ずっと以前から、盆や暮れに神戸から帰ってくるたびに、「儂《わし》が世話して、旭君を神戸造船に入社させてあげるよ」と、母や兄姉たちに言ってくれるのであったが、それはいかにも自分の力を誇示し自慢げであり、私には恩着せがましく聞こえたものであった。

武士兄貴は、その叔父の勧めを断って、私を高校に進学させることにしてくれたのであったが、それは、私にとっては、じつに唐突な出来事であった。事態が急変したわけは、私には誰も何も教えてくれなかった。そして、私自身も「なぜだろう」と思いはしたが、それ以上に「進学できるんだ」との喜びにまぎれて、深くは考えなかったのであった。

姉は、「詳しいことは、前にかあちゃんから聞いたんじゃけどね」と前置きをして、以下のような話をした。

ある日、次兄は、叔父の家に呼ばれて話をしているうちに、「旭君はボクが造船所に世話をしてあげるけれど、それにしてもあんたたちは、父親がいないとはいえ、兄貴が二人もおって、弟ひとりの面倒もみてやれないんかねえ。高校くらい行かせてやる力はないのかいね」と、さも哀れみ蔑《さげす》むような口調で言われたのだそうである。この叔父は、ふだんからイヤミな物言いをする人で、とかく物事を欲得だけで考える人であったので、武士兄貴も、いつものイヤミだと聞き流してしまえばそれで済んだことであったかも知れない。だが、一本気で負けず嫌いな気質の兄貴は、その叔父の一言をバカ口くらいに聞き流すことができなかったのであった。次男坊の兄貴は（父が亡くなったのは、彼が八歳の時）、父親のいないことで幾度も肩身の狭い思いをしたことがあったらしく、その僻《ひが》みのような屈折した気持ちが、反骨精神を養い、片意地張りな性格を形作ったのであろう。

この叔父の言葉にムッと腹を立てた兄貴であったが、その場は黙って帰宅した。そして同じ神戸で結婚したばかりの長姉と会って、その悔しさを打ち明け、「叔父の世話になんかならない。無理をしてでも自分が弟を進学させてやる」と決意したのであった。何事にも慎重な性格の長姉も、このときばかりは深く肯いて、「それがいいわ。私は経済的援助はできないけれど、洋裁・和裁をして旭君の身の回りの物くらいは作ってあげられるから」と賛成してくれたのであった。

ところで、この叔父という人は、根っから悪いわけではなかったが、狡猾なところのある人だった。その昔、長兄や次兄にも、「俺の力でなんとか神戸造船に勤められるようにしてやるから」と言うものだから、それを信じて神戸に出たものの、長兄の場合も次兄の場合もひどい扱いをされて、苦い経験をさせられたことがあったのである。けれども、兄たちの方も、すでに町の小さな造船所勤めをしていて、学歴も職歴も無いに等しく、しかも中途半端な年齢であったので、大手の造船所などはやはり無理だと知り、叔父の不実な仕打ちに対しても、もとは叔父の親切心から出たことと諦めて、一切いざこざは起こさないできたという過去があったのである。ところが、私の場合は、まだ中卒前であり、神戸造船所の養成工員の募集資格に適っていたし、当時、世の中は、どこの企業も中卒を「金の卵」と重宝がった時代であったから、わりあいたやすく入社できたにちがいないのである。叔父は、「君たちの場合は、条件が悪くてうまくいかなかったが、今度はきっと旭君を入社させてやる」と、言っていたのである。

「兄貴が二人もおって、弟ひとり高校へもやれないのか」というこの叔父の暴言が、武士兄貴を奮起させ、そのお蔭で私の進学の道が開けたのであった。

南風《けえ》の日のひとすぢ強き舫綱《もやひづな》　旭

二十一

姉から話を聞いているうちに、むらむらと怒りがこみあげてきた。叔父の暴言は武士兄に向けたものであるが、それは我ら兄弟ひいては家族全部を蔑《さげす》んだものである。面と向かって暴言を吐きかけられた武士兄はどんなにか忌々しく悔しかったことであろう。だがその暴言の中身自体は、兄の痛いところを突いているのであるから、その場ではやり返す言葉もなかったわけで、屈辱に堪えるしかなかった。だが、兄は、見下され蔑まれるようなことを言われてまで、叔父の世話になどなるものかと、生来の反骨心が首をもたげ、なにがなんでも自分の力で弟を高校に行かせてやるぞと決意したのである。とは言え、兄は、ただこの一時の腹立ちだけが原因で決意したというのではなかった、と思う。この憤りは、原因というよりも、一つの大きなきっかけに過ぎなかったのである。

と言うのも、兄は、かつて三年前には、四歳年下の妹の暉代子（私より三歳上の姉）が中学を卒業した後、隣の因島にあるドレメ洋裁学校に行きたいというので、その学費をすべて出してやり洋裁師にさせてやっていたのである。これもまた、父親のいない惨《みじ》めさ悔しさに耐えて生きてきた兄だからこそ、同じ惨めな思いをさせまいと妹の面倒をみてくれたのであった。そういう兄弟思いの兄だから、弟（私）のことも気になっていたはずなのである。しかしまあ叔父が世話をしてくれるというのなら、それでいいかと思っていたのであろう。ところが、ここに至って聞き捨てならないことを言われたのであったから、兄の憤りはひと通りではなかったわけなのである。

当時の兄は、まだ神戸に出て来たばかりで、収入は安定してはいなかったはずである。二十二、三歳の独り身で、弟を面倒見るのに生計が立つかどうか、いくら見積もってみても判断は付かなかったはずである。ただ小さな造船所ではあっても、田舎で働いていた時にくらべると手当は数段によかったらしく、弟ひとりの学費くらいなんとでもなると腹を括ってくれたのであろう。けれども、それは容易なことではなかった。（前にも記したように、大企業に就職するために）商業高校に行けと、尾道に下宿までさせてくれたのであったから、学費の他に下宿代が加算されるので、毎月一万円という額となり、大きな負担となったのである（入学後、私は日本育英会の試験を受け、特別奨学金三千円を貸与されることになったから、毎月七千円送金となったが、それでも、大変な負担であった）。

私が高校を卒業するまでの間、兄の経済的負担は大きく、辛酸を舐める日々が続いたことは、姉の話を聞くまでもなく、身に沁みて分かるのであった。

帰郷した一両日の間、母は、痩せてはいるが元気そうな私の様子に安心したらしく、にこにこと笑顔でなにかと世話をしてくれた。「大学を出たら、東京のどこかの高校の教師になるつもりだ」と告げると、母は、「うふふ、この子が先生になるんだって……」と、有り得ないことであるかのように、可笑しそうに笑った。その照れたような笑顔の中には、ちょっと嬉しそうな表情もあったように思う。その夜、広島の高田先生に電話をした。かねてお約束していたとおり、「明日、お伺いしたいのですが」と言うと、「ああ、それじゃあね、明日、私は尾道にちょっと用事もあるから、尾道の例の駅前の喫茶店で会おうよ」と仰った。三年前、はじめて上京する時に入った「梵」という店のことである。後で、気がついたことだが、先生は、帰郷中の私の短い時間を気遣って、「用事があるから」と理由を作って、わざわざ広島から尾道まで出てきてくださったのである。翌日、午後一時前に尾道に着。先生との時間はまたたく内に過ぎた。私の痩せた身体を気遣ってくださり、寝不足にならぬように、何事も焦らぬようにと、我が子のように優しく言ってくださる。「今年の夏には、浅草の子どもたちに会いに行くから、その時にまた会おう」と約束をして別れた時は、夕方の五時近くであった。先生は、その昔、広島の師範学校を出てから、単身上京し、國學院大學と明治大学の二つの夜間部に入学して文学を学び、昼間は浅草の小学校の教師をしながら生計を立てておられた。その上、明治大学のサッカー部でも活動していたと聞いている。「浅草の子どもたち」というのは、その頃の教え子たちのことで、毎年、彼らのクラス会に招待されていたのである。「教え子たちに懇願されても、そうそうは上京できないでいたんだが、君に会うことも兼ねて、今夏は上京しよう」と仰ってくださるのであった。東京でまた先生に会えると思うと、またまた元気が出た。

翌日、家族に見送られ島を出て帰途についた。途中、神戸の武士兄宅に立ち寄る。私を義絶していた武士兄であったが、私が読売奨学生になり大学に入学したことを母から聞いてから、「旭には、もう腹は立てていないから」と言ったそうで、母は、「武士兄さんは、そう言ってくれたからね」と私に伝えてくれていたのである。許されたとはいうものの、義絶されて三年余も会っていないのであったから、懐かしさばかりではなく、怖さまじりの落ち着かない気分であった。

兄は、仕事帰りに神戸駅まで迎えに来てくれていた。相変わらず口数は少なく無愛想な面持ちであったが、足どり軽くアパートに案内してくれた。この兄は、ふだんは口数が少ないのだが、アルコールが入ると機嫌良く話し出す人であった。我が家は酒類は弱い家系なのに、武士兄は造船業の仕事柄、無理矢理飲まされ続けて強くなったのである。この夜も、兄はよく飲んだ。腹に何の屈託もない様子である。おそらく、私が私なりに意地を通して働きながら大学に学んでいることを兄は容認してくれているのであろう。酒の飲めない私はお茶を何杯も飲みながら、おいしそうにビールを飲み干す兄と夜遅くまで語り合った。珍しく兄は兄自身の仕事の話を長々と力を込めて話してくれた。木造船の設計から建造の過程やその技術。兄が描いたという木造船の緻密な設計図まで奥から出して来て説明してくれた。私にはほとんど理解できないものであったが、ただじっと兄の熱心な口調に聞き惚れていた。兄が船大工としてやっと一人前の腕になったと思えた頃、世の中はすっかり鋼鉄船の時代に変わってしまっていた。それを知った時の兄のくやしさ。それから、兄はまた溶接の仕方を始めとして鋼鉄船の造船技術を一から修得し直したのだと言うのであった。神戸に出てきたときは、「いずれ自分も鉄工所くらいの社長になる」と思っていたのだったが、「今はもうだれでも会社を興せるというような時代ではなくなった」と言って肩を落とした。兄は今勤めている造船所の社長の片腕として、現場で幾人かの工員を束ねながら、骨身を削って会社のために働いているのであった。兄の夢と挫折とその懸命な生き方。私は、感謝する気持と共にしみじみ武士兄を誇らしいと思った。

翌日、駅まで兄に送ってもらい、東京に戻った。

後戻りしてたんぽぽの数殖やす　旭

二十二

昭和四十三年、四月。三年次生になる。毎日の日記は、内省的といえば体裁がいいが、相も変わらず自分探しの世迷い言ばかり悶々と記し続けている。その日記の繰り言は繰り言として、三年次生ともなれば、本気を出して卒業論文の準備に取りかからないといけない。卒論は必修課目。これを書き上げなければ文学科に学ぶ意味はないと意気込んだ。これまでの二年間、あれかこれかとテーマに迷ってきたが、結論としては、日本人の著した漢文学作品を研究調査することにした。文学に於いて日本の原点を知るためには、まず古典文学である。古典文学は就中《なかんずく》平安文学が盛んであった。だが、文学史上では、平安時代は女房文学を中心に論述されているものがほとんどである。その時代の男たちの学問と文学に光を当てた研究があまりにも少ないように思えた。平安貴族の文人たちは、それこそ命がけで学問・文学に精励していたことはよく知られていることなのに、この分野の研究が等閑視されてきたように思えてならない。彼等文人貴族たちの活躍があったればこそ当時の女房文学も花開いたのにちがいないのである。古来、日本文化及び日本文学に及ぼした漢文学の影響は甚大であったのに、現在の日本文学研究の学界では、日中の比較研究が少なすぎるように思う（そうした中で、刊行されたばかりの中西進博士著『万葉集の比較文学的研究』は驚きであった）。ましてや、日本人の著した平安時代の漢文学作品の研究は乏しいように思えたのである。

私個人は漢文学の素養に乏しく、学力も不足している。けれども、難解だが奥が深く面白い世界であり、漢詩も漢文もその行間に強い気迫が感じられ、それが生理的にも好きであったから、おのずからこの分野を選ぶに至ったのである。しかし、そうだからといって日本文学から鞍替えして中国文学専門に進もうとは思わない。「自分を知るため・日本人を知るため・日本文化を知るため・日本文学を知るため」に、国文科日本文学専攻に入ったのだから、やはり主軸は日本文学なのである。

　ところで、ちょうどこの数年前頃から、岩波書店の『日本古典文学大系』第二期が刊行されだしていた。第一期は、すでにすべて買い揃えていたが、それらの中には、研究テーマとすべき作品を見つけ得ないでいた。ところが、この第二期は、いきなり『日本書紀』・『懐風藻　文華秀麗集　本朝文粋』・『三教指帰《さんごうしいき》　性霊集《せいれいしゅう》』・『菅家文草　菅家後集』という日本人による漢文学作品が続いて刊行されたのであった。

　私は、図書館の閲覧室で、一心に頁を捲った。これらの本は、すべて、解説と原文と訓読文、そして詳しい注釈（頭注・補注）が付されていて、取りつきやすい内容である。まずは、『懐風藻　文華秀麗集　本朝文粋』。最初の『懐風藻』という本は、日本で最初に創作・編纂された日本人の漢詩集。ところが、あれこれ読んでみても、面白くもなんともない。これまでに読んだ王維・李白・杜甫・白居易などの詩から受けた感動からはほど遠く、味気ないことに驚いた（これは、後に分かったことであるが、前もって古典の読解及び鑑賞の仕方を学んでおく必要があるのである）。以下、『文華秀麗集』・『本朝文粋』も同じく、興が湧かない。部厚い一冊の書を閉じて、ふうーと溜息を吐いた。これは、あるいは私の見当違いかも知れない、と思った。夕刊配達の時間が迫ったので、その日はそれで切り上げた。

翌日。また、受講が終わって図書館に行く。その日は、『三教指帰　性霊集』を開いた。空海の思想書と漢詩文集である。私の生家の宗派は、真言宗なので空海上人の名は幼時から知っていた。父から継いで母が子安講などの講中の先達をしており、母は、毎月、父の命日の三十日の夜は、仏前でお経と和讃を一時間ほど読経した。私もその都度母のうしろにちょこんと正座して聴いていた。経文のことばは、何が何だか分からないながらも、「おんあぼきゃあべいろしゃのうまかぼだらまにはんどまじんばらはらばりたやうん……」の長い真言や『般若心経』、『大師和讃』をはじめとして、耳になじんでいた。とは言っても格別の信仰心があったわけではない。ふだんの生活の中でよく耳にしていたと言うだけのことであって、二十三歳のこの時になって、たまたま、また「空海上人」の名に出合ったのである。真言宗の開祖であり、日本文化の基盤を築いた大宗教家・大思想家ということは知っていたが、それだけにむしろ敬遠したいような思いで、『三教指帰』を開いた。

『三教指帰』の「三教」とは、儒教・道教・仏教をいい、「指帰」は、入門の意味である。なんだか難しく堅苦しい思想書だろうなあと思いながら、頁をめくった。

ところが、頁をめくって読み始めてすぐ、「おや、これは思想書ではあるが、文学作品でもあるらしいぞ」と気づいた。序文の四、五行を、二、三度繰りかえし読んでみる。とその途端、胸奥に向けて、ビリビリッと電流が走ったかのような衝撃が来た。

その書き出しというのは、

文の起《お》こるや、必ず由《ゆえ》あり。
天朗《ほが》らかなれば、象《しょう》を垂《た》れ、
人《ひと》感《かん》ずれば、筆《ふで》を含《ふく》む。
是《こ》の故に、鱗卦《りんか》・聃篇《たんぺん》・周詩《しゅうし》・楚賦《そふ》、
中《うち》に動いて紙に書《しる》す。
凡聖貫殊《ぼんじょうつらこと》に、
古今時異《ここんときこと》なると云《い》ふと雖《いえど》も、人の憤《いきどお》りを写《そそ》ぐ、
何《なん》ぞ志《こころざし》を言はざらむ。……
（原漢文）

参考までに以下、現代語訳してみよう。

人が文章を書くのには、必ず理由がある。
天が晴れれば、日月星辰などの天のいろいろの現象があらわれるが、
それと同じように、人が感動すれば、筆を取ってさまざまに文章を書くのである。

そこで、古の『易経』も『老子』も、また『詩経』とか『楚辞』という文章も、人の心が感動して、それを紙にかきあらわしたものなのである。

聖人とわれわれ凡人とでは人間がちがい、

また、昔と今とでは時代がちがってはいるけれども、いずれにしても、すべて文章というものは人の心の中から湧き出てくるものを書くという点では同じなのである。

それゆえ、私は私なりに、自分の心に思うことを書きあらわさないではいられないのである。

私がもっとも感動したのは、

凡聖貫殊《ぼんじょうつらこと》に、
古今時異《ここんときこと》なると云《い》ふと雖《いえど》も、人の憤《いきどお》りを写《そそ》ぐ、
何《なん》ぞ志《こころざし》を言はざらむ。

のくだりである。凡人であれ聖人であれ文章を書く理由は、「思うところを述べる」という点においては同じである。これが、私には、「凡俗だって大いに思うところを書くべきだ」という意味として、強く心に響いてきたのである。文学研究の道は秀でた人に

限らずどんな人間にも開かれているのであると、説く空海の気迫に、大いに気を強くしたのであった。

この『三教指帰』という書は、三教とは何かを説いているだけではなく、それぞれの教えの本質を説きつつ、それぞれの教えに基づく人の生き方を解説しており、いわば実践論なのでもある。どの教えも人を正しく導く点では聖説であるが、同時にまた、教えの深さにおいては、儒教よりも道教、道教よりも仏教が勝り、しかもすべてを肯定しながら、すべての人々を仏教にまで導くという内容なのである。また、この三つの教えにおける無常思想と忠孝思想についてもそれぞれの巻の中で詳しく説いている。

このように説明すると、宗教書であり思想書であると思える。ところが、この内容が、その名も滑稽な人物たちが活写されながら、問答を展開してゆくので、いわば戯曲型式にもなっているのである。しかも文体が、じつに華麗な修辞技巧が凝らされているもので、やはりこの書は、抜群の漢文学作品なのである。

私は、感動で心を震わせながらも、文章が難解であり、かつ儒学だけでも大変なのに、道教・仏教までもとなると気持ちが萎えそうになった。けれども、この日の衝撃を無駄にはできないと思った。どの道も易しい道はないのだ。なんとも難しい道だけれど、まあこの岩波の大系本を読み込んでゆけば、なんとか卒業論文までは書けるのではなかろうか、と思い定めた。生来の無鉄砲さと勘を頼りの所業であった。

卒論の研究対象を決めたら、次はどの先生に指導教授をお願いするか決めなくてはいけない。ところが、学内の教授、助教授の先生方の中には、日本漢文学の専門の研究者はいない。漢文学の先生は、『楚辞』や『礼記』、あるいは唐代文学等が専門であったし、国文学の教授、助教授の先生方は、殆ど漢文学分野に論究しない傾向が強かったのである。

そもそも「日本漢文学」という用語もまだ一般的には用いられていない頃だったのである。

空あるを忘じてをりぬ薔薇の中　旭

二十三

卒業論文の指導教授をどの先生にお願いするか。国文学科の中で漢文学に造詣の深い先生は誰だろうと改めて思いを巡らせてみると、「ああそうだ。佐藤謙三先生だ」とすぐに気がついた。佐藤謙三先生の講義は受ける機会がなく、直接教わってはいなかったけれど、先生が、『今昔物語集』『平家物語』『義経記』『大鏡』の研究をはじめ平安時代文学研究の碩学《せきがく》であることは夙《つと》に存じ上げていた。また漢詩文にも通暁され、『白氏文集』などは諳んじておられるという噂も聞いていた。髪は刈り上げ気味の短髪。浅黒で面長の顔立ちに黒縁の眼鏡というやや強面《こわもて》の風貌。学内の国語国文学会などでの先生の講評は、ぴしぴしと厳しく論の弱いところを指摘されて、学部生の我々が聞いていて冷や冷やするほど酷評される時もあったが、そのご指摘は正鵠《せいこく》を射たもので、かつその言葉の中に若い研究者をしっかり育てようとされている熱情が感じられるものであった。私は、佐藤先生に対して、その風貌どおり男っぽく爽やかな先生という印象をもっていたのである。先生には、またむかしから学生間に広まっている武勇伝や諸伝説があり、その意味でも名物教授のおひとりであった。たとえば、大戦時の末期、東京大空襲で焼夷弾が落とされた時、体育館の屋上で、落ちてきた不発弾を独りで一個ずつ取り除いて火事を起こさなかったという武勇伝。あるいは、若い頃、本学の図書館所蔵の書籍の大方を読破したという伝説（さすがにこれは誇張であって、実際は『群書類従』などの国文学の叢書類の大方を読破したということらしい）とかの類いである。

指導教授は、学生が自分の希望する先生のところに直接伺って承諾を得るという決まりであったから、私は、二、三日考えた後、断られてももともと、あたって砕けろの気持ちで、昼休みの時間、佐藤先生の研究室のドアをノックした。すぐに、「はい」と先生の返事があったので、ドアを開け、「失礼します」と言って、中に入り、自分の希望を述べた。先生は、「ほう、空海の『三教指帰』をするのかね。うん、分かった。だが、ボクは漢文学は専門ではないから、ボクは無理だよ。うーんと、それじゃあね。こうすると良い。隣りの実践女子大学の山岸徳平先生は、日本の漢文学にも造詣の深い先生なんだ。ボクが紹介してあげるから山岸先生に教わると良い。先生は、うち（國學院大學）の大学院でも教えてくださっているからね。ちょうど良いよ。今、ボクが電話で頼んであげよう。それからね、学内の手続きとしては、石田博先生に指導教授をお願いするといいよ」とまで、一気に決めてくださった。この間、先生は、私についてなにもお尋ねにならない。これまで、学内の学会で遠くからお見かけすることが何回かあっただけで、面と向かってお話しするのは今がはじめてだったのにである。先生は、すぐに机の上の受話器を取って、山岸徳平先生に電話をかけてくださった。山岸先生はその時ちょうど運よく実践女子大学のご自分の研究室におられて、ご快諾くださったのであった。とんとん拍子というのは、これをいうのであろうか。あっという間の出来事であった。私は呆然と突っ立っていた。先生は、受話器を置かれると、改めて私を見て、「波戸岡君と言ったね。君の出身地はどこかね」「広島の因島です」「そうか、うん、分かった。まあ、山岸先生が承知してくださったから、しっかり教わって、がんばりなさい」と、言葉短かく、しかし力強く励ましてくださった。長居をしては迷惑だと思ったから、「ありがとうございました。頑張ります。では、失礼いたします」とだけ、やっと声に出して、お辞儀をし、そそくさと退室した。廊下に出ると、ふーっと肩の力が抜けた。気がつかない間に、相当緊張していたらしいのである。事態が思いがけない速力で好転しはじめていることに驚きながら、先生の研究室を退出したその足で、私は、大学院の事務室に行き、山岸先生の出講日を尋ねた。金曜日の二時間目に、「日本漢文学史」の講義をされているとのことであった。

学部生当時の私は、山岸徳平先生といえば、岩波の日本古典文学大系の『源氏物語』をおひとりで全注釈した大学者というくらいしか存じ上げなかったが、図書館で調べてみると、物語随筆文学・説話文学・歴史戦記文学・和歌文学・書誌学そして日本漢文学とその専門領域は広範囲に亘る国文学の泰斗であることが知られた。山岸先生は、この当時七十五歳。学習院教授・東京教育大学教授・中央大学などを歴任され、現在は実践女子大学学長であり、且つ実践女子大学・國學院大學大学院などにおいて教鞭を執られているのであった。

翌週の金曜日の昼休み。私は、大学院事務室に行き、「山岸先生に面会したいのですが」と言い、大学院の講師控え室で先生にお目にかかった。先生は、見るからに頑健な体軀をしておられ、おのずと背筋が張っており、柔和な温顔の中に厳格さを湛えた雰囲気をお持ちであった。お話をするうち、先生は新潟のご出身で、言葉尻にお国訛りらしい素朴な口調と言葉遣いをなさるので、私は、つい大先生であることを忘れてしまいそうになった。「これから、卒業論文について尋ねたいことがあれば、この時間にここにいらっしゃい。または、実践女子大の私の研究室に来てもいいですよ」と気軽に仰ってくださる。その上、「ああ、それから、ここ（國學院）では、江戸の漢文学の講義をしているんだけれど、聴講してもかまいませんよ」とまで言ってくださった。優しく手をさしのべてくださる先生に感謝しつつも、流石にそれはご辞退申し上げた。

ちなみに、山岸先生は、学生時代、マラソン選手としても大活躍され、かの金栗四三と共に勇名を馳せた経歴をお持ちである。全国マラソン連盟副会長を務められ、富士山へは駆け足で百回以上登攀したことも有名な話である。七十五歳とは思えないほど矍《かく》鑠《しゃく》としておられるのも、宜《むべ》なる哉《かな》である。

後日、石田博先生に、この間のいきさつをご報告したところ、先生はすべてご了解くださり、私の指導教授になってくださった。

さて、これから、いよいよ卒業論文執筆にむけての道が始まる。私は、まず、新しく大学ノートを一冊購入して、「卒業論文『三教指帰』ノート」と表題をつけた。

竹皮を脱ぎまつさをな月を指す　旭

二十四

卒業論文執筆の日々が始まる。ノートには、メモ書きばかり。何を調べればいいのか。何をどう切り込めばいいのか。皆目見当がつかない。ましてや文章化は何時のことになるやら。殊更困惑したのは、いったい自分は何を研究しようとしているのか。歴史をやっているのか、伝記なのか、宗教なのか、漢籍との照合をしているだけではないか、これで文学の研究といえるのだろうか等々。迷い道の連続である。

それはともかく、講義科目は、三年次以降、流石に専門分野ばかりとなる。相変わらず退屈な授業も多かったが、良し悪しはともかく印象強い先生がかなりおられた。

幾人か思い出してみよう。単位を取るのに最も難関だったのは、今泉忠義先生であった。国語学の専門で、折口門下の高弟で、世に「今泉文法」と称される古典文法の大家であった。先生独自の文法に基づく『源氏物語』全文の口語訳本を出版されている。試験問題はいたって簡単で『源氏物語』の本文の一部を口語訳するだけの問いなのである。ところが、これがどの部分から出題されたものか分からず、しかも答案は細かにチェックされ、なおかつ減点方式だから、ほとんどが不合格なのである。毎年、二、三百人受講して、数十人合格するのみであった。しかも、この科目は教員志望者にとって必修であった。この科目の単位が取れないために泣く泣く教員の道を諦めた者も少なくなかった。試験が過酷であったのに比して、講義はじつに退屈であった。講義開始のチャイムが鳴ると、若い男の助手が後ろや横の入り口に鍵をかけて、遅刻者を入れなくする。そして最前列から出席カードを配る。配り終わってしばらく経って、今泉先生が入ってくる。すると、助手は出てゆくのだが、その出しなに前のドアにも鍵をかけて行ってしまう。全員立って礼をすると、先生はおもむろにテキストを開く。前置きもよもやま話も一切無く、いきなり、だがゆっくりとマイクに向かって本文の口語訳を読む。よどみなく読み続けられる。一切の抑揚も感情移入も無く、坦々とただ述べてゆくだけなのである。言いよどむこともなければ、休憩もない。受講者の我々は、これまたひたすら先生の語られる口語訳をそのまま筆記してゆくのみ。かくして七、八十分は瞬く間に過ぎて、先生は本を閉じられる。全員、立って礼。それでおしまい。毎時間、これだけである。もちろん水を打ったような静けさで私語する者は一人も無く、その余裕すらない。ただひたすら鉛筆を走らせる音だけが、かすかながら異様に響く。先生は、白髪を短めに刈り上げられ、やや面長。いくぶん切れ長の目の鋭い眼光を放たれるが、講義の間中、ほとんど学生の方は見ない。これが講義といえるかどうか、今もって疑問に思うが、今泉先生の「国語学演習」はそういうものであった。おそらく先生の教えの姿勢には、あれこれの技法を解説するよりも、最も難解にしてかつ名文中の名文である『源氏物語』を、逐一厳格に口語訳してみせることによって何かを体得させようという意図があったのだろうと思われるのだが、まことに乱暴といえば乱暴である。だが誰一人この講義に抗議する学生はいなかった。先生の威厳というか、孤高の学徳というか、畏怖の念を抱きこそすれ、あからさまに不満を漏らす者さえ見受けられなかった。後に聞いた話であるが、今泉先生もお酒の大好きな人だったようで、研究室に来客があると、まず一献となり、話がはずめばついずるずる盃を重ね、挙句に酔っぱらってしまう。すると講義が面倒になる。そんな時は、お付きの助手に代講させてしまう、というのである。そう言えば、何度か助手の人の代講を受けた記憶がある。大層な名物教授の一人であった。

事のついでに、もう一人思い出した先生がいる。こちらは教育学だったか教育心理学だったか、これまた教員志望者にとって必修科目であったが、単位取得が難しい科目であった。当時、アメリカの教育界で始まったものらしいが、非指示的療法とかいう教育法で、友田というこの先生は、テキストはあるものの、教室には来られるのだが、講義は一切しない。一言も話さない。学生が騒ぎ出すと、しばらくして重い口を開き、「学習は自分でするものだ。君たちは私の話を聞くのではなく、各々自分たちでやりたまえ。私は何もしゃべらないから」と言うのである。毎時間、これである。学生たちの多くは、呆《あき》れかえって、ぞろぞろ出てゆく。だがこの講義を放棄してしまうわけにはいかない。教員免許取得のためには、必修なのであるから。しかしこれにも根負けして、単位を諦めて教員志望を断念する者が後を絶たなかった。私はと言えば、やはり戸惑いを隠せなかったが、躊躇した末に、何人かの学生と研究室まで押しかけていった。すると、そこでは、割りとすらすらと、我々の質問に答えてくれるのであった。午後の二時限目だったので、四時を過ぎると、私は夕刊を配るために駅に急がなくてはならない。ある日、先生はまだ続けるつもりとお見受けしたので、私は立ち上がって、「すみません。アルバイトがあるので、途中ですが失礼します」と挨拶した。すると途端先生は声を荒げて、「君はなんで僕にあやまるんだ。君は君の用事があるから帰るんだから、あやまることはないんだよ。黙って帰ればいい。なんであやまるんだ」と叱られた。私は礼儀のつもりで言ったのだから、卑屈に言った覚えはない。だが、言い訳も面倒なので、そのまま、黙ってお辞儀をして出て行った。なんだか腑に落ちない気がしたことを覚えている。受け身で聞くのが、通常の受講態度とばかり思っていた私は、いささか面喰ったが、なるほどと思うところもあった。しかし、ある日の先生の話の中で、「孔子は、弟子たちとはいつも対等に対話をしていた。決して上から教えるという態度をとらなかった。それが、証拠に、『論語』の中には、『対《こた》へて曰《いわ》く』とあるだろう。つまり対話形式なんだよ」と話された。この話の前半部分はそのとおりなのだが、その後半が間違っている。私は、「ああこの先生は漢文が分かっていないなあ」と思った。生半可なことを言う人だと思った。『論語』にしろ『孟子』にしろ、「対へて曰く」は、相手が国王かそれに準じる人へ敬意をはらった表現であることは、基本中の基本の知識である。対等の会話では使わない。正直、この一言でがっかりした。当時の教育界において割合全国的に知られた先生だったようで、後日、熱狂的な後援者に推されて参議院議員に立候補したが落選した。なんだか馬脚を現してしまったかの感を覚えた。

ところで、これは以前にも記したことだが、研究者と異なって、実際に文学の創作に携わっている先生の講義は、それぞれ独特の雰囲気があって、講義内容以上に、その先生が醸し出す風格、また風貌から受ける文学的な薫りというようなものが感じられて嬉しい時間であった。当時、都立大学の教授であったリルケの著名な研究者であり、かつ文芸評論家であった川村二郎先生のドイツ語の授業は、低くよく響く声が素敵であった。テキストの読みと解釈中心で、テキストを離れての文学的な話は無かったが、「この先生は文学に通じている人だ」と思った。また、「かつて折口信夫先生に頼まれたから、やむなく毎年来ているんだ」とおっしゃる、「文学概論」の吉田健一先生。かのワンマン名宰相・吉田茂の御曹司である。政治を嫌って文学に遊ぶことを貫いた文人である。「去年は、このあたりでちょうどチャイムが鳴ったんだがなあ」とつぶやきながら、早々と切り上げて出てゆかれることもしばしばであった。また休講も少なくなかった。毎時間、真っ赤な顔をしていて、時々古いノートをちらりと見ては話を続けられるのだが、なにしろ始終ご自分の顔を撫でまわしている。まるで猫が前足で己が顔を撫でるしぐさそっくりなのである。それがもうすっかり癖になっているらしく、一向に平気なのである。そして、折々、「私は、二日酔いの時だけ出講することにしているので、悪しからず。正気の時は家で執筆しているのだから」とうそぶかれるのであった。

また、「文学特殊講義」の角川源義先生の講義は、南北朝の説話集『神道集《しんとうしゅう》』であったが、角川書店を起業した初代社長、また俳誌「河」主宰の先生だが、講義は謹厳実直というと失礼だが、生真面目そのものの授業で緊張した。確か「武田祐吉先生からお預かりした科目」だとおっしゃっていた。俳句の総合雑誌などで、高飛車に批評している先生と、同一人物だとは思えないほど丁寧で慎重な講義をなさっていたことをしっかり覚えている。その他、列挙すればきりがなく思い出されるが、このあたりでやめておこう。

ちなみに、講義ではなく学内の文学講演会で思い出深い先生といえば、中村真一郎・山本健吉・西脇順三郎、そして中村草田男である。西脇先生は、「詩と史と死」について話されたが、私には単なる語呂合わせくらいにしか理解できなかった。中村草田男先生は、俳句の話から自然破壊に話題を移すと、自分で自分の話に興奮してしまい、延々と怒気を混じえて話し続けて止まらなくなって時間超過。どなたかが止めに入った。言わんとするところの意図はよく分かったが、論旨は支離滅裂であったことを覚えている程度である。

白鳥の首の高さにものの思ふ　旭

二十五

日大・東大をはじめとして大学紛争はますます激しくなり、全共闘などということばも飛び交うようになったが、相変わらず、私は集会とかデモとかにほとんど無関心を通した。無関心でいることにも、ある程度の強い意志と勇気が必要であったが、ともかくノンポリで通すことにしていた。大学紛争の中味も安保反対のみでなく、学生自治の問題が激しさを増してきた。東大紛争や日大紛争はそれぞれに発生した学内の問題が絡んでいるようで、報道だけではよく分からない。デモの渦中に入らないと詳しい事情はのみこめないのではないかと思えた。だが、出向いて行ってまで関わりたくはない。それでなくとも、私は新聞配達と不規則な生活による睡眠不足で、体力・気力ともにいっぱいいっぱいだった。と、こう言えば聞こえがいいが、実際は、怠惰の性癖が強く、なにかに対して、愚かしい自分という殻が破れなくて、日々もがいているばかりだったのである。だがしかし、もはや、これまでのようにぐずぐず嘆いてばかりもいられなくなった。卒業論文という具体的な目標が目の前にあるからである。これを書き上げないでは、文学部に入った意味がないのである。

私の日記は、怠惰を嘆き焦燥に駆られ、悶々とする心情をだらだらと書き連ねながらも、また奮起して、しばし卒業論文の下調べに夢中になり、また消沈して悶々とする記事で埋まっている。下調べというのは、『三教指帰』を片手に、『文選《もんぜん》』『論語』『荀子』『孟子』『抱朴子』『韓非子』などを紐解きながら、逐一比較し読解してゆく作業である。読みふけるのは楽しいが、ただただ漢籍の大森林の中に迷い込んでしまうばかりであって、ひとすじの道も容易に見つからない。同時にまた、空海の生きた時代の歴史的な考証を平行して調べてゆかねばならない。やるべきことを数え出すと切りがなく、頭はいっぱいになる。いったい自分は何を研究しようとしているのか。歴史の研究をしているのか、思想の研究をしているのか、伝記の調査か、いやいやこれらはすべてひっくるめて考えなくてはいけない問題なのである。だが、いったいこんなことでほんとうに文学の研究といえるのだろうか……。迷いの渦に巻き込まれて立ち往生することしばしばで、一向に先は見えてこないのであった。あまりに苦しくなると、山岸先生のところに教えを請いに伺った。先生の研究室は実践女子大学で、國學院の正門を出ると五分もかからないところであった。私は、わりと足繁く先生の研究室に通ったと思う。私が平気で、よく実践女子大の門に出入りするものだから、それを見かけたクラスの連中は、不思議がり、あれこれうわさをしていたらしい。男子学生が女子大の門をくぐるのは、異様に見えたらしいのである。私自身はそんなことは一向に気にもかけなかった。と言うよりは、まったく気がつかなかったのである。ただ先生に会うために出入りしただけだから、気がつきようがないのであった。周囲の目を気にするよりも、私は、先生に教わりたい一心であった。たとえば、空海を研究するためには、自分も高野山に入山するべきではないか、という素朴な疑問についても、自分では判断がつかなくて、こんなことを尋ねていいものかどうか気恥ずかしい思いであったが、先生は、即座に、「今の君には、そんな必要はないですよ。文学の勉強ですから、文献をしっかり読んで考えればいいんです」と迷いを消してくださったのであった。くよくよ悩み苦しむばかりでは、前に進めない。

私が大学を目指した理由は、自分とはなにか、人生とはなにか、何のために生きるのかということの答えを見出したいからであったが、当然の事ながらいまだに何一つ見出せていない。空海のこの『三教指帰』の書は、人の生き方を説いているのであるが、これはあくまでも研究の対象として取りあげているに過ぎない。研究は研究としてあり、人生論はまた人生論であるのだろうか。やはり研究と実人生とはそう短絡的なものではない、ということなのであろうか。いやそんなはずはないと思いつつも、まったく答えは出ないのであった。

夕刊を配達した後に、神田伯山先生宅によく伺った。「いつでも待っているから、話しにいらっしゃい」と気さくに声をかけてくださるのである。講談界では、偏屈で変わり者、怖い人と敬遠されているらしいのだが、私は、先生の頑固で筋の通った生き方をされているところがすばらしいと尊敬している。高座の語りは、どんな人物の描写も血が通っていて、重厚である。前にも記したが、殊に中里介山の『大菩薩峠』は絶品である。私は、先生の所蔵の角川文庫本（全二十七巻）をお借りして、全巻を読んだ。無明の世界にうごめく人物の種々相が綴られる、この未完の長篇小説の末尾の舞台が、ハワイであることには驚かされた。先生は、大正時代に都新聞に連載されている頃から、高座にかけておられていたらしい。毎月、二、三回、上野の本牧亭に出演されたが、いつも入場券をくださるので、月に一、二度は聴きに行った。クラスの友人を誘ったこともあるが、だれも興味をもたなかった。七十歳のお年で、芸歴六十年近い先生のネタの数は、五百を超えるらしいのだが、ほとんど覚えている、と言うのである。ある時、「忘れることはないのですか」と尋ねたら、「ああ、まずそんなことはないが、高座の前日には、話の要所要所のキッカケのことばを書いたメモを見るんだよ」と、そのメモを見せてくれた。短い単語がポツポツ記してあるが、むろん、なんのことだか分からない。先生にはお弟子さんが二十人ほどいて、その人たちは「神桃会」という稽古場で稽古をしていることは聞いていたが、希望者がいれば、まったくの素人でも稽古をつけてくれるらしい。先生に勧められるままに、私もやってみることにした。はじめは、「修羅場」というもので、「赤穂義士伝—寺坂吉右衛門二度目の清書」。七分半ほどの講談である。京王線の仙川駅で降りて、田んぼ道を十分ほど歩いたAさんの家。文の調子が良いので諳んじやすかったが、三ヵ月ほどでやめた。次の演題が「三方ヶ原軍記」と言われ、台本を見ると長すぎて短期間には覚えられないと思えたし、卒論に向けて気持ちに余裕がなくなったからである。それでも、寝不足ながら、上野の美術館、東銀座の歌舞伎座、三宅坂の国立劇場など、鑑賞・観劇にはよく出かけた。これらは、鬱々とした日常から抜けだしての気散じなのであった。

昭和四十四年一月一日。元日の厚い朝刊を配り終えると、販売所の食堂で朝食を済ませ、小さなリュック一つを肩に掛けて巣鴨駅まで歩く。どこに行くかは決めていないが、今年は二泊三日の初旅。人員に余裕があるので、所長が一日休みをくれたのである。山手線で上野駅。上野でぐずぐずしていたら、夕方時分になった。ホームに停車している列車があったので乗ることにした。行く先も見ていない。座席に座ってうとうとしていたら、いつの間にか走っていた。どのくらい経っただろうか。「終点、前橋。前橋駅、終点です」というアナウンス。降りるともうあたりは真っ暗であった。夜の十一時近い頃である。もっと先まで行って欲しかったが、「前橋行き」だったのである。構内は寒い。切符売り場の駅員さんは、「今日はもうここから先に行く列車はない」と言う。近くの旅館を訪ねたが、芳しい返事はもらえない。「次の駅はどこか」と尋ねたら、「渋川」と言う。寒いけれど、一駅歩いてみるのも悪くないなあ、と思った。途中、どこかで坂東太郎（利根川）に出合うはずで、真夜中に坂東大橋を渡ることになるだろう、と気持ちがいささか高ぶった（実は、「坂東大橋」は、「渋川」より逆方向であった）。前橋は、萩原朔太郎の故郷である。あとで調べてみたら、前橋から渋川まで十八㎞であった。歩き始めたのは、十一時三十分頃である。国道十七号線、上弦の月を背中に、赤城颪の空っ風が右肩に痛い。雪解け道を濡れないようにひたすら歩く。左側をトラックがダンダン音を立てながら走り抜いてゆく。ところどころ灯があるが、暗い歩道をずんずん歩く。誰一人擦れ違う人もいない。明け方の三時頃、ようやく橋を渡って、渋川市に入る。橋のたもとで大利根川の暗い川面に見入った。すると、夜どおし騒いでいたらしい若者たちが五、六人、どこかの家から出てきて、橋の近くでしばらくの間わいわい声をあげてたわむれていたが、やがてどこかに消えて行った。渋川駅から草津温泉。そこから国鉄バスで長野原。途中、白根山のスキー客の一行に出合ったり、峡谷の河原に下りて、顔や手足を洗って一休みしたりする。幾つか小さな駅を乗り降りして、もう帰ろうかと思ったが、ちと物足りない。やがて、川中温泉に着いた。山また山の中。当時の川中温泉は古い湯治場の宿があるばかりであった。小さな宿に泊まったが、何とも部屋が古くて薄汚い。温泉はぬるま湯で、なかなか身体が温まらなくて上がるに上がれない。泊まり客は私一人。冷たい蒲団にくるまって早々に寝入った。翌朝、裏山に登る。ゆるゆると山路を一時間も行くと、十六戸ほどの部落があった。更に三十分登ると、十戸ほどの部落が見えた。彼方には岩櫃山《いわびつやま》の奇観。一軒の古い家の前に立つと、中に老夫がいて、「話して行け」と言う。中に入ると、牛がいた。牛だって寒い冬は外にはいられないであろう。ちゃんと牛小屋がある。天井の梁《はり》に、クヌギか楢の枯れ枝の小さな束が俵状に括られて二つ続きにぶら下がっている。「米豊作祈願」という札が貼ってあるのを見て、おもしろいと思った。主の老夫は、樵《きこり》であった。話好きとみえて、昔話をしてくれた。昔、ここの岩櫃の山城が、落城間近の時、何日も水攻めにあって苦しんだが、城郭から白米を流し落として、まだまだ水はありあまっていることをしらしめた、という話。どこやらで聞いたような伝説である。今回の二泊三日の初旅は、なんの取り得もなく終わった。それでも、ささやかな無計画・無鉄砲の小旅行。いささか憂さは晴れたと思う。

この翌日、旅の土産を伯山先生に持って行ったのだが、迂闊にも、奥さまに手渡す寸前、地面に落っことして山菜漬か何かの土産の瓶を割ってしまった。

枯木にも見事な枯れといふものあり　旭

二十六

小学生の頃、私は大きくなったら学校の先生になりたいという淡い憧れを抱いていた。だが中学生になって、高校進学ができないと分かると、その憧れはすっかり脳裡から消えてしまった。その後、思いがけなく高校に入学できたのであったが、またまた悩みの底に沈んでいる時に、恩師の高田吉典先生にお遇いできて大学への道が拓けた。その時から、将来は高田先生のような高校の国語の教師になりたいと思うようになった。國學院大學文学部に入学したのもその決心からであり、教員免許を得るための教職課程の講座も受講してきたのであった。この講座の多くは四、五時限目に開かれていたので、夕刊の配達に差し支えたりしたが、販売所の方でやりくり算段をしてくれたお蔭ですべての単位が取得できたのであった。私が入学した昭和四十年頃は、東京都をはじめ全国どこの県も中学・高校の教員採用の人数は極めて少なかった。ところが、幸いなことにその後の数年の間に、徐々に採用人数は増えていったのである。同時に、大学の紛争が高校にも飛び火しつつある頃でもあった。採用人数が増えつつあるのはありがたいが、自分が教師になれるかどうかは、試験の結果次第である。それゆえ、「もしも合格すれば、どこか地方の高校教師になれるといいが」くらいの気持ちであった。

四年次生になると、六月に二週間、教育実習がある。私は、都内の赤羽商業高等学校（定時制課程・普通科）に出向くことに決まった。教育実習生としてはじめて教壇に立った時は、緊張で紅潮したと思うが、四十人余りの生徒の好意的なまなざしに助けられて、なんとか授業を終えた。二週間目に入ると、すこし余裕がでた。すると教室の中に、なにかしら目には見えないが、明るくゆるやかになみうつような空気の動きが自分の総身に伝わってくるのを感じた。授業というものは、静止するのではなく、うごくものなんだろう、と直感した。この時、私は、はっきり教師になりたいと思った。

教師志望の気持ちは強く固まったが、自分自身の心の問題は一向に進展がない。読売奨学生としての仕事は、大きな病気もケガもなく、病気と言えば慢性的な眼精疲労で、眼球が痛く、視力がグッと落ちたけれど、その他はちょっとした風邪熱くらいで、大過なくなんとか勤め上げられそうであるが、内面的な悩みや焦燥は募るばかりである。加えて、卒論作成が難航した。ただし、難航しつつも、卒論の対象に空海を選んだことについては、まったく迷いはなく、後悔することもなかった。空海という偉人はとてつもなく巨大であるから、卒論程度で、空海の思想や宗教の奥義を究めようとは初めから考えてはいない。文学的な視点から、『三教指帰』の文学性とその儒教・道教の巻に限って出典論を調べようとしていただけなのである。ところが、そのように研究範囲を狭めてみても、やはり、基礎的な問題として、当然、空海その人の全体像のあらましを調べておく必要があった。この概説的な作業が、意外に時間と手間がかかることであった。なにしろ空海の活動範囲はとてつもなく広く深い。参考資料はいくらもあるが、概説は概説に過ぎない。いくら書き出してみても研究には至らない。卒論の眼目は、あくまでも文学書としての『三教指帰』と『文選』所収作品との比較研究にある。諸々の事象を平行して調査を進めているのではあるが、あれこれつぎつぎと気がかりなことが出てきて、研究の核心にはなかなか入っていけない。国会の図書館にも幾度も出かけ、國學院大學の図書館にもかなり多くの参考論文があるので心強かったが、その反動も大きく、自分の調査研究の未熟さが際立って、とかく停滞してしまうのであった。

そうこうしているうちに、教員採用試験の時期になった。一時は、どこか地方の静かな町の教員がいいと思ったりしたことがあったが、すぐにそれは淡い夢物語に過ぎないことに気づいた。どこに行っても清浄な地などはないのである。人の集まるところは、どこだって濁る。却って静かなところほど濁りが目立ち、息苦しくなる可能性が高いと思った方が間違いないと思うのであった。どうせどこも濁っているのなら、このまま東京にいて教師になればいい、と決めた。受験日が異なっていたお蔭で、東京都・埼玉県・千葉県・神奈川県・川崎市とを受けることができて、みな合格通知が来た。

卒業論文は、苦渋の果てに、十二月の提出期限ぎりぎりに原稿用紙四百字詰めに二百枚ほど書いて提出した。『三教指帰』は、儒教・道教・仏教、それぞれの教えを説くとともに、それらの教えに基づく人の生き方を説いたものであること、つまり一種の実践哲学の書であることを詳述。本書の基本構造は、横論的には、三教はいずれも聖説であると説き、竪論《じゅろん》的には、三教には深浅の違いがあると説き、さらにそれぞれの教えの中で、この世の定めである無常思想と忠孝思想の二つがどのように乗り越えられ、実践し得るかを説いていることを論じる。そしてそれらの思想の拠り所は何であるのか。いわゆる出典論的にそれらを順々に論説していった。くわえて、『三教指帰』の文体は、『文選』の賦の作品に匹敵する優れた文学性をもつといえるが、その論拠はかくかくしかじかである。その程度の内容であった。

論文を提出してしばらくは、ほっとした日々が続いたのだったが、時が経つにつれ、内容を思い返し思い返しししているうち、だんだんやりきれなくなってきた。これでいいのか。こんなことでいいのか。自分は、こんな程度のものを書くために、故郷を出て来たのか。会社を辞め、母を泣かせ、兄弟を怒らせてまでして、上京して五年間、大学で四年間、学んだものがこの程度なのか、これで文学の研究と言えるのか、こんな程度のための今日までだったのか。論文の中味の無さに、心底、嫌気がさした。こんなものは研究でもなんでもない。まったく研究以前でしかないではないか。自分の能力の無さには、気づいてはいるが、それにしても、この中味の薄さは、やりきれない。こんなはずではなかったのに。この惨敗はなんなんだ。腹立たしくもあり、つくづく情けなくもなるのであった。

研究とは何か。創造的行為の創作に比べて、研究は、文学の二次的な作業に過ぎないのではないか、と迷った時期もある。だが、この「創作か研究か」という問題は、二者択一すべき問題ではない。優れた創作が凡作の研究に優るのは当然至極であるが、逆に優れた研究は凡作の創作よりずっと優るのである。優れた研究は、決して文学の二次的な作業からは生まれないのである。自分は、創作もさることながら、まず文学についての研究をしてゆこうと決意して、進んできたつもりであった。ところが、結果は、惨敗でしかない。誰の判断を仰ぐまでもなく、達成感の欠片もなく、敗北感に打ちのめされた。このままでは、終われない。このまま教員生活には入っていけない。そう思った。

寒の鯉明日へ何かをつぶやけり　旭

二十七

卒業論文の中味の薄さは、ほとほと私自身を困惑させた。卒業したら高校の教師になろうと思ってはいたのだが、しかし、このまま卒業ではあまりにも空しい。四年間いったい自分は何をしてきたのか。露ほどの達成感もないではないか。無論、学業に終わりはないのだから、これからも学びの心構えを忘れなければいいと思いもするけれども、だからといって、この空しい気持ちのまま卒業してしまってよいとはどうしても思えない。今、自分の前に拓かれた道というのは、このまま卒業して国語の教師として一人前の社会人として歩み出すということで、これこそは自分自身ずっと願い続けてきたものなのである。そうであるには違いないのだが、どうもこのままっすぐ社会に踏み出すことはどこか間違っているように思える。何か大きな忘れ物をしたような不安を覚える。このままただ卒業すれば、後で後悔するかもしれないと思う。いや、きっと後悔するにちがいない。二月の卒業間近になって、私を後ずさりさせる原因は、一口に言って卒業論文の出来の悪さ、中味の薄さにある。指導教授の先生がどのような評価をしてくださろうがそれは問題ではない。それ以前に、自分自身まったく納得がいかないのである。不完全燃焼どころか、燻《くすぶ》りさえもしなかったではないか。研究のきっかけは摑んだつもりであった。だが、ほとんどは空回りで、手ごたえのある成果は微塵もない。大きな忘れ物とはこのことである。このまま卒業すれば後悔ばかりが残るのである。どうすればいい……。言うまでもなくそれは研究を続けることだ……。だが、怠け者の自分が教師になって、教育に携わりながら研究を続けられるであろうか。それは容易に見えて、じつは非常に難かしいことなのだ。凡庸で怠け者の自分には到底無理な道である。では、どうすればいい？　大学院？　大学院に進学するという道がある。これはどうだろう、と思った。しかし、大学院に進むなんて、こんな程度の卒業論文しか書けなかった者にその資格があるだろうか、とも思う。その不安が頭を掠めたけれども、卒業間近のこの困惑を解きほぐすには、今のこの思いつきを試してみるしかなさそうであった。はじめは漠然とした淡い思いつきであったのだが、日を増すにつれて本気度が強まった。ついに自分の今の困惑の解決策はこれしかないとまで確信した。そこで、卒業目前ながら、私は本気で大学院進学を目指すことに決めた。将来、研究者になるかならないか、もしくはなれるかなれないかはともかくとして、学部で手がけた研究題目をもっと追究したい。そのためには大学院進学、これしかない。と活気づいたのである。さいわい、在学中は読売奨学生としての仕事の手当ては悪くなくて、多くの蔵書を購入できたほかに、大学院の入学金と学費一年間分くらいの額は貯まっていたので、経済的にはなんとかなりそうであった。そこで、さっそく大学院事務所に行って、過去数年間の入試問題を購入し、それから日々入試対策の勉強に励んだ。大学院入試は、年度内に二回あって、すでに一回目の学内試験は十月末に終わっていたが、二月末に一般公募の入試があった。当日、私は、文学科日本文学専攻希望で受験した。日本文学科専攻の試験問題数はやたら多い。主任教授のほとんどの先生が出題をするので、専門科目は長文の問題用紙が七、八枚あり、それに英語と独語の筆記問題二枚。この一次試験に合格すると口頭試問を受ける。結果は、なんとか合格できた。これで、卒業論文でてがけた空海の『三教指帰』をさらに研究する道が拓けたわけである。卒業間際になって大学院進学を思いつくなど、いまさらに自分の無思慮・無計画に呆れるばかりだが、遅まきながらも思いついただけは、まずまず善しとすべきだと思った。

さて、進学は決まったが、せっかく合格した高校教師の道をどうするべきか。以前知り得た情報では、大学院生は、原則、アルバイトは禁止であり、例外として非常勤講師は可、ということであった。私は、大学院の事務所の窓口に相談に行ってみた。すると、案ずるより産むが易し。なんと運のよいことに、今、文部省は、教員の研修を奨励するという指針を出し、正規の教員も勤務に支障をきたさないかぎりにおいては、大学院で学んでもよいと言っており、また大学院側も（これに呼応してかどうかはよく分からなかったが）、正規の教員が大学院生であることを認めることになったというのである。つまり、大学院生と公立高校教師との二重身分がゆるされたということなのである。私にとって、これはなんともありがたい朗報であった。

せっかく合格しているのだから、私はやはり教師になろう。教師になれば、当然、教師の務めが第一で、研究時間は減るだろうが、しかし研究機関に身を置くだけでも充分である。欲張るようだが、この二つの道を行こう。これなら忘れ物をすることもなく、進めそうだ。そのためには、渋谷の大学院にできるだけ近い、定時制の高校を希望すればいいのである。通勤・通学に便利な位置の高校はどこか。諸々経緯はあったが、結局、川崎市立の定時制高校に決まった。アパートも高校近くの溝の口に決めた。

思えば、私は、高校卒業して以降、二年間は、会社と受験勉強との二足の草鞋。大学の四年間も新聞配達との二足であった。そして、またまたこれから研究生と高校教師との二足の草鞋で歩むことになった。これからの二足は、研究と教育とであるから質的な差異はさほどではない、とはいうものの、どちらの草鞋も重く、どちらの道も果てしなく遠い。しかし、これが私の求めた道なのであるから、この道を行く。

発想といふ弾力の寒雀　旭

二十八

卒業式は、入学の時と同じく大講堂であり、記念講演も入学式と同じ金田一京助先生であったが、演題は、ユーカラの話ではなくて、石川啄木との友情の話であった。啄木の才能を信じ敬愛して親身の世話をした日々のことを、さも懐かしそうに語られた。啄木を思いやる金田一先生の優しさと友愛の情には心を揺さぶられたが、啄木の不遜な行動は肯えないし、先生もかなりお人好しすぎたのではないかなどとも思ったりしながら聴いた。記念講演そのものは感慨深いものがあったが、いざ卒業証書を手にしても格別の思いは湧かなかった。卒業が問題なのではない。この先、勉強を続けることがだいじなのである。大学院に進学することにはなったが、教師と研究生との両道は、言うに易しく行うに難い。しかし、この難路を歩むことは、誰に強制されたわけでもなく、他ならぬ私自身が選んだ生き方なのである。納得してやりぬくしかない、と思う。

それにつけても、なんとかして大学に行きたいと藻掻き足掻いた十九歳までの月日はとても長く感じられたものであったが、それに比べて、卒業間近になって思い返すと、大学のこの四年間は意外に短かかったようにも思えてくる。朝夕の配達・日曜日毎の集金・拡張など、肉体的・生理的に苦しかった日々も、過ぎてみれば、それらの苦痛は却って懐かしくも思えてくる。逆にまた、大学ノート四冊にびっしり書き込んである日記をめくれば、日々の悶え苦しみの繰り言が綴られていて、なんらの進歩もなくいたずらに日を重ねていたことのみがよみがえってやりきれなくもなる。

十歳の頃から悩みはじめた諸々のこと、自分ってなんだろう、自分の描く理想と現実との大きな隔たりに心暗く悶え悩み、そしてそれはすぐに、何のために生きているのだろう、という問題にぶつかった。暗いトンネルは長く続いた。そして、大学に入って、やっと一つの解答を得た。それは、「何のために」という疑問自体が間違っていることに気づいたのが糸口となった。「何のために」という問い方は、自分を何かのための「手段」とみなしている。それがおかしい。その問い方自体に誤りがある。誰だって自分の命は自分のためにあるのであり、自分は自分のために生きているのである。誰かのためにとか、何かのために自分があるのではない。したがって、「何のために生きているのか」という問いかけには、「生きるために生きている」という答えしかないのである。

しかし、それは人生は無目的であるということではないし、またいわゆる自己目的化というようなことでもない。目的は存在するのである。すなわち、生きること自体が目的なのである。目的は生きること、よく生きることなのである……、と。それから次々と幾つかの疑問が解けていったのであった。だが、このように会得したつもりになることが、また一つの大きな落とし穴になるのであった。なによりも分かったつもりになることが最もこわい。何のために生きるのか。生きるとは何か。自分とは何か。これらは、大学の四年間では果たせない課題である。今後も幾たび幾たびも自問自答を繰り返していくしかないのであろう。おそらくは終生の命題なのである。

大学の卒業式の一週間後、読売育英奨学会の修了式が読売ホールで催された。四年前の入所式では、わが二期生の総数は九百六十人ほどであったが、修了したのは六百人ほどであった。三百人余りの人は、諸々の事情（病気・事故その他）によって不運にも中途で止んだのであったろうか。無念である。気の毒である。

この修了式に際して、読売育英奨学会の粋なはからいで、奨学生各自、自分のお世話になった人ふたりずつを、交通費全額本社持ちで招待してくれたのであった。私は、一も二もなく最もお世話をかけた高校の恩師・高田吉典先生と次兄の武士兄に来てもらうことにした。先生も兄も喜んで上京してくれた。随分とご心配をおかけしたにもかかわらず、常に温かく見守り励ましてくださった高田先生。また、必死で稼いで高校三年間の学資と生活費を出してくれ、男同士の約束を一方的に破って会社を辞めた私を結局はゆるしてくれた次兄。私は、このお二人に、無事、読売新聞育英奨学生を修了できたことを報告できたことがいちばんうれしいことであった。

修了式の記念講演は、作家の水上勉氏であった。講演は、氏の生い立ちからお寺での厳しい修行時代、それから作家になるまでの話であった。『飢餓海峡』・『雁の寺』・『桜守』の作品は読んでいたが、それと同質の陰湿な雰囲気の中で、ぽつぽつと話された。遠くの席からでも文学者特有のオーラを覚えたが、壇上の水上氏の顔は暗かった。苦渋の作家生活の暗がりを隠さずに漂わせている風であった。かつての入学式の時の松本清張氏の骨太さ力強さのある印象とはかなり違っていたが、強い文学臭は忘れがたい。

読売育英奨学会からは、修了生ひとりひとりにオメガの腕時計が贈与された。オメガなどというから、ゴテゴテ装飾でもしていたら要らないと思っていたが、手にしてみると、文字盤もすっきりとした手巻きの金時計で大いに気に入った。裏側には、「読売育英奨学会　贈・波戸岡　旭殿」と彫られていた。このオメガは、以後、半世紀を超えて、今も私の左腕で時を刻んでいる。

島を離れても島人青すすき　　旭

あとがき

瀬戸内海の島に生まれた私は、
どこにいても、いつまで経っても、島人。
こころは、終生、島人なのである。
心の中に吹く風は、島の浜風。
島の浜風は、いつもやさしい。
「島は浜風」と題するゆえんである。

令和六年九月九日

波戸岡　旭

著者略歴

波戸岡　旭（はとおか・あきら）

昭和20年5月5日・広島県生まれ
昭和41年－52年「馬酔木」投句
昭和47年「沖」入会 能村登四郎に師事
昭和55年「沖」同人
平成11年「天頂」創刊・主宰
句集に『父の島』『天頂』『菊慈童』『星朧抄』『湖上賦』『惜秋賦』新装版『父の島』『鶴唳』『醍醐』
研究書に『上代漢詩文と中國文學』『標註　日本漢詩文選』『宮廷詩人 菅原道真──『菅家文草』『菅家後集』の世界──』『奈良・平安朝漢詩文と中国文学』
エッセイに『自然の中の自分・自分の中の自然──私の俳句実作心得』『猿を聞く人──旅する心・句を詠む心』『遊心・遊目・活語──中国文学から試みる俳句論』『江差へ』『島は浜風』

國學院大學元教授・文学博士
俳人協会評議員

現住所
〒225-0024　横浜市青葉区市が尾町 495-40

続・島は浜風　ぞく・しまははまかぜ

二〇二四年一一月二三日　初版発行

著　者――波戸岡　旭

発行人――山岡喜美子

発行所――ふらんす堂

〒182-0002 東京都調布市仙川町一―一五―三八―二F

電　話――〇三（三三二六）九〇六一　FAX〇三（三三二六）六九一九

ホームページ　https://furansudo.com/　E-mail info@furansudo.com

振　替――〇〇一七〇―一―一八四一七三

装　幀――和　兎

印刷所――日本ハイコム㈱

製本所――三修紙工㈱

定　価――本体二八〇〇円＋税

ISBN978-4-7814-1702-8　C0095　¥2800E